为爱而偷

El Baile de la Victoria

【智利】 安东尼奥·斯卡尔梅达（Antonio Skármeta）◎著

尉迟秀◎译

重庆出版集团 重庆出版社

1

六月十三日，圣安东尼瞻礼日，西班牙总统大赦普通法刑犯。

在释放安贺尔·圣地亚哥之前，典狱长叫人把他带过来。年轻人来了，他全身上下散发着二十岁的潇洒不羁和野性美，他抬起下颏，一绺头发垂在左脸，站在那儿斜眼瞥着他的长官。暴风雨夹着冰雹越过铁栏杆打上窗玻璃，洗去了窗上堆积的厚重尘埃。

典狱长看了年轻人一眼，又低头望着下到一半的棋局，他抚摩下颏良久，思索接下来的最佳棋步。

"那么，就这样，你要走了，孩子。"他依然望着棋盘，声音变得有点忧伤。

他拿起国王，若有所思地咬着国王头上的小十字架。他身上穿着大衣，围着羊驼毛围巾，眉毛上还落着不少头皮屑。

"是啊，典狱长，我在这牢里发霉发烂也有两年了。"

"当然啰，你总不会跟我说，时间过去你都没感觉吧。"

"没错，桑多洛先生，我感觉到时间过去了。"

"可是这段经验不会都是坏事吧？"

"我在这里作了一些有意思的计划。"

"是合法的计划吗？"

男孩漫不经心地踢了几下背包——里头装的是他仅有的几件衣服和日用品——揉了揉眼角，嘲讽的微笑让他的回答显得不太可信："百分之百合法。您找我来有什么事吗？"

"两件小事。"典狱长拿着棋子轻轻敲着鼻头。"我拿的是白棋，现在轮我下了，我该怎么走，才能很快把黑棋将死？"

年轻人不屑地看着棋盘，无精打采地搔着鼻尖："第二件小事是什么？"

男人把国王放回棋盘上。他的微笑带着沉沉的悲伤，仿佛泪水就要夺眶而出了。

"你知道的。"

"我不知道。"

典狱长笑着说："你的计划就是要把我杀掉。"

"您在我生命里的重要性，还不足以让您认定我的计划就是要把您杀掉。"

"可是，这正是你的计划之一。"

"我来到这里的第一夜，您不该把我扒光，拖到那间野兽的牢房。这件事我不会忘记，典狱长。"

"所以我说得没错，你要杀我。"

安贺尔·圣地亚哥突然竖起耳朵，他担心有人偷听他们的谈话，而他的回答稍有不慎，就会危害到他即将重获的自由。他小心翼翼，轻声地说："没有的事，桑多洛先生，我没打算杀您。"

男人抓住悬在棋盘上的灯，把灯对着男孩的脸，仿佛此地成了警察局。他拿着灯好一会儿，一句话也没说，继而把灯放开，任它摆晃。灯光在房间的四壁游荡。他吞了一口口水，用沙哑的声音说："那一夜，我所做的一切，都是爱的行为。你知道，在这几面墙里，孤独会让人发疯啊。"

"您别再说了。"

男人踱来踱去，仿佛这么做，他搜寻的话语就会从水泥地上冒出来。他在男孩面前停下脚步，用戏剧性的慢动作把身上的围巾取下，接着以突如其来的谦卑姿态靠过去，把围巾给了男孩。

"这围巾很旧，可是很保暖。"他对男孩说话时望着别处。

安贺尔憎恶地搓着围巾，他不想看到桑多洛的脸，目光于是落在总统的肖像上。在湿气啃噬的墙面上，这是唯一的装饰。

"这条围巾很漂亮，羊驼毛的，是秘鲁的羊驼毛织的。"

一阵寒意袭来，他抬起眼，碰上了男孩的目光。

"爱的行为"这几个字让年轻人的脸庞着了火，像吞了柴油似的，一片猩红染上他的耳朵。

"我现在可以走了吗，桑多洛先生？"

典狱长靠到他身边，想和他道别，但是安贺尔冷酷的表情让他停下脚步。他以顺从的姿态张开双臂，仿佛乞求他的同情。

"收下这围巾吧，孩子。"

"拿您的东西让我觉得恶心。"

"别这样，你好心一点，围上它吧！"

年轻人心想，还是别拖延出狱的时间为妙。他拖着围巾走到门口，舔了舔嘴唇说："您走第六行皇后列的士兵，黑棋会吃掉士兵，主教挡在皇后前面，这时就是您的局了。将军，死棋。"

典狱长把灯熄掉，要狱警立刻去把重刑犯利果贝托·马林带来。等人的时候，他点起烟，从鼻孔呼出第一口。他靠到炉边，把水壶放上去。

他拿起咖啡罐，舀了一点速溶咖啡到两个放了糖的杯子里；水沸腾之后，他把水倒进杯里，用唯一的一根属于公家的小汤匙搅拌。

狱警把重刑犯带到，典狱长给他指了一张椅子和那杯咖啡。马林一头油腻的乱发，眼神阴暗飘忽不定，瘦削的身体像被电击过似的。他鬼鬼祟祟地喝下第一口咖啡。

"最近怎么样啊，马林？"

"跟平常一样，典狱长。"

"真可惜这次大赦没你的份儿。"

"我可不是普通的偷鸡贼啊，典狱长，我是杀了人才在这里的。"

"你该是犯了什么大案子才会被判无期徒刑。他们对你可真好心。你犯了几件谋杀案？"

"不止一件，典狱长。"

"所以你要靠表现良好减刑出狱，机会是微乎其微了。"

"应该是零吧。说得清楚一点，他们没枪毙我，但有个严格的附带条件，就是终身监禁不得减刑。"

"你该不会比较喜欢行刑队吧？毕竟这里的日子不是生活，不是吗？"

"这不是生活，不过生命就是生命，不管怎么活，它就是生命。就算是一条虫，也不会想被踩死。"

典狱长把烟递给他，自己又点了一根。马林贪婪地吸了深深的一口，仿佛运动员吞咽着一大口纯净的空气。

"就说这管烟吧，典狱长，狠狠吸上这么一口，我这一天就得救了。上帝总是会帮我们准备好的。"

桑多洛仔细打量这男人——这个匪徒似乎头脑蛮清楚的。他决定跟他挑明了说。

"说得好，马林。'上帝总是会帮我们准备好的。'为了让你验证这句话，我有件事想问你有没有兴趣。"

"典狱长，您说的是什么？"

"当然，我没办法用大赦把你弄出去，不过我绝对可以让你出去几个星期，去完成我派给你的任务。没有人会怀疑是你干的，因为我们会做得让人以为你一直待在监狱里，在牢房里。这里的事，连上帝也无权插手。"

"我没问您是什么事，我问的是什么人。"

桑多洛喝了口咖啡提振一下精神，他让马林也喝了咖啡。

"安贺尔·圣地亚哥。"

马林眨了眨眼，仿佛不明白，然后盯着自己的咖啡杯，仿佛参透了一个字谜图。

"那个'小天使基路伯'？"他悄声说。

"就是他。"

"这么帅的男孩，他连只苍蝇也不会伤害。"

"没错，可是他要杀我。"

"他威胁您吗？"

"他要杀我，马林。可是我有妻子，有两个女儿，有一份薪水，薪水是烂得像坨屎，可是我们一家人都得靠这过活。"

"我明白。问题是，我跟这男孩无冤无仇。羡慕倒是有的，谁不会羡慕像他这么年轻又这么帅的男孩！"

"你就试着把它当做醉汉之间的争吵，或者，随便你想怎么样都行。重要的是，你要确定他死透了。"

"这跟吃饭喝水一样简单，我要杀人不愁没理由。但是……"

"当然会有些好事发生在你身上，坐了十年的牢，连续一个月，每天都上一个妓女，这总会给你的生命带来一点意义吧。'生命就是生命'，不是吗？"

"我不搞妓女，有一堆女人会为了爱跟我做那档事。"

"话是没错，问题是这些女人认识你啊，马林，我对她们感到很抱歉，因为她们一定会把这个世纪大行动给搞砸！你别忘了，理论上你是在牢房里啊，你只要一个不小心，就会从无期徒刑这边跨到行刑队的那一边。这桩生意你觉得怎么样？"

　　"复杂。"

　　"出去一个月，马林。你这辈子的最后一次。"

　　典狱长走到厕所门边，把门打开，指着肥皂刷和刮胡霜对马林说："去吧，去把胡子刮一刮。"

2

在监狱的另一区，维尔加拉·葛雷听到大赦的消息，立刻要狱警去帮他买发蜡。他把他的Boss西装从柜子里拿出来试穿，他发现只要收一收肚子，皮带就合得上。五年幽闭的牢狱生活并没有让他的身材走样，他靠的是不时做做瑜伽，这是他多年前在泰国当水手的时候学的。

他灰亮的头发连着两颊花白的络腮胡，和他安详又专横的**浓密髭须**形成一种美妙的对称。他对着狱警拿的镜子梳了几下头发，他放心了，尽管被监禁了这么些年，他的眼神还是叫以让女人动心。不过，他还是叹了口气，把雄性的风流驱散，因为他只爱妻子泰瑞莎·卡普利亚提，他甚至担心，她会不会不想看到丈夫重获自由，毕竟她从来不曾来监狱探望他，就连圣诞节也没来。

儿子跟他也不是那么亲，出现的次数也不多，只会在十二月的最后一星期，一成不变地带来一本明年的记事本，祝他生日快乐，然后交换简短的几句话，聊一下职业足球和他在中学的课业，之后就会把手抽离父亲紧握的双手，躲开父亲要印在他颊上的吻。

突如其来的大赦将他的刑期减半，这是天上掉下来的礼物，让他可以重拾失去的感情。他再也不会犯罪了，他对上帝、对媒体、对劳役监狱的主管们发过誓，而且，他在审讯期间守口如瓶，同党该分给他的那笔钱，够他过着体面的日子，这对任何人都没有伤害，他也不必向任何人伸手要钱。

他认识几个报社的总编辑，这几家以司法专栏闻名的报纸都颇有影响力。他以老朋友的身份恳求他们不要再做周年特刊报道他那几桩轰动一时的盗窃案。他们很清楚，维尔加拉·葛雷重获自由，不想让人指指点点。唯有如此，他才能重回家人身边，并重拾他的尊严。

他轻轻拍了一下狱警的背，谢谢他帮忙拿镜子。狱警离开之前，他对着镜子里的自己露出微笑。这正是他想要的：充满兄弟之情和男子气概的热情微笑，双眸深处的神秘微光，痛苦与孤独在他脸上深深刻画的皱纹，还有对生命的渴慕和欲望。对其他囚犯来说，长久下来，每个人的命运都已经变得没有差别，消融在无所谓的情境之中了。

他看了牢房墙壁最后一眼，只看到两样东西依然如昔，那是一张圣母玛利亚的年历，六月十三之前的日子被一个个红色的叉叉画掉，还有一张玛丽莲·梦露的海报，她的人和她水果般的乳房摊在呢绒大衣上。他把年历收进行李箱，放在西装旁边，再把箱子关上。他从袋子里拿出一支旧钢笔，沿着玛丽莲·梦露的身体写了以下几个字题赠：送给我的后继者，尼可拉斯·维尔加拉·葛雷。

一大群囚犯向他道贺，簇拥着他走进典狱长办公室。其中一个囚犯紧紧抱住他，泪水从脸颊淌落。维尔加拉·葛雷在适度范围内任那淌泪的囚犯拥抱，但他始终站得直挺挺，不让任何事情破坏他尊贵的王公之姿——丝质手帕无懈可击地从粗呢外套的胸口袋上露出一小截，配上大大的领结和资深演员般的头发。

顺着典狱长的手势，一名公务员"啵"的一声打开一瓶香槟，欢迎他进来。每个狱警和典狱长钦点与会的囚犯们都有了酒，众人吵吵嚷嚷地举杯高喊："干杯！"

典狱长清了清喉咙，双手交叉在胸前，等着乱哄哄的场面稍歇，他就要把一封写在公文纸上的信朗读出来。

"亲爱的尼可拉斯·维尔加拉·葛雷老师，亲爱的尼可，我们今日见你离去，内心充满矛盾。我们乐见你重获自由，因为文明世界将有一位风趣的名人重生；同时我们也感到悲伤，因为我们将失去你的陪伴，失去你那些故事的美好滋味、你那些想法里的智慧，以及你那些禁欲主义的建议，你鼓励了那么多的囚犯、那么多的狱警，当然也鼓励了现在在对你说话的人。

"你确实曾经踏上法律的边缘，法官因为那些轰动一时的盗窃案而判你十年徒刑的确未失公允，但我还是要说，在每一次的行动中，你都没有使用暴力，你的手从没沾过血，我想你应该从来没拿过枪。你和监狱里和街上到处可见的那些满身怨气又胆大妄为的败类完全不同。

"你犯的这些盗窃案，就像媒体一致认为的，是货真价实的艺术作品，这些案子给你带来前所未有的名气。毫无疑问，很多专栏记者还是会继续写你的事迹，而你的国际声望也会继续升高。今天，我致词的对象不是'艺术家'，而是有血有肉的人。这个人将走出这围墙，生气勃勃，正直，带着被友情净化的心灵。我只有几个字要对他说，这是我们所有人想要祝福他的：祝他好运。"

他走过去拥抱这男人，久久不松手，然后叹了一口气，把男人让给其他人流露的真情。众人尽情地拥抱、鼓掌、流泪之后，围成一个半圆，准备听这男人致词。

"亲爱的邬维尔塔典狱长，各位亲爱的狱警，各位亲爱的囚犯：那些不眠的长夜填满我们的监狱生活，启发我的灵感，让我如此饶舌地向各位说出我犯下的罪行，但我从没有任何夸大之处。此刻，在我生命决定性的时刻，我却觉得自己成了最不多话的人。今天，我感到有一股巨大的寂静压在身上，仿佛喉咙里有一块石头让我无法呼吸。我走出这里，对自己充满信心，除了孤独之外，我无所畏惧。上帝要让我回到家人身边。希望可以让所有人的痛苦减轻。所有人。随着时间过去，只有上帝才能决定谁有罪、谁无罪。上帝保佑你们。"

在劳役监狱门口的小广场，维尔加拉·葛雷感到六月的冷风从颈边拂过，他后悔不该把监禁期间穿戴的围巾和大衣送给那些囚犯。典狱长坚持要帮他提行李，并且陪他走到出租车旁。

"出租车资已经付过了，囚犯们自己筹了钱。"典狱长说。

男人的手抚过银白的鬓角，露出忧伤的微笑。

"问题不是钱，而是……"

"是什么？"

"问题是我得知道该给司机什么地址。"

司机把行李放进后车厢，坐回车里，从照后镜里看那男人，简单地问了他：

"维尔加拉·葛雷先生，我们要去哪儿？"

"您知道哪里有皮件店吗？"

"'林荫道'那边有一家，卖的都是阿根廷货。不过经济危机之后，价钱都飙高了。"

"就去那里吧。"

他原以为，重获自由的最初几分钟，自己会贪婪地想要重新发现那些地方、气味、声音、人，然而事实并非如此，有一股强大的内省机制让他对市区的环境失去感觉。他抚着鬓角，心想自己已不再年轻，没办法再过这么不确定的生活了；他曾经是一枚指南针，唯一的指向就是家庭。正是为了这个家庭，他工作、犯罪，最后缄口不语。"像坟墓一样缄默"，他的同党这么对他说。关于缄默，他无可抱怨。有媒体在抨击总统大赦时，说到监狱里人满为患，有违人道，却又责怪重获自由的受刑人在祖国的大街小巷到处游荡。

这次大赦以某种近乎神奇的方式还给了他公道。事实上，如果他不保持缄默而是供出同党，当时可以减少的刑期恰等于大赦一笔勾销的五年。

"我真幸运。"他反复低声说着。

他要司机等他一下，他的嗅觉毫不迟疑地引领他走向摆着最漂亮的行李箱的货架。他轻抚一个软皮公文包，上头有两只镀金的锁，两端都只能用一把钥匙打开，他发出一声自满的叹息，因为他发现自己选得没错，这只手提箱是最贵的，远比架上其他皮件的价钱都高出一大截。店员问他要用什么号码作为密码（最好两边的号码不要一样），他没有多想，立刻就决定用自己和儿子的出生日期组合成密码。

"您用支票还是信用卡，还是付现？"店员一边包装，一边问他。

他的眉毛扬了一下，心想，他看起来应该像个体面的人吧，所以店员才会提出所有的付款方式让他选。如果他用支票或信用卡付款，人家会要他出示身份证件，他不相信大赦的所有行政程序已经执行完毕了。

"现金。"他答道，同时把钞票摊在柜台上。

"今天是圣安东尼瞻礼日，"店员突然大声说。"他是个行使神迹的圣人。那些老处女把他的小雕像弄倒，要他帮她们找老公。"

"对呀，似乎是这样。"维尔加拉·葛雷接过零钱和店家附赠的塑料零钱包。店员好奇地看着他，这位刚出狱的刑犯满脸笑意，大胆地问了他一个问题："您认得我的脸吗？"

店员搔搔头："您是做电视的吗？"

"完全不是！"

"说真的，我不认得您。对不起啊，先生。"

"没有的事，我很感谢您的细心。您多大了？"

"二十五。"

"我已经不在浪头上了。如果是五年前，像您这样的店员，要么是跟我要签名，不然就是去报警。"

3

　　安贺尔凑近海报，让他惊讶的倒不是片名的承诺，而是一个苗条高挑的女孩，她的鼻子几乎贴在玻璃上，在那儿读着演员的名字。背上的书包似乎把她轻盈的身体压弯了，她身上穿的是一件比她大两倍的老旧男用大衣。在她身旁，他深深悸动，他又感受到女人身体散发的温暖和温柔了。他进监狱之前，只有两次让他脱离处男身份的性爱冒险，顶多再加上他这些年在牢里的幻想，不过比起他遭逢不幸之前看过的那些乡下翻筋斗杂耍还是刺激得多。

　　他把脸颊贴近年轻女孩的颊边，读起海报上日本演员的名字，仿佛上头都是像布莱德·皮特[1]或莱昂纳多·迪卡普里奥[2]这

　　1　美国电影演员及制片人，曾获奥斯卡最佳男配角奖提名、金球奖最佳男配角奖。

　　2　美国演员，1974年11月11日出生在美国洛杉矶。曾获柏林电影节最佳男主角提名。《泰坦尼克号》男主角。

种众所皆知的主角："田口久美、魔犬光野师、广濑克典。"

女孩把书包往左肩挪了挪，转过来看着他，露出微笑。这小小的善意在他的生活里已经消失多年，他于是有了勇气从皮夹克的口袋里拿出烟盒，问女孩要不要抽一支。女孩拒绝的手势很干脆；他叼着烟，点燃，吸了一口。"出狱之后，"他心想，"可以找到的最好朋友就是香烟。"

"你要去看这部片吗？"

"我没什么兴趣，你要看吗？"

男孩用手挥了挥，不让烟飘进女孩雪茄色的眼睛，他没看海报，脱口说出："田口久美、魔犬光野师和广濑克典演的不会是烂片。"

惊讶之情让女孩的双颊泛上了粉红色。

"你怎么记得住这些名字？"

"我是个没用的怪物。有些东西我读了之后，就永远不会忘记。"

"我要是有这种能力就好了。我在学校成绩不好，就是因为记忆力不行。"

"你读哪个高中？"

"读？我已经被开除了。"

"那你在做什么？"

"我在等电影院开门。天气这么冷，没其他地方可去了。那你呢？"她指着年轻人满得快要爆开的背包问道。

"我刚旅行回来，去了南部。"

"你住哪里？"

"我刚从车站过来，想在这附近找找落脚处。"

他从口袋拉出镀金的表链，把囚犯费南德兹的表拿出来给女孩看。一颗光芒四射的太阳眨着眼睛，装饰着半个表面；另外半面则是月亮占据着四分之一的表面，上头栖着一只猫头鹰。女孩开心得笑出声来："太阳那边在发光！"

"如果现在是晚上十一点，星星就会绕着月亮闪闪发亮。"

"简直是一只《天方夜谭》的表！"

"如果我把它拿去卖，你觉得人家会给我多少钱？"

她拿起表，放在手心掂一掂，一副很懂的样子。

"这只表很有原创性，我从来没看过这个样子的，你很可能会得到一大笔钱。"

"我可不这么想。这根本是白铁货，跟那部日本电影一样。"

他做了个手势，要她一起进旧货铺，他把表放在玻璃柜台上。旧货商打量这对男女一眼，随即拎起表链，把表晃来晃去。如果他手上拎的是一只脏兮兮的老鼠，约莫也就是这般光景。

"这是我父亲送给我的成年礼。"

男人把表放在柜台上，懒洋洋地打了个哈欠。

"每个人说的故事都一样。什么金牌或手表在情感上对他们有很高的价值，但是为了某个急迫的问题，不得不把它卖掉。你要跟我说的是这个吧？"

"先生，您把我要说的话都说完了。"

旧货商对女孩微笑，拍了拍男孩的肩膀：

"这样我们就好说话了。"

"您可以给我多少？"

"三千比索。"

"您也看到这只表可以区分白天和黑夜。早上十点或晚上十点它会告诉我们，其他表都没有这种功能。"

"这种区分很愚蠢。"

"就算这没有用，别的表也没有这种特色啊，这是一只诗意的表。夜里，星星会闪闪发亮。"

"三千五百比索在这里，小朋友，你还得谢谢我不跟你要当初买表的收据。"

安贺尔·圣地亚哥把纸钞收进口袋，深深吸了一口从那乱七八糟的门廊钻进来的冷风。他走出旧货铺，挽着女孩的手臂向阿玛斯广场走去。

"费南德兹·孔查城门那儿有一家咖啡馆，那里的热狗面包馅料多得要命，得把嘴巴张到快脱臼才咬得下去。我梦想着要吃上一份，已经想了两年多了。"

"我陪你去。"

"那电影呢？"

"这里整天都在放，什么时候来都可以。"

"你经常来吗？"

"有时候。也就是说，看情况……"

"看什么情况？"

"我跟你又不熟。可以看的情况很多啊。"

"譬如说，如果你没被学校开除的话？"

这说法让女孩的精神来了，她开心地答道："没错，就是这样。"

这家店叫做"前巴阿蒙德斯"，十二个勤奋的服务生端着三明治、啤酒、炸鸡和巨大的热狗面包，在餐桌和客人之间不断做出高难度的过弯动作。年轻小伙子问了其中一个服务生，招牌上的"前"，意思是不是说三明治已经没有以前那么好吃了？

"比以前更好吃呢，老板，"服务生答道，"我跟您保证，您一口咬下去，酱汁会一直流到肚脐。要来两份吗？"

"我不用。"女孩说。

"你不饿吗？"年轻小伙子问。

"不饿。"

"我点一份来吃，你不会不高兴吧？"

"才不会呢。"

他摩拳擦掌，看着服务生加酱料、放蔬菜的动作，他的笑容越来越大。他点菜了："一份超级三明治。面包里要夹一条大大的维也纳香肠，放进微波炉加热，加上一整排德国酸白菜、两大坨酪梨泥、一大勺西红柿酱，剩下就是薯泥了，上面再帮我挤上一层美奶滋，加上一道红辣椒酱和一道芥末酱。"

才咬下第一口，服务生的预言就实现了：美奶滋和西红柿酱沾上了他的皮夹克。女孩把一堆纸餐巾夹在夹克的拉链里，然后比了个手势要他继续吃。安贺尔·圣地亚哥时不时用食指比画一下，好像有话要说，但是又忍不住继续吃他的午餐；而当他对着快餐大快朵颐的时候，看起来却又像在思索着享受完超级三明治这番乐事之后，要说些什么话。

玻璃窗上蒙着水汽，里头挤满了成群午休用餐的公务员，热得让人窒息。

年轻人买了两份纸盒装的牛奶，两人走过街，来到阿玛斯广场。他们躺在木头长椅上，把脚放在各自的袋子上：男孩的脚放在背包上，里头装满从监狱带出来的日用品和衣服，女孩的脚则放在书包上，里头装的是铅笔盒、书和笔记本。

女孩敞开大衣，露出她的中学制服，那是一件背心裙，上头别着一个无法辨认的徽章。

"你从什么时候开始辍学的？"

"一个月了。他们把我赶出校门，我到现在还不敢跟我妈讲。"

"那你现在在做什么？"

"我早上起床，一切作息就像要去上课，然后就东晃西晃，晃到电影院开门，看一两部电影再回家。"

年轻人想到快要下雨了，不觉皱起眉头。天空黑压压的，有大片的乌云笼罩着，也有一缕缕云丝在飞奔。

女孩也抬起眼，顺势用手理了理头发。由于两人不约而同地低下头，某种意外滋生的亲密于是生起。她对他微笑，男孩没有响应她的微笑，她觉得那是迷人的男子汉气概。男孩只是怔怔地看着她，一边抹着额头流下的汗。

他们一起把纸盒牛奶凑上嘴边，喝的时候，一道闪电照亮天际，一阵野蛮的雷声轰隆隆地响起。两个人都抬头望了望骇人的乌云，又对望了一眼，然后继续享受他们的牛奶，仿佛正在进行一场乡间的春日野餐。她用大衣的袖子把嘴唇上的白胡子抹去，她看见男孩的鼻尖也沾到了牛奶，于是用食指帮他揩去。

霎时间，豆大的雨滴从天空落下。女孩缩着脖子，整个人蜷起来。男孩对这骤雨没什么反应，牛奶的恩泽已经淹没了他的胃，他仿佛把这当成是上帝赐福。

"这就是我的存在，"他对女孩说，"我是此刻，绝对是，也完全是。我没有家也没朋友，没有过去也不想回忆任何事，我没有钱，可是我知道我会过得快乐。我就是一个胃，一个被好吃的超级三明治喂饱的胃，而这里，不论是冰是泥，它就是我的城市。你叫什么名字？"

"维多利亚。"

"有人叫你维基吗？"

"有啊，不过我比较喜欢人家叫我维多利亚，或者叫我胜利女神，这样听起来很开心。"

她望着天空，把流到颈背上的雨水擦掉。她垂下眼的时候，看见一条栗色的围巾从男孩的口袋里露出来，她自然而然地把围巾抽出来，盖在自己头上。

"把它拿下来。"男孩的语气严厉。

"为什么？"

"因为这条围巾被污染了。"

"被什么东西污染？"

男孩没有回答。他粗鲁地把围巾从女孩头上扯下来，连折都没折就整团塞进背包里。女孩的微笑似乎消散在雨幕之后。

"这条围巾的主人是一个我很瞧不起的人，我希望雨水的大河把我带向他的死亡，而不是让我欠他一份人情。"

"那你为什么不把它丢掉？"

"时机成熟的时候，我会用得上它。"

她脱下大衣，把这件过大的衣服像篷布那样在他们身体上方展开。在这团热乎乎的幽暗里，他们继续喝牛奶。这时女孩笑了出来，她看见男孩靠她那么近，神情那么认真，不由得想起小时候跟表兄弟玩的游戏，他们用床单撑起印第安帐篷，在帐篷里说着爱斯基摩人的话，还互相磨蹭着鼻子。这笑声在这么亲密的空间里伸展开来，男孩也觉得这几年拿来对抗严酷命运的那副冷漠不在乎的盔甲，已经被这愉悦的心情化成了碎片，而某种厚重阴郁的东西也像发了热病一样，在他体内迅速融化了。

他摸着维多利亚的脸颊，接着用指腹轻拂她的嘴唇，严肃地拂过一遍；女孩发现他做这动作的专注，不再笑了，她让他这么做，认真而专注。

　　"你叫什么名字？"女孩喃喃问道。

　　"圣地亚哥。安贺尔·圣地亚哥。"安贺尔·圣地亚哥带着微笑回答。

4

　　他在走到酒馆街之前往下走了一点，因为他想要看看这一区有什么改变。这里的蒸汽浴、按摩中心和酒吧——鸡尾酒因为加了一小撮毒品而提升了酒性，穿着皮马甲的女孩也提高了酒兴——一直延伸到斜坡区。唯一遗憾的是，他得再带着他的行李沿原路走上来，那样子就像在城里迷路的观光客。行李箱总是让人注意到它的主人，虽然他在牢里蹲了五年，他的照片还是不断出现在媒体，大家依旧兴致勃勃地谈论他犯下那些窃案时展现的才华。要让人认不出来，有个解决方法就是把他的大胡子刮掉，但是要他放弃这个特征，简直就是要他把男子气概自我了断。

　　在第一个街角，他想要维持低调的企图就被涅梅席欧·桑特利谢斯给毁了。他是个不入流的小贼，现在整天在汽车附近晃来晃去帮人看车，等人家赏他一点钱。

　　"尼可，看到你出狱我真高兴！"他如此宣称，一边还跟在他身边往前走，但也不敢跟他握手或拥抱他。

这情景给了他很大的鼓励，即使在当下的处境，那些流浪汉还是知所进退，知道他们可以对他表达的是什么层次的情感。

"我不相信所有人都会像你一样高兴。"

"为什么不会？老兄。所有人都知道你守口如瓶。"

"沉默者维尔加拉·葛雷，是这样吗？"

"无价的沉默者。你坐牢的时候，景气变好，现在圣地亚哥是个大都会了。"

"我靠我同伙给我的银行户头就够了。"

"尼可，如果你打算再干一票，别忘了算我一份。"

"你去找别人吧，桑特利谢斯，我已经洗手不干了。"

这一小段路上，他无须回头就知道有许多目光压在自己的颈背上，他也留意到，有些路人从他身旁走过，目瞪口呆地望着他。他用一根指头压在额头上，向他的护卫队致意，然后在莫纳斯特里欧的店门前放下行李，松开皮带，理了理衬衫，又把裤子整好，深吸了一口气，把皮带扎紧一孔。太阳才刚下山，他的同党的店里已经几乎客满了，店里卖酒的年轻女郎都穿得像服装店的模特儿，曲线毕露，她们看着他，但是这一辈的酒吧女郎似乎没有人认得他。

他在柜台的一端，支着肘，研究这家店的细节，直到他看见莫纳斯特里欧正在交代柜台收钱的艾莎做些什么事。只靠了眼神的力量，他就让他的同党把头转了过来。同党认出他的时候，脸色大变，转瞬变得沉重又凄惨，但是走过来的时候，脸上立刻换了一副戏剧化的快乐表情。同党拥抱他的热情多过他这个出狱的囚犯，他只以一抹审慎的微笑响应这洋溢的热情。

他的老伙伴夸赞他西装优雅，发型完美无缺，眼神里的嘲讽更让他显得年轻。

维尔加拉·葛雷谦虚地叹了口气说："五年了，流行的东西都变了。"

"少来！你一直都很优雅。"

"我的行李箱关不起来，我用胶带把它缠了一圈。"

莫纳斯特里欧故意踢了行李箱一脚，表示他明白。

"尼可，这行李箱经历了那么多事，等你有了专属的博物馆，它可是里头最珍贵的收藏品之一啊。你别笑，在伦敦真的有一个犯罪博物馆，里头有开膛手杰克的蜡像。要来一点香槟吗？……"

维尔加拉·葛雷等着莫纳斯特里欧说出那无可避免的关键词，听到的时候他露出微笑。

"……法国的，当然是法国的。维尔加拉·葛雷是独一无二的。"

他要服务生把香槟、冰桶和杯子拿到最里面的私人包厢。坐定之后，莫纳斯特里欧轻拍葛雷的双颊，仿佛流露着父辈的感情。

"终于出狱了，我的老朋友。"

"外面的时间过得很快，里面的时间可是很漫长。"

"你一定要原谅我，尼可，这段时间我都没去看你。"

"我倒是没发现。"

"我常常都想去，但是……"

"那还真奇怪，我怎么觉得你好像来看过我。"

"不是我不想去看你，是因为我去探监会给警方留下线索。这么说吧，没去看你，是一种后续动作。"

"什么东西的后续动作？"

"你的沉默。"

"莫纳斯特里欧，这个沉默是我现在所有的本钱。"

"尼可，这件事我们得谈谈，不过不是现在，现在是庆祝你回来的时候，是喝香槟的时候。"

他的同党举起香槟杯，但是他却没动杯子。他没举杯，却把行李箱放到膝上，压开两道金属锁，拿出一只信封。

"我给你带了一份礼物。"

"是给我的礼物吗？"

"是给你的，亲爱的伙伴。"

维尔加拉·葛雷把信封里的东西倒在桌上。五份年历，一张叠着一张，每一个日子都被红色的叉叉画掉。

"尼可，我每个月都去看你的家人。"

出狱的囚犯挑了一张年历，放在东道主的面前。

"2001年，圣地亚哥记忆里最炎热的夏天。蟑螂在铁栏杆上摇摇晃晃地爬来爬去。"

"我带你去看你的房间。"

"在哪里？"

"我在对面有一家小旅馆。"

"家庭式的？"

"我们现在是惨淡经营啊，孩子。"他试着要安抚他的老同伙。

"给妓女接客用的？"

"都有啦。"

"都有？"

"只是住几晚而已，我会帮你找一个配得上你的住处。"

"不必了，我要回去跟泰瑞莎·卡普利亚提一起生活。"

"我帮你拿行李。"

没等人答应，他就拿起行李往门口走去。外头变得越来越冷，也越来越暗。湿湿的人行道上映着酒馆街霓虹灯虚幻的欢乐。

维尔加拉·葛雷比他的同党至少高十厘米，过街时，他得靠在对方的耳边说话，才能让他在嘈杂的车声中听见："亲爱的伙伴，把这些年历好好留着，你也可以把它们拿去维尔加拉·葛雷博物馆展览。"

房里有个小壁橱。他把外套挂进去，从行李箱拿出一件灰色杂纹线衫。他穿上线衫，然后坐在床上把毛袜穿上，免得脚被冻坏。他没把床罩掀开就躺了上去，他望着天花板，试着辨认那些污渍连成的图形。

"什么都不是，"他心想，"就是孤独。"

有人在敲门，他用一只手肘轻轻支起身体。

"请进。"

这时有人用膝盖把门顶开，维尔加拉·葛雷还没看到来者何人，已经看到银托盘和冰桶、香槟瓶和两只香槟杯了。送东西来的是一个约莫二十岁的妙龄女郎，衣服只够遮到肚脐，一头浓密的黑发让她肉感的嘴唇更显丰厚。

"莫纳斯特里欧要我来跟您说，您忘了这个。"

"实在没必要麻烦你。"

"他说没趁着冰凉的时候喝就可惜了，这可是法国香槟呢。"

"搁在桌上吧。"

女人听从指示放下酒瓶，然后在两只香槟杯里斟上酒，她把其中一只递给男人，自己则坐在床的另一头。

"莫纳斯特里欧为什么对您这么好？"

"我们是老朋友。"

"他有很多老朋友，可是只有对您，他才送出双重大礼。"

"这是什么意思？"

"香槟和我。"

"我懂了。既然我们坐在同一张床上，可以告诉我你的名字吗？"

"瑞秋。"

"听我说，瑞秋……"

"当然，我真正的名字不是瑞秋。"

"当然，听我说，瑞秋，你是个非常可爱的女孩，我很确定任何一个可以跟你上床的男人都会很快乐。但是我呢，我只和一个女人睡，我就像个小处男，要把贞操留给她。"

"真要命，你怎么这么难搞啊！"

"这和你没有关系，你明白吗？"

"这怎么会和我没有关系？你就是在跟我要做的时候这样的啊。我可是很专业的。我不会让你不舒服的，小朋友。"

"我不是对你没信心，我是对自己没信心。"

"你担心自己不行？"

"我已经六十岁了。"

"可是我对我自己有信心。"

维尔加拉·葛雷啜了一口香槟，做了个手势要女孩也试试。

"我讨厌香槟，我喝了会头痛。"

"那你喜欢喝什么？"

"薄荷冰沙。"

男人放了一张一万比索的纸钞在她手上。

"这给你，去买一瓶吧。"

"我从来不拒绝大方的小费，但是我要跟莫纳斯特里欧怎么说呢？"

"你告诉他，我谢谢他的好意，但是我不接受他的礼物。你告诉他，我在这个房间等我应该得到的五成。"

"他会把我骂死。"

"不会吧。"

他喝光自己的那杯，用腕背抹了抹胡子。女孩用一只手轻拍他的背，然后站起身来。

"先生，那位幸运的女人叫什么名字？"

"泰瑞莎·卡普利亚提。"

女孩从银色的冰桶拿出一颗冰块放进嘴里。她让冰块在两颊里滑来滑去，一脸若有所思，仿佛面对的是一个参不透的字谜图。

"你是一只稀有动物。"她下了结论。

5

　　维多利亚带安贺尔·圣地亚哥从舞蹈中心的楼梯走下到地下室，再往排练室走去。那里的暖气全开，女孩和老师讲话时，男孩靠墙站着。六个少女要么在横杆旁边拉筋暖身，要么踮着脚尖在练习单脚旋转。舞蹈老师的鬓角杂着灰发，睫毛上了厚厚的睫毛膏，这两样特征在她苍白的双颊上显得特别醒目。维多利亚拿了一张小板凳走回男孩身旁。

　　"她让你待在这里。"

　　"我不知道在这里可以干吗。"

　　"看啊。"

　　她跑到排练室的另一头，脱下裙子，剩下紧身舞衣。老师把一串钥匙放在钢琴的共鸣板上，她让六个女孩排成一列，她开始弹奏一段旋律，还踩着踏板标出强烈的节拍。

　　刚开始，男孩还觉得那些舞姿有趣，甚至其中四个女孩手臂交叉，用精确的机械动作跳着某个舞步的时候，他还觉得很好玩。但是半小时后，所有女孩都回到横杆旁接受老师的棍子鞭打纠正，他看腻了，没有其他事好做，于是开始翻女孩的书包。

她的数学笔记簿已经用了半本，代数习题被老师以惊人的细心订正过。每一页最后的成绩从"糟"、"非常糟"，到"糟透了"都有。

西班牙文的讲义夹里有一首密斯特拉尔[1]的诗，维多利亚用黄色荧光笔把其中两行画起来："人们将你置于冰冷的巢穴，我要把你放下，放在卑微而阳光灿烂的大地。"

安贺尔继续翻着涂得黑黑的文法练习、"同义—反义"词汇表，他发现密斯特拉尔的那两行诗以大字书写出现了四五次，仿佛格言似的，而且都用不同颜色的笔画起来。

在巴西歌手奥斯卡·卡斯特罗的歌词"下午在医院"后头，维多利亚写上了"有那么多人在世界各地死去"。在音乐课的笔记簿里，他发现一本歌本，里头有英国歌手埃尔维斯·卡斯提洛的歌词，还有贝多芬《第九交响曲》的几行乐谱。

他的衣服被室内的热气烘干了。他打开背包，检视他从此赖以维生的宝贝。他把袋子里的东西全都倒在地上，然后用脚尖一件件挑起来：典狱长的围巾、两件衬衫、两条内裤、一件水兵领线衫，还有他那件拉链坏掉的老旧皮夹克。他也有两本书：

1　智利女诗人。她那富于强烈感情的抒情诗歌，使她的名字成为整个拉丁美洲的理想象征，因而她于1945年获诺贝尔文学奖。

意大利作家埃德蒙多·德·亚米契斯（Edmundo De Amicis）[1]的《心》，还有雷蒙德·卡佛[2]的《我打电话的地方》。想到"要把这两本书送给某人"，他忍不住露出微笑。

接着夜就要来了，他得找个地方睡觉。在这里也行，排练室里有的是垫子，可以睡在上头，如果暖气开到明天早上，就没有问题了。另一个解决办法是和维多利亚找一家幽会旅馆开个房间，这想法可能有点荒谬，因为他们连接吻都还没开始，而且他们也没有足够的钱预付住宿费，而这是这种旅馆的习惯做法。他们也可以找一家五星饭店过夜，第二天早上再随便想个法子开溜。但是登记入住的时候，人家一定会跟他要证件，第二天，全国的警力都会出来追捕他。这点子简直烂透了。

剩下来的选项，就是公园、广场加上肺炎了。真是够了，拿监狱的牢房换收容所的烂床，和那些垂死的老人混在一起。

维多利亚和舞蹈老师一起走过来，她向老师介绍，说他是在塔尔卡的哥哥。老师想知道他是做什么的。这时安贺尔心生一念，说自己在乡下有一小块地，是学农艺的。总之，他知道毕度科河流经塔尔卡，那一带有乳牛也有牧场，葡萄园里有不少葡萄。

1　意大利作家，民族复兴运动时期的爱国志士，曾参加意大利的战斗。主要著作有《爱的教育》（原文Cuore，翻译为心）、《军营生活》等。

2　雷蒙德·卡佛（Ramond Carver，1938—1988），美国20世纪下半叶最重要的小说家，为小说界"简约主义"大师，继海明威之后美国最具影响力的短篇小说作家。《伦敦时报》在他去世后称他为"美国的契诃夫"。美国文坛上罕见的"艰难时世"的观察者和表达者，并被誉为"新小说"创始者。

老师跟他说，这个行业可以和亚洲做生意，前景看好，他也抓住机会奉承老师一番，说舞蹈依然是最有前途的职业，电视上那些年轻的男男女女想跳舞想得要死，电视上没看到的那些则是抢破了头，争着要上电视跳舞。老师对他说，这个舞蹈中心教的东西没办法让学生走进电视摄影棚，而是要让他们走上那些声誉卓著的舞台，像是圣地亚哥的市立剧院，或是布宜诺斯艾利斯的科隆剧院，当然，前提是这些学生要有舞蹈天分才行。安贺尔·圣地亚哥自忖，问她"何谓舞蹈天分？"会是个十分得体的问题，而老师则答说天分就是每一个舞者能够以创造性的方式精确地自我表达的肢体能力。

"譬如说，现在我正在帮你妹妹以一首诗为基础，编一个舞蹈。"

"密斯特拉尔的诗。"男孩脱口而出。

维多利亚困惑地望着他，嘴巴张得大大的，安贺尔·圣地亚哥舔着嘴唇暗自得意，他觉得在这重获自由的第一天，命运之神对他绽露的微笑越来越灿烂。他的守护天使引导他走上回归之路，而且还在耳边帮他提词，告诉他该说什么。

"没错，是密斯特拉尔的诗。"老师点点头，"她想跳的正是《死亡的十四行诗》。"

"……我要把你放下，放在卑微而阳光灿烂的大地。"男孩忙不迭地接口。

"看得出来你对诗很有兴趣。"老师如是评论，显然被男孩吸引住了。

"还好啦，也只有这首诗吧。毕竟，这和农艺相去太远，不是吗？"

老师以微笑响应这段风趣的话，她穿上大衣，亲吻这两个年轻人，离开之前，她从柜子里拿出两床毯子给他们。

维多利亚往炉边走去，把水加热，冲了雀巢咖啡。她倒了两杯，自己蹲在地上，男孩喝第一口就烫到舌头，女孩则是小心翼翼地吹着她的咖啡。

"谁先开始？"一阵静默之后，男孩说。

"开始什么？"

"开始说真话。"

男孩把双手放在咖啡壶上取暖，一边看着女孩热烈深邃的褐色眼睛，他以沉默祈求好运，他不想出任何差错，他不想失去的不仅是这一夜，而是永远。

"你问啊。"

"你的名字。我想问的是，你真正的名字。"

"安贺尔·圣地亚哥。"

"听起来好像什么小喇叭手的名字，专门演奏萨尔萨舞曲的那种乐团。"

"我生出来就叫这个名字。"

"你爸妈给你取的？"

"或是村里的神父吧。我那么小哪会记得。"

"那你是做什么的？"

"我这里做做，那里做做。"

"那你在这里那里做什么？"

"没有啊，也没做什么。"

"那农艺呢？你真的有一块地在塔尔卡吗？"

"我唯一有的，就是黏在我鞋跟底下的那一小块土。"

"那你靠什么生活？你倒是说说看。"

"嗯，我有一些计划。"

"什么计划？"

"赚钱的计划，赚很多钱。"

"告诉我。"

"这是秘密。如果我说出来，计划就会失败。"

两人静静地喝完咖啡，安贺尔脱掉鞋子，放在炉边。维多利亚取下束在额上的发带，甩了甩头，一头长发散落下来。

"现在换我了。"男孩说道。

"你问啊。"

"我不想问你任何问题，不过我有三个愿望。"

"第一个是什么？"

"你在市立剧院跳舞的时候，要通知我。"

"为什么？"

"有一次我在电视上看了一部电影，那个男的在他女朋友芭蕾舞演出成功的时候送了她一束花。我超想在市立剧院送你一束花的。"

"这种事永远不会发生在我身上。这里只是一家普通的舞蹈中心，从这里出去的女孩子是永远不会在市立剧院跳舞的。"

"OK。不过如果有一天你真的进了市立剧院，不管怎么样，你都要让我知道。"

"好。"

"我的第二个愿望是你明天早上就回学校，请他们让你回去上课。"

"我进市立剧院跳舞的机会还比回学校大呢。我已经被开除了，安贺尔。"

"大家都被老师赶出来过，那只是一时的嘛。"

"我以前确实只是被老师赶出来，赶了两次，到了第三次，那就是永远了。"

"为什么？"

"因为前两次他们约谈我的法定代理人，可是我妈没去。"

"她不想去吗？"

"我不想谈我妈。"

"好好好，你别激动。"

"我可是心平气和得很。"

"看得出来，不过你还是别太激动。"

维多利亚拉着手上的弹性发带，做着机械性的动作，眼睛却悠悠望着雨水落在排练室的天窗上。

"他们把我退学的理由，是我精神不集中。上课的时候，我老是心不在焉。其实我想的都是同一件事。"

"什么事？"

"我父亲的事。"

"他怎么了？"

"我母亲怀我的时候，警察在我父亲教书的学校门口逮捕了他。所有人都看到了这一幕。这些警察行动的时候，来了一堆直升机和车子，可是没有逮捕令。两天之后，他断头的尸体在水沟里被人发现。我在五个月之后出生。"

"你父亲，他做了什么？"

"他反独裁。他公布了一些绑架者的身份数据，就是他们让无辜的人消失的。我想我爸是他们杀害的最后一个人。后来，政府就民主化了。"

"你最好还是不要整天想着他。"

"如果我不想着他，他就会永远消失了。"

"可是这像是着了魔，这会让你头痛的。就是因为这样，你在学校才会出问题。"

"我读的是他以前教书的那所高中，所有人都对我很好，他们把我当成糖做的，仿佛我随时都会碎掉。他们给了我一份奖学金供我读书，一直到考完高中毕业会考。"

"你不可以放弃这个机会！"

"我妈要我读法律。你想想看！这种国家，有人杀了我父亲却不必受法律制裁，我还要在这里学法律！"

"可是这是你母亲要的，你应该跟她说，她会去跟校长谈，他们会重新接受你的。"

"我妈有严重的忧郁症，她对我的事毫不关心。我父亲被杀之后，所有人都说他是英雄，她却抱怨他抛弃了她。我出生的时候，她没因为我的来到而开心，反而唉声叹气地说，我会害她想起她的丈夫。有一天，她对我说：'党在战争中失去了一个战士，我的家失去了一个男人。'"

安贺尔想逗她开心，把她从灰暗的情绪里拉出来，却找不到话说；他压抑自己想要轻抚女孩脸颊的动作，他怕这手势表达的同情会让维多利亚不高兴。他走到横杆旁，做了几个以前在学校学的体操动作。这些动作振奋了他的勇气，他走回维多利亚身旁，对她说："明天我陪你去学校，我来说服校长。"

维多利亚笑了出来，她毫无嘲笑之意，一股无可抵挡的好心情转瞬间已经涌上她的心头。

"你？要用什么名义？"

"我是你在塔尔卡的哥哥啊，这样我就有一定的分量可以跟她谈你的事。"

"他们都知道我没有兄弟。每一年，在学年始业式的演说里，老师们都会提到我的孤单以及智利战胜的悲剧。'战胜'这个说法让我想笑，没有任何东西可以战胜死亡。"

"那我跟她说我是你的男朋友，我们就要结婚了。"

"你连坐巴士到学校的钱都没有，你要用什么养我？"

"我跟你说过了，我有一些计划。"

"什么计划？"

"你不会有兴趣的。"

维多利亚打了个哈欠，把一块垫子靠墙铺好。她脱掉舞衣，把制服上衣在椅子上折好，放在背心裙旁边，她的胸部裸露着。安贺尔望着她坚挺浑圆的乳房，以及双乳间无数的雀斑。

他拉来另一块垫子，铺在维多利亚身旁，然后用厚重的奇洛埃羊毛毯盖住他们的身体。厚厚的毯子有效地承诺了他们的温暖，女孩紧贴的肉体则让他头晕。当他把冰冷的膝盖滑上女孩两腿之间，女孩闭着眼睛对他说："别忘记你是我在塔尔卡的哥哥。"

6

他被敲门声吵醒。先是含蓄的，接着是用力的。他先去厕所漱了漱口，当然不免忧伤地望了一眼那瓶几乎没动的香槟。二十年前，要把派对的气氛炒热，两瓶一公升半的大瓶装香槟恐怕还不够呢。他缓缓套上长裤。门敲得越来越用力，简直像警察要破门而入。

"敲得越用力，我的动作就会越慢。"

敲门声戛然而止，他花了点时间把胡子梳理了一下，他发现在这场岁月的战役里，白色的胡须已经战胜灰色了。没一会儿，他已经把门倏地大开，这把戏是为非作歹的人常玩的，为的是要表示他们什么都没遮掩——维尔加拉·葛雷以为这个一大早就疯狂敲门的家伙是个警察。

结果，站在门口焦躁地搔着鼻尖的年轻人似乎是个乳臭未干的鲁莽小伙子。他的左手拿着两本书，头发应该有几个月没见过梳子了，耳上还夹着一支绿色的荧光笔，身上散发着一股彻夜未眠的气味。

"你要做什么？"

年轻人把双手放在胸前做出祈祷的姿势，他清了好几次喉咙才说出话来。

"维尔加拉·葛雷，"他终于叫出声来，"我真的站在维尔加拉·葛雷的面前了，真是不敢相信！"

"别闹了，孩子，你到底要做什么？"

"我可以进来吗？"

"最好不要。这房间只是暂时歇脚的地方，不是我们这种人碰面的场所。"

"没问题啦，老师，这房间很好。"

男人走到窗边把窗帘拉开，让阳光照进来——无可避免地，这是从六月的烟雾里穿透进来的阳光——这让他的精神好多了。和他重获自由荣光的第一个悲惨日子相比，这个星期二的日子简直是节庆。他挑了挑眉头，舒缓了一下已经持续几分钟的惹人厌的表情。

"我可以为你做什么？小伙子。"

"我带了一封推荐信要给您。"

"哪里来的推荐信？"

"从监狱来的，我昨天刚被放出来。"

"我是昨天从中央监狱出来的。如果我没想错的话，我们都是因为大赦才出来的吧？"

"命运把我们联结在一起。"男孩迫不及待地说。

"是典狱长写的信吗？"

"您把我看成什么了，先生？这信是一个犯人写的。"

"哪个犯人？"

"是拇指神童写的，您看。"

"拇指神童这种黑道写的推荐信？小朋友，我建议你别去银行找工作。"

"请您打开信封，读一读信。"

男人把信接过去，放在床罩上，然后以戏剧化的动作向后退，远远望着那封信，眉头紧皱。年轻人拿起信，又放回男人的手上。男人在外套上擦了擦指头，仿佛要把指纹抹去似的，然后才用手指撕开信封，从里头拿出一小张纸。他把纸拎在半空中，仿佛从尾巴拎起一只老鼠。

"信里写什么？"男孩急切地问道，同时把包着厘米方格纸的书换到另一只手上。

"'我向您介绍安贺尔·圣地亚哥。'签名：拇指神童。"

"就这样吗？"

"这位书信专家的杰作就是这样了，拇指神童写的信跟他的身材一样短。"

"多写什么可是会连累别人的。其他的内容，我自己来告诉您。"

"我很乐意，孩子，因为这封信简直能说善道得像一堵墙壁。"

"我开始说之前，要先送您两本书，有一点破损，但都是很棒的书。"

"谢谢你。啊，《心》和《我打电话的地方》。"

"我读《心》的时候，都把自己想象成那个班上的好学生加隆。"

"那么，我想你被送进监狱应该是一场误会。"

"老师，您别嘲笑我，行吗？另一本书里头，有一个短篇故事写的是契诃夫的死。您知道谁是契诃夫吧？"

"是个下棋的吗？"

"他也是作家，俄国人。"

"我对政治从来就没有兴趣。"

"契诃夫的时代在共产党之前。"

"好吧，那你就知道我不是很喜欢看书了。不过无论如何，还是很谢谢你送我书，我会找时间翻翻看。"

安贺尔做了个无所谓的手势。

"不是，这两本书不是要让您看的，老师！重要的不是书，而是书的封套。"

维尔加拉·葛雷搔了搔头，然后摸着自己粗糙的脸颊。

"这是什么意思？"

"牢里没有其他更好的纸可以拿来包书，所以我们都用方格纸。"

"我懂了。"

"刚才短信的不敬，我们现在立刻补救。"

他一边说，一边动作，把封套从书上剥下来，叠在床罩上。

"维尔加拉·葛雷先生，拇指神童聪明的程度跟他的身材成反比。"

他把方格纸反过来，背面出现的是一份精巧复杂的字谜，看起来像是地图。

"这是什么玩意儿？"

"这是一场大行动的计划，是拇指神童一步一步设计出来的。这本来是他的下一个行动，只可惜他栽在一件不值他才华十分之一的小事上。他以诚挚的敬意将这份计划送给您，他要用这份计划见证他对您的崇拜。"

"很抱歉，我已经洗手不干了。"

"让我解释给您听嘛。"

男人捂住耳朵："不必了，我什么也不想听。"

"您至少听一下这个数字，十二亿比索。"

"那是多少美金？"

"用七四五的买进价来算，就是一百六十一万零三百八十二美元。"

"你也听一下这个算法：每十万美元就是一年的牢狱。一百六十一万美元，就是十万的十六倍，这会换来十六年的牢狱之灾。要得到这么漂亮的金额，举起手到树上摘苹果是摘不到的。这么大的一笔钱，一定有武装警卫，想想看，如果你运气不错，只杀了一个人。杀人罪，你得再加上……你已经杀过人了吗？"

"还没有。"

"那就好。第一次杀人你会被判十年，再加上原本的十六年，就是在阴暗的地方待上二十六年了。现在假设你像德·亚米契斯写的加隆一样乖，他们会因为你行为良好减少你五年的刑期，那就是二十一年了。你今年几岁？"

"二十岁，老师。"

"你出狱的时候已经四十一岁了，或许那时候你的口袋里又会有其他像拇指神童这样的计划。"

"我之所以会来找您，是因为我知道您从来没有对人开过枪，这是您从事这一行最美的地方。"

"我不是不会犯错的，我的朋友，你也看到我被抓进去关了五年。我连胡子都开始变白了。"

"但是他们没有找到物证。法官判您十年是因为您的沉默。"

"你知道得很多，不然就是你想得太多……"

"在牢里大家谈的都是您，老师。当然啦，拇指神童也想分一份佣金。"

"希望他只是要一份'小小的'佣金。"

"他的野心是有分寸的。拇指神童很有幽默感，他常常跟我们说小矮人的故事。"

"说来听听。"

"譬如这个：'小矮人有某种第六感，他们一眼就认得出谁是他们的同类。'"

男人顺了顺他的胡子，转身面向窗户，不让人看见他的微笑，他不想承认这男孩把他逗开心了，他怕自己只要有一丝软弱，就会向诱惑低头。

"现在是吃早餐的时间了，你要茶还是要咖啡？"

"我要牛奶咖啡。真的吗？您要请我喝咖啡？"

"我叫酒吧那边送上来。等咖啡的时候，我们得去面包店买一些新鲜的面包。"

"我去。"

"那就谢谢你了。"

"您要什么样的面包？"

"什么都来一点吧，我早餐吃得很扎实，但是我不吃午餐。"

"我懂。"

"你买两个串联面包卷、两个扣利撒面包、三个阿鲁拉面包、二个油炸面包卷、四片烤面包、三个洋葱面包卷、三份加了糖渍水果的葡萄干面包。"

"遵命，老师。请原谅我要为一件微不足道的小事烦扰您，您可以借我一点钱吗？我从牢里出来，身无分文。"

男人拿出一张五千比索的纸钞，卷起来，夹在安贺尔的耳朵上。

"拿去吧。"

"当然，面包钱算我的。这笔借款算我从未来的战利品里头预支的。"

"从那十二亿比索。"

"从那十二亿比索里头我可以分到的份去扣吧。"

年轻人正打算出门，维尔加拉·葛雷却做了个无赖的动作，伸腿拦住他的去路。

"拇指神童为什么觉得你跟我可以合作？"

"拇指神童说过：'维尔加拉·葛雷的技术和经验加上安贺尔·圣地亚哥的精力。'"

"这种赞美听起来蛮令人感伤的。"

"您看第一眼的时候怎么想？"年轻人指着床罩上的行动计划问道。

"看起来他是下了不少工夫。"

"三年而已。一开始的时候，拇指神童怕会留下线索，他什么也不想画下来，怕有人偷走他的金矿。所以呢，我们就坐在大院里，他把他的计划用一根小树枝画在地上，对我解释再解释。狱警一靠近，我们就用脚把所有东西都抹掉，说我们在玩猜字游戏。直到后来我想出用方格纸包书的点子，这个点子简单清楚又实用，不是吗？"

"所以你的记忆力很棒啰？"

"您别以为我自夸，我确实有这方面的天分。我要去面包店了，一会儿就回来。"

在走廊上，男人威严的声音传来："容我好奇，圣地亚哥先生，你要买哪些东西？"

年轻人的眼睛眨了十秒钟，然后从两排牙齿中间吐了吐舌头，一边搔鼻子，一边说："两个串联面包卷、两个扣利撒面包、三个阿鲁拉面包、三个油炸面包卷、四片烤面包、三个洋葱面包卷、三份加了糖渍水果的葡萄干面包。"

"你可以去了，孩子。"

"别忘了您该做的事。"

"我？"

"对呀，帮我叫他们送一杯牛奶咖啡上来。"

7

维多利亚搭上早晨第一班巴士，这班车把郊区工人载往有钱人的街区。她紧紧挨着椅背还是挡不住那股寒意。这些男人的头发都还湿湿的，围巾一直裹到眼睛，而且几乎每人都带了一个装午餐的帆布袋，里头是一份三明治，还有一只装了咖啡的保温杯。

她在学校那一站下车，差点昏倒。尽管她读了那么多关于厌食症危险的文章，但她也很清楚，只要多出几克，她往舞伴的手臂做出滑步或跳跃时，动作就不会那么优雅，所以她宁可挨饿，也不要把舞蹈搞砸。这一夜，激情过后，安贺尔·圣地亚哥满足地抚摸她的肌肤，一连几个小时，她觉得在这双粗糙的手的辛勤翻耕下，她比从前任何时候都瘦。仿佛他用粗粝的手指在她身上印下了什么，而她也任由他这么做，顺从这急急切切的抚触。

但是与此同时，她生命中突如其来的这个影响力让她失去了平衡。她已经被赶出学校一个月了，而现在，她不是去躲在电影院，而是回到这里，全身颤抖，不知钟声响起的时候该做什么。安贺尔的讲法比她母亲沉默的谴责有说服力——她已经读到高中的最后一年，再过几个月就要毕业会考了，她不能因为成绩不及格而毁掉自己的一生。

"老师在那里就是要把你教懂，如果他们没办法，那是他们失败，不是你。"安贺尔在她耳边轻声说。

她没看他，只是把鼻子贴着他的耳朵对他解释，她经常没有办法表达自己，她从最轻微到最深沉的感情都会转化成动作。"痛苦的时候，我就用跳舞表达，而不是用眼泪。"

"高等造型艺术学院要通过高中毕业会考才能进去。这应该是你的目标吧，维多利亚？你名字的意思就是胜利女神，你不就应该是这样吗？不然，你就只能在那些无聊的表演里头当个合唱团的团员，或是去教小孩子跳舞了。你觉得你适合去教那些拖着两管鼻涕的小鬼和抱着布偶娃娃的小女孩跳'一只绿色的小老鼠在草地上奔跑'吗？你相信你父亲会同意你这么消极吗？我很确定他期望你做大事。毕竟他自己也想为人民争取自由！"

"可是他没争取到自由，却留下我妈妈怀孕守寡，后来她变得对我、对生命、对任何事都不在乎，你还跟我谈什么自由！"维多利亚转过头来反驳他。

安贺尔·圣地亚哥听到这段话，笑了起来。

"几个老师把你赶出学校就毁了你的一生、让你父亲的梦碎，这实在是很愚蠢，事情如果真的这样下去，那么杀你父亲的那些人就赢了。他们毁掉你，把你从地图上抹掉。"

她把枕头蒙在头上。她说她不想听说教的话，聊天也聊够了。

然而此刻，她却穿着沾到果汁、泥土、原子笔墨水的蓝色制服走进学校，背上背着皮制的书包，眼睛盯着走廊上的瓷砖。

她是第一个到教室的。她摊开蓝格子围裙，穿上之后用手抚平。她在自己的课桌前坐下，找到她用圆规刻在桌上的胡立欧·波卡，这位舞者的名字出现在历届女学生短暂崇拜的偶像和热恋的小男朋友们一堆名字当中。

"他们原谅你啦？"金发杜西在她旁边坐下，问了她。

其他女孩也坐上了自己的座位，大家都看着她。

"没有。"

"那你在这里干吗？"

"来看看会发生什么事啰。"

"他们会踢你的屁股，把你赶出去，这就是会发生的事。"

"他们没有权利这么做。现在是民主时代，我想要上学。"

第一节课是美术课，从隔壁同学的速写本看来，大家正在学习20世纪各种不同的绘画流派。老师发给大家十二幅画的复印图，学生们得说出它们属于哪个流派，还得为自己的说法提出解释。复印图的下面，所有的可能性都在那里：表现主义、超现实主义、点画法、印象派、立体派、抽象派。

"塞尚是立体派，"隔壁的同学在她耳边悄悄说，"因为他把物体简化成几何的图形，简化成方块。"

"他为什么要这么做？"维多利亚问道。

"因为他想这么做。所有做出前所未有创作形式的艺术家就会变成某个流派的创始者。"

"那达利呢？"

"他呀，他是超现实主义的。譬如这个，这是一只沙漠里软趴趴的手表。它不是因为热而融化，是因为时间就跟沙漠一样无用、一样贫瘠。你明白吗？"

"这些东西你从哪里学来的？"

"我只学我感兴趣的。第三号的那幅画底下，你要写'梵高'。这个画家看到的首先是颜色，然后才是周围的世界。当他把世界转换成颜色的时候，仿佛那一刻是他第一次看见这世界。"

"就像这幅向日葵？"

"而这不过是复印的，如果你在阿姆斯特丹看到这幅画，你会飞起来。"

"你去过阿姆斯特丹吗？"

"为什么我要去那里？这里要写'梵高'。"

"你高中毕业以后要念什么？"

"我要去上班，去做双语秘书的工作。我们一家人快饿死了。把你的讲义夹交给老师吧。"

桑薇莎老师的眼睛充满善意，胖嘟嘟的脸上有一对圆圆的绿眼睛。她把作业发给学生的时候，不会在教室里移动她庞大的身躯，免得她肉感的屁股在一排排课桌椅间晃来晃去，成为小女生们假装尖叫的借口。学生们做作业的时候，她埋头读着电影明星的八卦杂志，她和学生们对休葛兰有同样的狂热，但是她个人觉得理查德·吉尔这种成熟的俊男和她更亲近。

有一次，她参加了一个电视问答节目，差一点就因为杰里米·艾朗的生活和演出作品而赢得十万比索，只可惜她不知道如何回答这个问题：在《精灵之屋》这部电影里，围绕在他身边的是哪些女演员？恰好因为一部故事发生在智利的电影而惨遭淘汰，害她风湿病一连发作两个星期，不敢正眼看任何人。

"你已经写完啦？"老师看着维多利亚的那一页作业。

"是的，老师。"

她检视每一幅画底下的评论，用铅笔画了个小记号。

"全部答对。"

她在名册上找这个学生的名字，好把分数登记上去，却发现她的姓氏被一条无情的红线给杠掉了。

"小姑娘，"她惊叫了一声，"你是不存在的。你看：'五月二十日，因成绩不佳遭退学处分。'"

女孩天真无邪地笑着说："老师，我离开过，然后又回来了。至于我的成绩，您也看到，我和以前不一样了。"

"艺术史给七分，这是最高的成绩了，小姑娘，我很少给人这么好的成绩。"

"那是因为我长大了，老师，以前我不知道这辈子要做什么，现在，我唯一想做的事，就是读书。我要拿奖学金，进大学。"

　　老师点点头，把这份杰出的作业摆在旁边，在学生名册上比对着这个女孩以前的分数。

　　"您以后想读什么，年轻人？"

　　"美术教学。"她大声回答。

　　她不知这答案来自何处，也不知道自己怎么会说出来，从前的她总是无法开口。她突然觉得这些蠢话和安贺尔做过的事有关系。就像金发杜西在她耳边报了一下子正确答案，安贺尔是不是把她催眠了，才会让她说出这么夸张的话？

　　平时桑薇莎老师的脸已经非常温柔了，现在，她的脸已经达到温柔的最高境界。

　　"真的吗，小姑娘？"

　　"是真的，老师。"

　　"我教了这么久的书，从来没有人选择亲吻我的职业。或许因为我不是个好老师吧？"

　　"才不是这样，老师，我就是因为您对学生的热忱才受到启发的。"

　　"当高中老师，你除了白头发以外赚不到什么东西的。"

　　"我才十七岁！您也知道，我现在白头发还不够多。对我来说，重要的是继续追寻我的志向。"

　　她把手放在胸口，仿佛士兵向国旗宣誓效忠。桑薇莎老师用手掌抹去眼眶泛起的泪水。

上午十点，课间的长休息。女孩们利用这段时间聚在走廊上，或是打哈欠，或是说关于男朋友的秘密，交换网络下载的音乐，在厕所里抽抽烟，涂一下对抗粉刺的乳液，试着为下一堂课做一点准备，或是跟那个只比她们大五岁的法文老师打情骂俏，他那副乔治·库隆尼的长相让女孩们意乱情迷。

这时候，桑薇莎老师援引教育部的一条规定，要求所有教师集合在校长办公室，讨论维多利亚·彭榭的个案——这可是生死攸关的事。

办公室里挂着一些政府高官和历届女校长的油画肖像，女孩被安排坐在中央的一张椅子上，正好在丑陋的吊灯下方，不过水晶坠子和一根根的假烛台倒是驱走了冬天悲惨的气息。

桑薇莎老师慷慨激昂地发表她的看法，她胖嘟嘟的白皙脸颊乍紫乍红：教学会议对于维多利亚·彭榭的处罚已经达到成效，黑色的小绵羊也回到畜栏里了，这个学生不只对过去的行为感到难过，也充满学习的欲望、充满超越自己的期望，对老师们顺从又有礼貌，对班上的同学既诚恳又有向心力。

不止如此，这个学生在片刻之前才以一份艺术史作业让人目光为之一亮，她对主题的掌握那么清晰，因此她这个老师的钢笔在今年第一次，在学生名册上写下在智利可以给的最高分七分。

"您到底想说什么，桑薇莎老师？"

"我想大家都很清楚，我们应该重新检讨这个小女孩退学的决定。"

校长露出一抹嘲讽的微笑，看了看所有的老师。

"您有没有想过，彭榭小姐是在两次留校察看之后，才被学校限令退学的？她的法定代理人甚至没有一个愿意来学校一趟，了解一下他们女儿的行为。"

桑薇莎老师从座位站起来，举起一根手指表示反对："您很清楚，校长女士，她的父亲不能来，是因为他就是在这所学校的门口被杀的，他曾经是个非常耀眼的老师。自从这件事发生以后，这里每个人都过得提心吊胆的。"

校长做了一个手势表示不耐烦，她抬眼望着吊灯，仿佛在祈求天使可以有多一点的耐心。

"提心吊胆！这件事发生在十七年前，智利实施民主制度已经十年了，我们还要替皮诺契担负所有责任到什么时候？这个小女孩连她父亲都不认得呢！"

美术老师的额头突然一阵青紫，满是汗水："但是她知道父亲在生命中的缺席！"

她气喘吁吁地看着同事，一个接着一个，她等着、望着，看看有没有人敢反驳，她虎视眈眈，随时准备扑向猎物。老师们都乖乖地垂下眼睛，只有数学老师贝里欧司说了话，边说还边检查自己的指甲干不干净，修得漂不漂亮。

"桑薇莎老师，我很赞同您不乏诗意的雄辩滔滔，但是这位小姐在我这科的表现比低年级的学生还差。我怀疑她连九九乘法都不会背。"

"来，亲爱的，"桑薇莎老师问维多利亚，"九乘以九等于多少？"

"八十一，老师。"

桑薇莎老师静静地展示她的胜利，仿佛她是个信心满满的辩方律师，又把她的顾客交回给检察官重审了。

"这只是一种说法而已，"贝里欧司叹了口气，"她的代数成绩很差。"

"毕加索的代数很好吗？"

"我怎么会知道？"

"那达利呢？"

"我想应该不好吧，这家伙根本是个疯子。"

"那为什么彭榭小姐得要会代数，既然她只向往成为一个平凡的美术老师？"

"但是还是要有一些必要的基本知识吧，桑薇莎老师！虽然说建筑师搞不清楚肝脏和肾脏没什么大不了，但是每个文明人都该知道血液循环是怎么回事吧！"

"血液比您更清楚它在做什么。空气在您的肺里进进出出，您也没感觉。小狗和小鸟也不需要上过性教育的课才会交配。"

贝里欧司用手帕遮住脸。

"待在这里真是可耻啊，听您说话让我降格、让我堕落，桑薇莎老师。"

"所有人都可以学代数，亲爱的同事，可是'红磨坊'，只有罗特列克才画得出来！"

校长拍了拍手，打断她们的辩论。时钟告诉大家，课间休息就快要结束了，校长来不及吃早餐了，其他老师看起来也不太耐烦了。

"亲爱的同事们，大家对这问题有什么看法？我们要不要再给彭榭小姐一次机会？"

老师们心里想着其他更有趣或更困扰的问题，不置可否地耸了耸肩。

8

一个星期以来，维尔加拉·葛雷每天都拨两次泰瑞莎·卡普利亚提的电话号码。她接起电话的时候，只要他一出声，她就立刻把电话挂断。他已经被挂断好几次电话了，其中只有三次，她请他永远不要再打给她了，然后立刻用食指把电话挂掉。

妻子的鄙夷让他心烦意乱，他什么事也没法做，只能在房里搓扑克牌，等待命运对他微笑。夜幕低垂，他去了莫纳斯特里欧的店，莫纳斯特里欧要酒保给他调一杯柳橙汁加伏特加，然后就托词说有紧急的问题要解决，嘟嘟囔囔地说下星期会跟他好好谈一谈那件悬而未决的事。

"重点只有一个。"维尔加拉·葛雷结结实实地抓住莫纳斯特里欧的衣领，把他从地上揪起来。"五五分账。用智利话就是miti mote。这是我们的约定，我希望你尊重它。"

"你不需要提醒我，尼可，我们会像兄弟一样分享那些东西的。"

"不是像兄弟一样，莫纳斯特里欧，是fifty-fifty。"

然后他去附近街上转了一圈，发现这五年来，这些女孩都变了，她们大部分都很鲜嫩、很青春，她们不再穿制服，而是穿着极短的小马甲搭配牛仔裤，内裤则从牛仔裤里冒出来。她们的肚脐上闪耀着一只小环，让她们光滑平坦的小腹更显突出，男人的目光在上头游走，宛如在溜冰场上逡巡。

这是属于有保养有打扮的女孩的街区。她们只跟客人喝无气泡矿泉水，休息的时候，她们会点两片可怜兮兮的莴苣叶和一颗西红柿，不加盐、不加油、不加醋，美奶滋就更别说了。她们吃东西的时候像游魂，慢慢地吃，仿佛享用的不是乏善可陈的一餐，而是鱼子酱。

在他为非作歹的年代讨生活的那些女人，已经放弃了这个战场，她们都被皱纹和体重打败了。她们都不会用CD随身听，也不会哼唱那些英文流行歌曲，那些有权有势的生意人看上的，当然是这些上帝区（Providencia）的美女。他越是张望街上的氛围，孤独感就越深。他原本对自由的想象并非如此，有一天晚上，他甚至对监狱产生了乡愁。

星期六，看了一眼拇指神童的金库计划，里头还包括一组电梯的图解，他宿命地拿起话筒，拨了泰瑞莎·卡普利亚提的号码，心底已经准备承受对方拒绝所带来的痛苦了。但是这一次，这个女人没有当面挂他电话，她以极其冷漠的语气问他最近好不好。

"很好，亲爱的，我过得很好。"

"我很高兴。这一次，我没挂电话是因为我们得谈一谈，你和我。"

"我这一个星期以来想做的就是这个。"

"这件事和你、你儿子还有我都有关系。"

"这就是我的三张王牌。"男人自己笑了起来。

"我们得面对面谈一谈。我希望明天可以见面，一次谈清楚。"

"我们一起吃午餐吗？"

"不是。午餐的话，时间太长了，我们最好在下午茶的时间碰面，这样比较不复杂。"

"在哪里？"

"欧瑞果·路寇街上有一家茶馆，就在柯斯塔聂拉街的转角，叫做福楼拜。明天下午五点，我和小帕布洛都会在那里。"

"你一定会来吗？"

"他根本就不想见你，但是因为这件事非常重要……"

"他是我的儿子，不应该有这种态度。"

"你让他受了很多苦，尼可。"

"我？让他苦？我会让我最爱的人受苦？"

"你冷静一点，不然我们就不碰面了。"

"好好，我们见面的时候最好能谈一谈这件事。"

"福楼拜是个体面的地方，请你记得这一点。"

"你的意思是？"

"嗯，那里的人很注意顾客的穿着打扮。"

"我懂了。"

"流行的东西已经不一样了。总之，我跟你说过了。"

他一挂上电话，就急忙下楼，过街跑到莫纳斯特里欧的店，要柜台给他一点钱。柜台的女人告诉他，这么一大早，收银台里没有钱。钱在星期五晚上都放进保险箱了，星期一保全公司的铁甲车会来把钱送到银行。

维尔加拉·葛雷说他要的只是一小笔钱，大约二十万比索，为的是要买一件剪裁比较现代的西装外套、一条丝质领带和一件漂亮的条纹衬衫，英国式的。柜台的女人撖了收银台的电动开关，让他看到里面的零钱只够找给早上想买烟抽或是想喝一杯伏特加莎瓦的醉鬼。

维尔加拉·葛雷摸着胡子，问她保险箱在哪里、密码是多少。那女人笑着告诉他，她不知道确实的号码，但是那口一吨重的金属柜子就在隔壁房间，牢牢铆接在地面和墙上。

"我们去看看吧。"维尔加拉·葛雷提议，狡诈地眨了眨眼。

"没问题，尼可，可是我跟你保证这玩意是弄不开的。"

"我相信，我只是好奇想看看而已。"

维尔加拉·葛雷在保险箱前深深叹了口气。有多少次，他在潜入银行或大卖场迷宫般的通道之后，站在这种东西面前；有多少次，他因为试不出保险箱的密码而垂头丧气地空手而回！但是这一型的保险箱有一种特别的魅力，它的中间有一个金属把手，要用蛮力才能让第一道钢制的机关弹开，里头一定有一道电子装置，连接着警报系统，要么得动用强力炸药，不然就得靠非常细小的螺丝起子才能解决。

他把把手往右转，再往左转，再把它立起来，把耳朵靠在号码盘上，他发现这装置发出的音乐对他并不陌生，他因而露出微笑。如果他的记忆是对的，眼前这个保险箱和1973年9月动乱时的佩索德珠宝店的保险箱是同型的。

当时，店东们把智利国旗插在店铺门口，表示他们支持以军事政变推翻阿连德，然后就去札帕拉尔海岸的别墅等着士兵们在街上把左派击溃。

正是这面国旗给了他灵感，让他在9月12日星期三的夜里，带着一把电钻爬上珠宝店的屋顶。他并不担心钻洞的噪音，因为轰炸和扫射已经淹没了整个城市，到处都是火和血。他钻了一个洞，足以容他一跃就落在保险箱上，这是他这辈子干过最快，也是被掩护得最好的活儿。

珠宝店的老板们去警察局报案，说他们最珍贵的珠宝不见了。警察局局长严厉地训斥他们，要他们安分一点，他认为这些生意人太小家子气了，正当警察冒着生命危险对抗阿连德的恐怖分子时，这些人竟然来要求他们做这种调查工作。他喝令他们立刻滚出去，不然就把他们关进牢房里，那里头的水泥地上可是洒满了刑囚之后留下的血迹。

他盘算了一下，用他那三把珠宝工匠用的螺丝起子和一把牙医用的镊子，花上两个小时，应该可以打开莫纳斯特里欧的保险箱，只要柜台的女人和早晨那些酒鬼愿意让他在这安安静静地工作。

"艾莎，"他对柜台的女人说，"如果我在这里钻这个家伙钻上两小时，你怎么说？"

"我得跟莫纳斯特里欧说一声，尼可。"

"你知道你老板欠我一笔钱吗？"

"所有人都在讲这件事。"

"是喔，那他们怎么说？"

"听说是一大笔钱。"

"多少钱？"

"他没说过，而且被偷走的东西一直没找到，如果这些东西在国外卖到好价钱的话，应该是一笔大数目。"

"既然所有人都知道这件事，为什么莫纳斯特里欧没有被抓去关起来？"

"我不想谈这件事，尼可。"

"这么多年过去了，你就跟我说吧，把它当成人家说给你听的一段故事、一部电影。"

"我没办法那么轻松地看待这段故事，因为我自己也多少牵连在里头。为了让你理解我，我可以告诉你：这十年来，我掉了十公斤，我得用我侄女在免税商店买给我的化妆品才遮得掉皱纹。"

"所以呢？"

"我要说的是，莫纳斯特里欧对我有兴趣。"

"你是他的情妇？"

"你这么说有点太直接了。"

"你是他的女性朋友？"

"没错，我是他的女性朋友。"

"很亲密的？"

"可以这么说。在你被逮捕的那次政变之后几个月，他得把珠宝卖出去，但是得用非常巧妙的手法。"

这时候，柜台的女人似乎觉得自己说太多了，她走到冰箱前面，拿出两瓶矿泉水，在两只杯子里各放了一片柠檬，邀男人干杯。接着，她悠悠地喝着，然后伸出舌头舔着唇上的水。

"我跟你说这些，是为了莫纳斯特里欧，我希望让你知道这些事，这样你们才能继续当朋友。你在他心目中的地位不只是同谋，他把你当做兄弟。"

"那些珠宝怎么了？"

"有风声说警察要来堵他，后来他想出一个很妙的点子，抢先警察一步。他去求见第一夫人，带了一半的珠宝给她，让她拿去帮助那些军人重建国家。"

"老天！"

"第一夫人答应让他留下另外一半的珠宝，不让人去烦他。我爱莫纳斯特里欧，我不希望看到一段友谊因为钱多钱少的问题而结束。"

"钱多钱少！我被判了十年徒刑！"

"他已经尽力为你做了一切。"

"譬如到监狱去看我？"

"他每个月都通过间接的管道给泰瑞莎·卡普利亚提寄一笔钱。"

"什么间接的管道，艾莎？"

"间接的管道，就在你眼前。"

艾莎把一本支票簿放在柜台上，看着年历核对着日期。年历上画着圣母玛利亚和耶稣，还有一家蜡烛工厂的广告："比火炬更好，光明牌蜡烛。"

"你要做什么？"

"开一张支票让你解决眼前的问题。"

"艾莎，我是偷东西的，不是靠借贷过日的。我要的东西只有一个：就是莫纳斯特里欧把正正当当属于我的东西还给我。"

女人露出微笑，一边拿着笔在报纸上画，让原子笔的油墨出来。

"你在笑什么？"

"笑你说的'正正当当'，尼可。你要多少钱？"

"我不要你的施舍，我说过了！"

"这不是施舍，老师，这是预付款。"

维尔加拉·葛雷抚着下颏，然后是唇上的胡子，最后抚到了鬓边，他庄严地下了结论："用这样的措词，看起来是个有信誉的协定。"

"二十万，够吗？"

"你写三十万吧。"

9

"在盗贼的世界里，只有暴力和耐性才办得了事。暴力带给你财富，然后把你送进监狱；耐性不会让你有钱，但是可以给你自由。"拇指神童用老师的语气说了这番话。

然而时间流过越多，穷困就越是让他无法忍受。

他要到舞蹈教室，请他的"妹妹"去中国餐厅吃饭，问她学校的事情怎么样。如果一切顺利，他就要在晚餐之后邀她共度春宵。在新房的床上，一个真正的春宵，该有的都有。他想要抹去自己粗心鲁莽的情人形象——不顾伴侣的快感就冒冒失失地让精液流泻出来。他编了一个理由安慰自己：这次误射纯粹是因为好几个月的欲望和绮想无处发泄，而他唯一的慰藉是看着牢房墙上贴满的铜版纸女郎照片。这教他怎么忍得住？然而，他并没有对那女孩承认，他的旅程并不是从塔尔卡到圣地亚哥四小时不到的火车，而是三个小时又两年，从牢房到他们相遇的电影院前。如果他这么告诉她，她一定会觉得他是个傲慢又粗鲁的家伙。

　　而且，他很喜欢这个女孩。其次，她的身体，不论抚摸任何地方，都是一种纯粹的欢愉：她令人陶醉的屁股，仿佛属于经过舞蹈雕塑的巴西女人，她高耸的乳房，随着她最细微的气息轻轻地颤动。

　　但是她身上最吸引他的，是她的脆弱，是她这样一个坏学生在退学的处境里特有的脆弱，她在附近的电影院流连，靠那里的煤油暖气取暖。她深陷在电影院的座椅里，她对武打场面和妖精打架的色情画面没什么兴趣，只是一径幻想着晚上到舞蹈中心之后会做的练习。

　　在这样的氛围里，她散放光芒，散发魅力。舞者围绕在她身边，毫厘不差的双人舞步，出神入化的单脚旋转。但是音乐一停，灯光一灭，她就回到街上，回到混乱，回到贫穷，回到罹患忧郁症的母亲身边，还有他——安贺尔·圣地亚哥。

　　他。她偶然遇到的一个男子。一个纠缠不清的家伙，一个不速之客，一个饿肚子的人，生活极不安定。是的，但他毕竟和她共度了一夜。他心想，他还像村里的神父一样，那么激动地对她说了一番大道理。他这么做不是故意要惹恼她，而是因为心底油然升起一股无私的情感。然后他把她像支箭一样射回了学校。

　　他需要钱，搭巴士去舞蹈中心也要钱，他觉得双手冻僵了，不只是因为冷，还因为恐惧，他害怕自己在地铁里对一个满身肥油的胖子下手，却在偷他皮夹的时候被活逮，立刻被送进劳役监狱。那么典狱长就顺心如意了，因为他又有两年可以免于被谋杀的噩梦。

所以，唯有谨慎这条路了，他在智利跑马场出口的提款机附近晃了两个小时，开始觉得沮丧无聊，这时，他发现猎物靠近了。

一个看似高傲的女人用尖锐的嗓音要出租车在路边停下，下车后门也没关，大声嚷着要司机等她。她一边吼，一边走进提款机的小空间，输入密码之后不耐烦地踢着提款机。她拿起钞票的那一秒钟，安贺尔·圣地亚哥走上前去，用一副天真无邪的神情问她这台提款机能不能领小钞。女人看了看手上的一沓钞票，回答说不能，然后没再抬起眼，就往出租车跑回去了。不论这女人在急什么，她现在做的恰恰就是这年轻人期待已久的事了，她留下还在运作的提款机，上头打出以下的对话讯息："您是否还需要其他服务？"

他摁下"是"的按键，然后完成一切所需步骤，提领十万比索，提款机也立刻满足了他的要求。他把这叠钞票放进口袋里，然后把那女人的信用卡留在机器里，任由对话讯息继续，他认为这样比较保险，这样他才不会受到引诱，去做他比较欠缺经验的其他坏事。

穿过维瓦榭塔街时，一匹刚做完计时训练的马从他身边经过，他摸了那匹马的鬃毛。

"你这匹栗色的马儿乖吗？"

"乖？它像一杯牛奶一样乖呢。"马夫回了话。

"它赢过几场比赛？"

"它呀？一场，三岁的时候赢的。不过接下来可能又会赢，因为它要去跑'一级指数'的比赛了。"

"它一千两百米跑多快？"

"一分十五秒二。再快个五分之一秒，它就会赢。"

"你觉得这匹骏马值多少钱？"

"至少三十万，不过这匹马不是我的。"

"如果我给你十万，你卖不卖？"

"你想得美，年轻人，那边有几匹六岁的马也不错。而且，我如果把它卖了，我就犯了偷窃罪。"

"我用十万跟你买。"

"别开玩笑了，先生，这匹小马的前景看好。"

"已经去跑'一级指数'了。三岁的时候赢过一场，那它现在几岁了？"

"差不多八岁了。"

"八岁。它可以在安托法加斯塔沙漠大赛获胜，不过在圣地亚哥就别提了。"

"先生，你刚才说要多少钱跟我买？"

"八万。"

"现金吗？"

"现金。既然你是从骑师那里偷来卖的，我就给你七万，一句废话都不要多说了。"

"它的骑师拿它当个宝似的，他会把我杀了。"

"我给你七万现金，其他就别再说了。你说它一千两百米跑多快？"

"一分十六秒，我不能对它的新主人说谎。"

他选了最没人走的街道往舞蹈中心前进。他忘记问这匹栗色马的名字是什么了，不过从某方面来说，这对他也不是坏事，因为当我们第一次为某个东西命名的时候，这个东西就变成他的了。他要和维多利亚·彭榭一起在一间教堂的洗礼盆前为它命名。他缓缓走上爱因斯坦街，以圣基督山的圣母像作为基准点。他让马儿跑的时候，马儿很听话，乖乖地向着目标前进。

他重获自由不到一个星期，这段日子的成绩已经好到不能更好了：他拥有一匹所谓的骏马，可以在城里骑着到处走，爱到哪儿就到哪儿，就像他儿时在塔尔卡的牧场四处奔驰；除此以外，他也拥有所谓的女朋友，毕竟他们已经拉开了情史的序幕了；他也拥有所谓的旅馆，他从舞蹈老师那里偷拿了一把备份钥匙，晚上可以偷偷跑进排练室过夜；此外，他还有所谓的好运，让他可以带着女友上贫穷中餐厅用两根小木棍吃东西。

在他的乌托邦仅有的几个要素当中，他至少已经拥有这匹栗色马了，这是一只筋疲力尽的动物，深色的皮毛，屁股肥硕，四肢粗大，但是它毕竟跟他一样，在儿时曾经梦想在全世界的大跑道上成为王子，但最后却只能在不入流的"一级指数"比赛里和所有不分年龄的畜生一起冲刺。既然这个社会在他们刚成年的时候就降下了他们的舞台帘幕，那么安贺尔·圣地亚哥就要去扭转他们两个的命运。

他又细数一次他所有的宝藏：一个女人、一匹马、拇指神童的地图，还有——鼓号乐队，请奏乐！锵锵锵锵！——尼可拉斯·维尔加拉·葛雷先生！

10

约定见面的一小时前，他在福楼拜茶馆附近晃来晃去，像猎犬那样嗅着这个地点。他在对面的房子支着肘靠在栏杆上，在那里观察了一会儿漂亮的汽车和从车上下来的豪客，同时也感受一下茶馆进出的客人是什么样的气味。结论是：这地方不是他这种人来的，会来这里的人多半是他这种人下手的对象。换个角度想，他对泰瑞莎·卡普利亚提的好品味感到很满意，他相信他们的儿子应该得到很好的教育。

尽管他看来潇洒从容，但是他知道自己有可能会昏倒。他要给佩德罗·帕布洛的礼物盒被这么带来带去，上头的红色缎带已经整个磨出毛边了，看起来像是二手货。他不想看着他们走进茶馆，于是往河边走去，抽了两支烟，凝望着夹带泥沙的河水，脑子里思绪散乱。

这次和解聚会的讲稿他已经准备好几年了，他的态度和措词将向家人证明，他是个体面的男人，而且不论他的心态或计划都已经和犯罪毫不相干了。他这辈子什么都试过了，他决心要过符合道德价值的生活，要找一份正当的工作。他如此痛下决心的基础，比他的十年刑期更沉重。如果这样还不够，他会想起整整五年他都没有妻子，只有与佩德罗·帕布洛短暂的会面。这个高中生不得不来做探监的苦差事，但他在隐藏不甘愿的心情时所展现的天分，实在让人难以消受。

五点五分，他走进福楼拜，直觉引领他走到茶馆最隐秘、最远的地方，一张靠在炉边的桌子，那儿弥漫着各式糕点的香气。尽管他始终明白，泰瑞莎·卡普利亚提是他这辈子看过最美丽的女人，但是此般重逢，见她穿着轻盈的黑色紧身套装，领口别着他在结婚时送给她的首饰，脖子上围着珍珠白的丝巾，他的心头却袭上一股不安，他觉得自己配不上她。

岁月没有摧残她的容貌。相反，皱纹消失在粉妆之下，而比从前丰腴的双颊似乎让她变得更完美。这时他心里却突然冒出一个恼人的念头，他怀疑她有情人。这念头让这位尊贵的前受刑人在往桌前走去的时候，蒙上了痛苦的阴影，准备已久的微笑也被破坏了。

邻桌客人望着他，在记忆里寻索着到底是在哪里见过这个似曾相识的男人。维尔加拉·葛雷小心翼翼地，贴着妻子的颊边，给了她一个温柔的吻。这亲吻对他的妻子来说，只是轻轻一啄的声音，但是对他来说已是一切。佩德罗·帕布洛从椅子上起身，父亲想亲吻他，儿子却以一种疏离的方式伸出手，在他们之间竖起一道墙。他坐在父母亲之间，不发一语。

"我们已经点了两瓶矿泉水。"

"矿泉水？可是我们得庆祝这次重逢啊！怎么会喝矿泉水呢？"

"你想喝什么就喝什么，我们可是已经点了矿泉水。"

"不然看你们想吃什么。"

"我们没有时间，尼可，要吃饭的话，下次再说了。"

"你们看这些蛋糕，不会想要吃吃看吗？"

服务生送来他们点的东西，对男人说："您要点些什么？先生。"

"茶。"

"什么茶？"

"茶就可以了，这样就好。"

"先生，我们的菜单上有三十种茶。"

服务生把菜单递给他，动作像刺他一剑。他看着菜单，发现这些东方花草茶的名字对他来说完全没有意义。

"给我来一个'福楼拜'综合花草茶。"

"没问题，先生，还需要其他东西吗？"

"不知道。"

他想要点一些东西让时间暂停，让事物的速度缓下来，可是脑子里却是一片空白。

"来一小份蛋糕如何？"

"我就是要这个，来一份蛋糕。"

"我们有非常多种蛋糕。有摩卡蛋糕、蛋黄果蛋糕、黑森林蛋糕……"

"你们想要什么？"

"我们喝矿泉水就好了。"

"有气泡还是没气泡的？"

"什么？"维尔加拉·葛雷问道，他立刻感觉到儿子隔着桌布不耐烦地轻轻踢着。

"您的矿泉水，先生？"

"有气泡的，麻烦您了。"

没礼貌的服务生走了，他的离去给他们留下一阵尴尬的沉寂。

"我爱你们，"男人突如其来地这么说，"我来是要告诉你们，我很爱你们，你们对我来说就是一切。"

泰瑞莎·卡普利亚提把水杯拿到她丰润的唇边，然后用餐巾擦了擦嘴。她的丈夫把礼物盒放在桌上，送给儿子。

"谢谢。"年轻人说。

"不，你先别谢我，你打开之后再跟我说谢谢，小帕布洛。"

"一定要这样吗？大家都在看我们呢。"

"没有人会因为你拆礼物而不高兴的。"

"好吧。"

年轻人试了几次，都没办法用指甲解开那个结，于是拿起桌上的餐刀，一刀把缎带割开。他把包装纸撕开，没说半句赞美的话。

　　"你觉得怎么样？"

　　"很好啊。"

　　维尔加拉·葛雷拉起儿子的手，放在公文包上。"你碰一下，摸摸看。你感觉到这种皮的高贵吗？"他自己也用双手做了他建议儿子做的动作，然后把手掌放在儿子的手上，温柔地握住他。

　　"这个很好，这个公文包很漂亮。谢谢。"年轻人边说边挣脱了父亲的抚摸。

　　"现在我要让你看最棒的部分啰，看它怎么打开。每一道锁都有一个密码。很多公文包也都有密码，但是这个公文包的两道锁各有一个密码。你得好好记住这两个密码，除了你之外，没有其他人打得开这个公文包。右边的密码是你的生日，左边的密码是我的生日。这是我们父子之间的协议。现在，打开它吧。"

　　"在这里？"

　　"我想看它好不好开，万一有问题的话，我有保证书。我可以拿去换。"

　　佩德罗·帕布洛开始拨弄那两个锁，他的父亲则在一旁参与这个仪式，并且随着年轻人的动作，轻声读出两个密码。

　　"忘记密码的话，你可以问我。"

"去哪里问你？"泰瑞莎插了话。

男人往后坐回椅子上，愣在那里。他抚着胡子约莫半分钟，才用微弱的声音说："那是因为我没有想过你和我……我是说，你和我还有佩德罗·帕布洛……你说得对，小帕布洛，我帮你把密码写在纸上。"他不安地更正了自己的错误。

他从记事本撕下一张纸，正准备要写，儿子却阻止他。

"不必写，密码我记得很清楚，右边是……"

"嘘，"父亲突然发出一声，环顾四周。"这是你和我之间的秘密。绝对不要大声说出来。只要没人知道你的密码，你的文件就永远不会被偷。"

帕布洛先是忍住笑意，接着笑了出来，笑到连椅子都撞上墙壁。

"你笑什么？"

"我笑那个公文包啊，老兄！只有小偷才会想到送人这么神秘的公文包。"

男人的双手突然一阵颤动，他在桌下紧握双手，夹在腿间，试着冷静下来。当他开口说话的时候，他觉得自己就像个傻瓜。

"你不喜欢这公文包吗？"

"没有啊，我很喜欢。"

服务生来了，手上端着一只茶杯、一瓶矿泉水和一个装着花草茶的瓷茶壶。佩德罗·帕布洛把公文包放到桌下，腾出桌上的空间。泰瑞莎·卡普利亚提喝了一口水，当维尔加拉·葛雷开始倒茶的时候，她简单扼要地说："尼可，有两件事。"

"对了，我会跟莫纳斯特里欧说，要他每个月照你说的数字给你，物价已经涨了很多了。"

"你什么时候会跟他说？"

"今天就说。另一件事是什么？"

泰瑞莎·卡普利亚提看了儿子一眼，他在一旁不安地搔着鼻子。为了更谨慎些，他倾身靠向桌面，从外套口袋拿出一张装在塑料套里的文件：

"尼可，我和妈妈，我们决定把我的姓改掉。"

"我听不懂。"

"维尔加拉·葛雷。我要把维尔加拉·葛雷的姓改掉。"

"那你要姓什么？"

"卡普利亚提，和妈妈一样。这么做在法律上完全没有问题。"

"可是你是我的儿子啊，小帕布洛，你为什么要改姓呢？"

"因为这个姓给我带来一些困扰。"

"什么困扰？"

"嗯。每次人家问我姓什么，我说我姓维尔加拉·葛雷，所有人都会说，就是那个'维尔加拉·葛雷'……"

年轻人边说边做了个偷东西的手势。

"然后呢？"

"然后就很奇怪啊。有一次我申请去雪铁龙汽车工厂当学"

徒，我写了我姓什么，底下得写父亲的职业……"

"会计啊！我有会计师的资格啊！"

"我还是改姓比较好，尼可。"

"可是世界上有几百个姓维尔加拉的，都没有人想要改姓！"

"可是只有一个维尔加拉·葛雷。你们家族干吗这么装模作样，给自己弄了个复姓？"

"那是为了把一个著名英国女发明家的姓保留在我们家族里。"

"哪个发明家？"

"葛雷啊，老兄。"

"她发明过什么？"

男人心烦意乱，在茶里加了些糖，喝了一口，然后做了个不喜欢的表情。

"干什么，儿子？这是学习性向测验吗？"

"我只是问问看而已。"

"事实上，这是你祖父为了平反一桩不公平的事。你的曾祖母艾莉萨·葛雷做的是通讯方面的实验。1876年二月十四日，她去专利局申请登记一项新发明，也就是电话。"

"葛雷？"

"葛雷。但是几个小时以前，贝尔已经在另一个城市用同样的东西申请登记专利了。你的曾祖母上诉，但是败诉了，最后专利权判给了贝尔。"

"失败者的故事。"年轻人露出微笑。

"确实是。"

"你实在是很智利，尼可，你不去纪念那些胜利，反而庆祝失败。就像我们的民族英雄奥图罗·普拉特，所有人都那么温情地记得他，因为他在伊基克的海战中被秘鲁人打败了。"

泰瑞莎从帕布洛手中接过那份装在塑料套里的文件，把它放在桌上。

"律师已经把所有文件都填好了，只差你的签名。"

因为近视，维尔加拉·葛雷倾身俯在桌面，他越往下读，嘴巴就越干。最后，他整个人往后倒在椅背上，他宁可自己坐的是一把电椅，他宁可让典狱长把通电掣压下去。

他清了清喉咙："你知道吗？孩子，从我们坐在这里开始，你都没有叫我一声爸爸。"

年轻人耸了耸肩，泰瑞莎·卡普利亚提递给男人一支金笔，那是他送给她的四十岁生日礼物。

11

蒙古猪肉、杏仁鸡、烤鸭油面、风水鳗鱼、炸虾球、素烧斑皮苹果、春卷、炸蚝酥、上海菌汁母鸡、五味鸭、菠萝肉丸、炒什菜、圣丽塔的金星葡萄酒、卡门的莱茵葡萄酒、安杜拉瓜的卡本内葡萄酒，这些酒菜只是贫穷中餐厅菜单上的一部分菜色。

维多利亚·彭榭为了低卡路里而点了炒什菜，安贺尔·圣地亚哥则是为了重口味而点了很辣的蒙古猪肉。维多利亚·彭榭要矿泉水，安贺尔·圣地亚哥点了一瓶红酒。他们在星空下一起骑着那匹栗色马从舞蹈教室漫步到巴西广场，维多利亚得撩起制服背心裙，才能跨坐在马上，她用灰色大衣遮着她裸露的腿，大衣底下只露出一双学生短袜。

他们从二楼雕龙画凤还挂着小灯笼的窗户望出去，看到那匹马乖乖拴在巴西广场上，嚼着草，任那些小孩抚摸它的鬃毛。他们原本以为，两人一见面就会迫不及待地告诉对方最近这几天发生的事，但是他们骑了马而不是搭巴士，走进餐厅而不是在街上吃三明治，这种庆典的情境加上他们的压抑——他们开始注意对方说的话，因为两人都开始在乎对方，担心自己说错什么话让对方失望或逃开——这一切让他们陷入沉默，脸上只看得到神秘和微笑。盘子里的菜空了，中餐厅没有面包可以蘸酱汁，他们的沉默无法延续，他终于问了她学校的事进行得如何。

"他们有条件地接受我了。十天之后，我得接受测验，内容包括这一整年的所有课程。"

"也就是说？"

"自然科学、历史、智利历史、公民教育、代数、物理、化学、法文、英文。"

"我会讲英文。"

"你讲啊。"

"One dollar, mister, please."

"你在哪里学会这个的？"

"In Valparaiso habour."

"在瓦尔帕莱索港？你在那里干吗？"

"晃过来晃过去啊。"

女服务生给他们送来香片和两个乐透饼，里头包着小纸签，预言顾客未来的运势。

"你那时候几岁？"

"七八岁吧。"

"那你父亲呢？他在干吗？"

"他是跑船的。"

"那你呢？"

"我在附近晃来晃去啊。"

"和你母亲在一起？"

"和好几个母亲。听我说，维多利亚，英文我不是在农庄学校学的，我是在妓院学的。"

女孩用小汤匙搅了搅她的茶，但她其实并没有放糖。

"听你说这些，我觉得好难过。"

"你不必同情我，我自己过得很好。我学会用铅笔写字以前已经会拿刀子了。我知道怎么样一刀剥好一颗橙，而不必连着果皮切成好几瓣。"

"好了，这种事很多人都会，我也会啊。"

"那你知道要给人一刀的话，刺哪里最好？刺肝脏、肺部还是膀胱？"

"我想应该是心脏吧。"

"那你就错了，如果你只是要教训他，而不是要杀他，这样太猛了，刺心脏一刀可能换来终身监禁。"

"你跟我说这些干吗？"

"我只是要让你知道我什么都懂一点：人体结构、语言、刑法……"

"你应该去上大学的。"

"我有别的计划。我向上帝许了四个愿，因为传统的三个愿望对我来说还不够。"

"跟我说。"

"有一个我不能说。"

"是坏事吗？"

"没错，是坏事，但是没有坏到我。"

"你要去伤害某个人？"

"这么说不完全错。虽然用'伤害'这个字眼来形容，太温和了。"

"这是委婉语。"

"这我可听不懂了！"

"这是一种修辞的风格，我在西班牙文课上学的。'委婉语'是用比较缓和的方法表达比较剧烈的事物，譬如，一个肥胖的人，你会说'他看起来壮壮的'。"

安贺尔·圣地亚哥心不在焉地看着那尊挂着五彩花圈的小弥勒佛像。

"这应该是嘲讽，不是委婉吧？"一会儿之后，他这么说。

"我们可以用嘲讽的方式使用委婉语，这么做是可以的。你另外的三个愿望是什么？"

"嗯，马，我已经有了。"

"它要在哪里过活？"

"在我过活的地方啊，当然是这样。"

"所以呢？在哪里？"

"我得好好想一想，想出来之前呢，我会先在市场看有没有人要雇它拉车。"

维多利亚答应喝一杯葡萄酒，她让这饮料在嘴里停了一下，喝下去的时候，她感到一股热意涌上脸颊。

"你得把你想的事情排个顺序，安贺尔，你都没有先后顺序，生活里某一件事摆在其他事情前面，这是很正常的。"

"别教我该怎么做，看看你自己，学校应该永远摆在电影院前面的。"

"电影让人有梦想。"

"是啊，但是一辈子都在做梦的人最后会脑壳坏掉。如果我们没办法把梦变成现实，最后就会进疯人院。还好你已经回学校了。"

"这要谢谢你。"

"我不希望你因为没办法做自己想做的事而变坏。"

"我得通过这个要命的考试，我至少在书包里带了十本书，我得把它们统统背下来。我得从今天晚上就开始。"

"今天晚上，不要吧？"

"为什么？"

"这和我的第三个愿望有关。"

安贺尔露出他最甜美的笑容，两肘支在桌上，两手托着下巴。女孩不断地拨弄两鬓的头发，仿佛这样的轻触可以平息她生命的悸动。她对自己的目标能否实现没有任何信心，当然，她的梦是要在圣地亚哥的市立剧院、布宜诺斯艾利斯的科隆剧院、马德里剧院、纽约的大都会歌剧院跳舞，她缺的不是企图心，她可以为了实现这个愿望而牺牲其他的一切。但是为了这个愿望，她得先通过毕业会考，她需要钱，还要有才华。谁能保证她有才华呢？是舞蹈老师吗？她对每个学生的赞美都没有差别，仿佛她们都是塔玛拉·卡萨维娜、伊莎多拉·邓肯、马莎·葛兰姆、玛歌·芳婷、碧娜·鲍许、安娜·帕芙洛娃。她的梦话多过客观，她的意见其实一文不值。

任何一个皮肤光滑、屁股高挺、露肚脐不害臊的郊区女孩，只要练过任何一段玛丹娜或夏奇拉的舞蹈（在她看来这是最平淡无奇的），就会自以为是职业舞者，就会跑去舞厅和电视台的排练室拼命地跳，期待有一天能被电视节目制作人发掘。然而，这些年她在舞蹈中心做的复杂练习，在地方性的市场，根本就没有机会派上用场。

反正她也不会在舞蹈和赚钱的工作之间画上连接线，她已经看过那么多人为了生存而把自己拿来买卖——首先就是她自己——所以古典舞或现代舞对她来说，是一个神圣的空间，任何外在世界的因素都无法毁坏它，不论是母亲的忧郁症、父亲被谋杀、老师们因为她的沉默和无法投入而瞧不起她，或是她为了缴舞蹈学费而麻木不仁地赚了几千比索，这些事都毁不掉那个神圣的空间。

如果有一天，她真的成了职业舞者，就算只是在乡下小镇的文化中心演出，她也不会要求报酬。这种无酬的演出才是艺术的胜利，艺术战胜在世界上贩卖死亡和丑陋的那些恶棍。商业没有资格保护艺术。

　　安贺尔·圣地亚哥想跟她再上一次床，这表示他并不了解她。他们可以在排练室的垫子上共度几个小时，一起滚来滚去，而他也成功地劝她回去上学。这些吉光片羽在她置身的沙漠里所建立起的关系，已经是她在这些年，甚至是这辈子所拥有的最强烈的关系了。

　　在这段美好的关系无可避免地幻灭之前——因为冷漠、穷困，以及她生命中的卑劣（安贺尔对此一无所知），同时也因为她受到惊吓而噤声的伤痕往事，只有跳舞才能疗愈——她最好还是把这段初萌芽的恋情丢到垃圾堆里，就像把揉得皱皱的餐巾纸丢在炒什菜的汤汁上。"你希望我们为这段恋情留下甜美的回忆吗？那么我们今天好好爱个够，明天就说再见！"

　　"那第四个愿望呢？"她温柔地问道。

　　"农场，很大一片农场！还有各式各样的动物。一个真正的动物园，有乳牛、驴子，不过也有皇家孔雀和黑天鹅。"

　　"我刚好相反，我觉得我适合住大城市。巴黎、马德里、纽约。"

　　"纽约，他们已经把这个城市搞烂了。"

　　"人们不会忘记的。我也不会，我不会忘记发生在我身上的事。我会永远记得我爸爸。"

"你的心情我明白。我知道心里一直想着一件事的那种心情。不过我正在实现我的梦。"

"怎么说？"

"我会说服一个叫做尼可拉斯·维尔加拉·葛雷的大人物跟我连手。"

"连手干什么？"

"进行一场独一无二的神奇冒险，我们会因此发财，以后的书上都会写到我们的这场冒险。"

"是抢劫吗？"

"不是，维多利亚·彭榭，是艺术作品。"

巴西广场附近的居民对马儿很有兴趣，喂它吃了一些朝鲜蓟的梗，马儿甩着尾巴像在跟他们道谢，这动作让孩子们很开心，轮番把头伸过去让马尾把头发扫得乱七八糟。

"怎么样啊？我的宝贝，我心爱的马儿，我的好伙伴？"他和女友跨上这匹坐骑之前，先对它嘘寒问暖一番。他驱着马慢慢走向附近的骑警队，那里的骑警让他把马拴在操场。他向骑警和马儿告别，说好第二天再来把马儿带走。

旅馆柜台的艾莎看见这对情侣走进来，就把正在播放真人秀的小电视关掉。

"我们要一个房间。"安贺尔把几张钞票放在柜台上。

"这女孩成年了吗？"

"我们已经交往好几年了。"

"她几岁？"

"二十。"

"我看看，小姑娘，把大衣打开。"

"天气这么冷，你还要我把大衣打开！"维多利亚发出抗议。

"要么你就打开，不然你们就走人。"

女孩无可奈何只得解开大衣，露出里面的背心裙。

"这可好，这个小女孩是高中生啊？你们要让我的旅馆关门是不是？"

"第一，她已经满十七岁了。第二，我是她哥哥。"

"这样更糟，孩子。"

"第三，是维尔加拉·葛雷叫我们来的。"

柜台的艾莎戴上眼镜，看了关掉的电视一眼，仿佛还有节目似的。她打开住房登记簿，放在他们前面，要他们把名字写下来。

"您知道，我们是维尔加拉·葛雷老师的同伙，我们是不可以用真名的。"

"这我早就知道了。"

"我跟您说这个，是希望您不会跟我们要身份证件。"

"我在这个鸟地方混了这么多年，也已经混成精了，小老弟。"

安贺尔·圣地亚哥把登记簿推到维多利亚面前让她签名。

"随便写个名字。"

"我美术老师的名字可以吗？我想到她是因为我很喜欢她。"

"没问题。她叫什么名字？"

"桑薇莎。艾莲娜·桑薇莎。她好喜欢杰里米·艾朗演的电影。"

"我给你们维尔加拉·葛雷隔壁那间。晚上声音不要太大，不要吵到老师睡觉。"

艾莎的动作像是要把钥匙拿给他们，但是却又改变心意，把钥匙放在嘴唇前面画了个十字。

"你们得发誓，万一警察临检，你们得说你们是自己偷跑进来的。我没看到你们。我只看到恩利克·古提耶瑞兹先生和艾莲娜·桑薇莎女士，他们干完那档事之后不知跑到哪儿去了。行吗？"

"行。您可以把钥匙给我了吗？"

艾莎没有做他要求的事，却把钥匙放在鼻子下头，深深地吸了一口气。

"那是大手笔吗？"

"什么东西？"

"你跟维尔加拉·葛雷在计划的事。"

"如果不是大手笔，我就不会跟他一起计划了。难不成您觉得我看起来不够分量吗？"

"当然不是。不过如果真是大手笔，那我也想掺一脚。你跟尼可说柜台的艾莎要你问他行不行。"

"您自己去跟他说，我不帮任何人当信差。"

她的眉毛往上一挑，撅起嘴，一脸不悦，回头就把钥匙挂回板子上。

"这样的话，你们去救世军的收容所碰运气吧。"

安贺尔·圣地亚哥发现维多利亚觉得受辱，已经往门口走去。他赶紧把手搭在艾莎的肩上。

"好好好，我会帮您的忙，帮您多说好话的。"

"真要说帮忙的话，我可是帮了你不少忙。"

"我会跟他说的。"

"二楼，右边第三个门。"

"你问我。"维多利亚在凌晨两点的时候命令他，这时他正吻着她的大腿。

"你让我休息一下。"

"拜托啦，随便什么都可以。"

"物理？"

"好。"

"史蒂芬·霍金写了什么书？他提出什么理论？"

"这我们刚刚才复习过，不是吗？"

"那你应该记得。"

"霍金写了《时间简史》，他在这本书里说时间没有起点也没有终点。"

"答对了。"

他拉了拉床单，开始吻她的乳房。

"别亲那里，变态。"

年轻人镇定地继续他的路线，用鼻子在她的两腿之间搜寻。

他又爬上她的胸部，用嘴唇在乳头周围画着圈。

"机翼的形状和原理是什么？"

"机翼的下面是平的，上面是弧形，切过空气之后会形成下方的气压，帮助飞机上升。"

"如果气压突然改变的话，我们的身体会怎么样？"

"会爆炸。"

"答对了。罗耀拉的格言是什么？"

"'彰显天主更大的荣耀。'"

"正确。埃及第一个建造金字塔的人叫什么名字？"

"印和阗。"

"何谓神迹？"

女孩把手指伸进男孩的头发——世界上没有一把梳子可以驯服这头蓬乱的黑发——她徒劳地梳理着翘得最凌乱的几绺头发。

"因为超自然的神力介入而发生的违反自然法则的事件。"

"金合欢的学名是什么？"

"Acacia farnesiana。"

"哪一种有机物质在体内累积过多，会引起痛风和风湿？"

"尿酸。"

"太神了，维多利亚，你一道题都没有答错。"

"跟你一起念书，事情就容易多了，你都可以让我记得比较牢，你以前就读过这些吗？"

"我以前什么也不知道啊！我是跟你一起做习题的时候才知道的。"

她把脸靠上去，深深吸了一口气，闻着他的气味。

"一个星期以前，我的生命里甚至还没有你呢。我有什么地方吸引你？"

"第一次的时候，我控制不住。"

"你在说什么啊？"

"我太快射出来了。"

"你很傻哦，这些都是大男人的白痴想法，女人才不会那么在意这个呢。"

"可是我觉得很重要。"

"看得出来你满脑子都在想这个。可是今天……"

"你今天真的高潮了吗？"

"你感觉不到吗？"

"杂志上说女人会假装。"

"我的天哪，安贺尔·圣地亚哥，你没有觉得我们在小小的浪头上漂来漂去吗？"

　　"很好。什么是单性生殖？"

　　"生物在没有雄性的情况下繁殖。对了，你有没有用保险套？"

　　"这次没有，下次我一定会用。"

　　"如果这一次就中了呢？"

　　"我从来不去想一个还没发生的问题要如何解决。"

　　"这种事对女人来说很讨厌啊。"

　　"你……"

　　"我现在不想谈这个。开始复习几何吧。"

　　"勾股定理说的是什么？"

　　"直角三角形，两直角边的平方和等于斜边的平方。"

　　"胆汁是什么东西？"

　　"是胰脏的分泌物。"

　　"伊底帕斯王的儿子叫什么名字？"

　　"埃忒奥克洛斯和波吕涅克斯。"

　　"被黑寡妇蜘蛛蜇到，会出现什么症状？"

　　维多利亚爬上安贺尔的身体，跨坐在他身上。

　　"不知道。"

　　"别装，你知道。"

　　"我不好意思说。"

"那你就好意思做？"

"那是因为语言是神圣的。你看那些在世界上流传的字，它们都让我兴奋。"

"你不必用那么学术的说法，你大可以说它'让我发骚'。"

"是的，我的爱。"

"小心喔，你刚才说了'爱'这个字。"

女孩紧咬着牙齿，她放纵地在情人的小腹上恣意发泄。

"你又让我高潮了，你这头野兽。"她说着，瘫倒在他的胸口。

12

　　根据面包店老板娘弗蕾希亚·桑切斯的说法（她的店位于圣贝尔纳多镇萨尔瓦多·阿连德街和施奈德将军街的交叉口），凌晨时分有个人从她的店门口经过，这人紧贴着柴泥墙走，仿佛想融入黑夜最深的暗影里，这个人就是利果贝托·马林。

　　她说有一大群流浪狗在后头跟着他，这些狗嗅着空气和地面，仿佛在侦测危险来自何处。这群狗被一阵鬼魅般的寂静附身，它们此刻的任务比起对着路树或路灯撒尿要高贵得多。

　　这是工人们在街角等着搭巴士去市中心的时刻，利果贝托·马林和他们的对比十分明显。对工人来说，白天正要开始，对马林来说，黑夜正要结束。

　　"我可不想看到他跑进我的店里。"面包店老板娘心里这么想。

　　她也不想当帮他开门的人。这男人吸引死神，就像腐肉吸引秃鹰。他所到之处必有争执、必有刀光剑影，直到一声枪响结束打斗，这时骑警出现，用塑料袋包裹死者，并且拳打脚踢逼问目击证人。

镇上的每个人都知道，马林早该被枪毙好几次了，只是有个多愁善感的总统发布大赦令，改变了他的命运，他的死刑逆转成两个或三个不得撤销的无期徒刑。弗蕾希亚·桑切斯一边把刚出炉烤成金黄色的串联面包卷倒进一只柳条编的大篮子里，一边想着，如果马林从中央监狱逃出来，躲在圣贝尔纳多镇，那么这个匪徒实在够狡猾。一方面，没有人敢去告发他；另一方面，有一堆老老少少被他宠幸过的女人，从少女到老祖母都有，这些女人对他的性能力赞誉有加，她们会不顾一切地庇护他。她们说他炽烈的欲望混合着一种狂暴的温柔，令她们悸动、令她们兴奋。

她自己就曾在某一天的拂晓时刻，听寡妇活灵活现地说起马林高潮之后，继续爱抚她将近一个小时，并且不停地哭泣。虽然镇上大家都怕他，但是女人们都准备好了，如果这个男人用眼睛盯住她，用坚决的方式征服她，大家都愿意融化在这样的恐惧里。

这些女人投身于这样的冒险有个好理由：这个杀人犯从没杀过女人，尽管有那么几次，他杀的是这些女人的丈夫。这无碍于寡妇在葬礼之后和马林在一家叫做"孔查利"的旅馆翻云覆雨，他们的床边围绕着葬礼用的花和燃烧到一半的蜡烛。"因为你，是我爱的，而他，是我尊重的。"这女人把布景摆置停当之后，如此解释给马林听。

马林的激情在男人这边引发的是一些毫无诗意的笑话。他们说这家伙实在太热了，他都是用手在熨衬衫。

根据弗蕾希亚·桑切斯的说法，这个罪犯就是打算去躲在寡妇的那栋砖造房子里。无可争辩的证据是，从那女人家的门厅到对面的人行道，一路上趴着十几条狗在那儿搔着它们的背，这些狗挡住了市场水果贩的小推车，镇上的女人用冰水泼它们，它们还是坚忍不移，怎么也赶不走。

在饭厅里，寡妇依然一丝不苟地穿着丧服，墙壁的托板上有一尊圣安东尼的塑像，小圆桌上铺的桌巾是智利国花红百合的图案，上头摆着一只充当花瓶的杯子，里头有两枝盛放的玛格丽特。马林把杯子推开，腾出空间，把约莫二十颗蛤蜊和两颗柠檬倒在桌上。他把蛤蜊放在手里一握就打开了，挤了几滴柠檬汁，蛤蜊因此缩了一下。他试过鲜味之后，把它放在寡妇的舌头上，寡妇津津有味地嚼了一会才吞下去。

“真是想疯了，”马林说，“这些年来，我一直梦想这样的早餐。”

“吃智利的海鲜吗？”

“而且和你一起，寡妇，我们在一起玩得很开心。”

“那是我的身体，我心里混合着痛苦和享乐。我知道上帝不会宽恕这种堕落的事。”

马林以庄严的手势指着墙上托板上的圣徒。

"你满脑子想的都是他。你还是留着他的相片，而我，这里却没有我的痕迹。"

"马林，你留给我的没有照片，只有眼泪。"

寡妇走向炉边，拿开水回来冲了两杯雀巢咖啡。男人尝了另一个蛤蜊，他用匕首指着寡妇，仿佛那是他食指的延伸。

"打从出来之后，我的脚步自然而然带着我来到这里。"

"你是逃出来的吗？"

"要这么说也可以。"

"马林，你的意思是？……"

"他们让我假释了。"

"假释你！所有媒体都说你被判了两个无期徒刑，加上另一个五年又一天的徒刑。你骗不了我，你是逃出来的。"

"我是为了你才这么做的，寡妇。没有人像你那样抱我，当我在你身体里的时候。"

女人把手放在罪犯粗糙的脸颊上温柔地抚摩，然后翻起他的上唇，开心地看着他门牙之间的洞。

"我不会去告发你的。"

"没有人，绝对没有人会知道我在外面，如果有人知道，我就死定了。"

"有人看到你走进来吗？"

"我偷偷从阴暗的地方走过来的。"

"我可不希望有人怀疑杀死我丈夫的人躲在我家里。"

"你家？如果他真的爱你的话，他早该让你搬出这个猪圈了。"

"马林，他也有过好的时候，只是酒和失业让他沉沦了。这个房子是过世的人的房子，我请你尊重他。如果你不喜欢，就请你离开。"

"那我不说就是了。"

他拿起几个空的蛤蜊壳在手心摇一摇，然后像掷骰子一样丢在桌上。

"你会用这个算命吗？"

"蛤蜊壳没有用，我可以帮你抽塔罗牌。"

"不必，我每次抽到的都是太阳。"

他拿起咖啡凑到嘴边，然后又一脸痛苦地把杯子放回桌上。

"妈的，我烫到舌头了。"

寡妇吹了吹他的咖啡，在里头添了点冷水。她用小汤匙搅了一下，然后做个手势要他再喝喝看。马林乖乖喝了，目光却不曾稍离女人黑色的眼睛。

"其实，寡妇，他们放我出来是要我去干掉一个人。"

"谁？"

"一个还没有罪犯登录数据的可怜虫，他还没犯过真正的罪呢。"

"我不懂。"

"是一个很帅的男孩子，典狱长把他丢进无期徒刑的牢房里，让那些重刑犯给他做'新生训练'。典狱长自己也干了。现在这个男孩子出狱了，老头子很确定这男孩子要杀他。"

"他怎么会知道？"

"那个男孩在牢里跟每个人都说了，他出狱那天也发誓他会这么做，就当着典狱长的面。"

"这个年纪的男孩子都很爱说大话。他们的经验和他们胡言乱语的程度成反比。"

"可是这家伙不一样，他说到就会做到。"

"那你呢？"

"典狱长给我一个月的期限。计划很周详，所有人都以为我在监狱里的高度戒护区。没有人会怀疑到我身上。"

"为什么你会答应做这件事，马林？"

"三十天，三十天的狂欢。第一天就是跟你在一起，我简直要疯了。"

女人的手先是放在男人的膝上，然后顺着大腿一直摩挲到男人的性器。阳光从印花窗帘布的边缘透进来，渐渐亮过煤气炉的火苗。

"如果他们逮到你会怎样？"

"行刑队。"

他说这字眼的语气像是要驱走某种诅咒，他像被电击似的走到窗边，把窗帘拉开几公分。那群狗还在，狗嘴贴在尘土上，在那儿等着他。

"从我小时候开始，狗就一直跟着我，它们靠近我、闻我，我走到哪儿，它们就跟到哪儿。"

寡妇把冰冷的手放在煤气炉上，然后又贴在自己的脸颊上搓一搓，好让热气扩散开来。床没整理过，还是跟她突然起身帮马林开门的时候一样。

"上来吧，亲爱的，你该好好睡个觉。"

"我可不想睡！我得好好利用我自由的每一分钟。"

"狗的自由。"她笑着说。

他从后面进入她。

这正是她要的。

像狗那样。

13

午餐过后，维尔加拉·葛雷沿着马波乔河散步。这条混浊的河流冲刷着城市的残渣，河上漂着破轮胎、茅草屋的碎片、河边住家的破木板、排泄物、生锈的罐头、腐烂的蔬菜、暴风雨吹断的树干、死狗、弹弓打烂的鸽子，时不时还会漂来人的尸体。军事政变之后，路人们倚在桥上，指着河上漂流的死尸，尸体的上半身或脑袋被军人的子弹打穿。也有过这样的日子，一些失踪者的父母亲，在警察局和军营遍寻不获，只能坐在马波乔河岸上，期盼看到他们的孩子漂在水上。有人就遇到了自己的父亲，所以才办了葬礼。

现在，城市已经现代化了，马波乔河被工程师驯服，河道转了弯，为的是兴建高速公路的联通道路，让有钱人可以快一点抵达市中心的银行。这条河已经不再是那些在中央市场偷皮夹的小混混的巢穴了，它已经变成一条缓缓流过城市、直通圣地亚哥金融中心的河流了。沿岸矗立着四五座银光闪闪的高大建筑，佯装成摩天大楼，智利人则以他们的幽默为这个优雅的地区命名为圣哈顿（Sanhattan）。

维尔加拉·葛雷决定用走路驱散心里的烦躁，他要走到筋疲力尽。他的心情足以让他在经过法学院的时候，从桥上跳下去一头撞死在底下的石砌路上，不过这念头不到一分钟就消失了，他认为自杀是一种很不洁的行为，得要全然没有羞耻心，才会让自己的尸体暴露在那里，不论任何人经过都看得到他被树莓或荆棘扯破的衣服和他被老鼠啃得空空的眼眶。

直到夜色降临，光明与黑暗的交替把他混乱的心情变成简单明了的悲伤，他决定走回酒馆街，回他的房间。他的墓穴，他心想。他的坟墓。

在即将死去的人们向世界告别的时刻，他哼着他最喜欢的一首探戈。他走上楼梯，一边松开领带，解开衬衫的第一颗扣子，但是一点也没有放松的感觉。

他打开房门的时候，以为自己走错了房间，因为房间中央的桌子上铺了一条干净的白桌巾，还有冒着热气的咖啡壶和一篮各式各样的面包，加上年轻的安贺尔·圣地亚哥清澈无比的笑容，一旁还有一个宛如舞者般纤瘦的高中女生。

"早餐准备好了，老师。我们在这里会不会打扰到您？"

"这个穿高中制服的小女孩在这妓院里干吗？如果有人看到她在我房间里，我就要被送回去蹲苦牢了。如果我就这样被人当成个淫荡的家伙，那我恢复自由干吗？"

年轻人从座位上跳起来，把位子让给男人，等他坐定之后，他请男人握一握女孩已经伸在桌子上方的手。

"维多利亚·彭榭，她喜欢人家叫她胜利女神。这礼拜她的学校有个考试，我在帮她温习功课。"

"在这个妓院里，'温习'这个字眼还真是恰如其分。"

男孩用食指指了指女孩的额头。

"阿米巴原虫的特性是什么？"

"它是由单细胞构成的。"她立刻就答出来。

安贺尔·圣地亚哥搓了搓手，然后把手伸到极限，让人看到摆在桌上的食物："老师，您慢用。两个串联面包卷、两个扣利撒面包、三个阿鲁拉面包、三个油炸面包卷、四块没烤过的小面包（因为烤箱的电线烧掉了）、三个洋葱面包卷、三份加了糖渍水果的葡萄干面包。生日快乐，尼可先生。"

"今天又不是我的生日！"

"别在意这种小事嘛，老师，您去参加葬礼的时候，也不会要人家给您看尸体吧。您去参加小孩子受浸礼的时候，也不会要求看到那个奶娃。您就好好过您的生日，别想那么多了！"

维尔加拉·葛雷让他把牛奶倒进他的雀巢咖啡，然后在一块面包卷上涂了一层奶油。他一边咀嚼，一边仔细观察女孩。这女孩像只兔子鼓动着鼻翼，回应他的眼神。

"圣地亚哥先生，我们到底在庆祝什么？"

"庆祝拇指神童的计划开始执行啊。"

"怎么说？"

"昨天我走进申德勒工厂的维修中心，跑去电梯维修部的员工餐厅。实在太简单了。他们上桌吃饭的时候，外套和通行证都一起挂在衣帽架上。"

"我很高兴你用这种童话故事逗这个小女孩开心。"

"这绝对不是童话故事，老师。"

他给自己的话加上了动作，从床上拿起一只塑料皮的蓝色袋子，从里头拿出两件牛仔布夹克。他一手拿着一件，像渔夫掂着钓到的大鱼。

"这跟拇指神童的计划有什么关系？"

"我说过我们是在庆祝这个计划的开始，现在万事俱备，只欠您的参与了。"

"你在说什么？神经病。"

年轻人走近男人，把别在夹克上的通行证拿给他看，上面的照片已经换成安贺尔·圣地亚哥和维尔加拉·葛雷的了。

"您留意到这个小地方了吗？"男孩得意地说。

"你去哪儿弄来这些照片的？"

"我呢，我自己去麻特廊道街拍了一张大头照。至于您的照片，我是在网络上抓的。您所有的事迹都在网络上，他们只差没把您的一生整理建档，写成一部小说。"

男人皱着眉头，吃着涂了奶油的面包卷，一边端详着那两张通行证。他转过头看着维多利亚，维多利亚也看着他。她静静喝着牛奶咖啡，等着看她把嘴里的面包慢慢吃下去之后，男人会对她说什么。

"'表皮'是什么？"他终于咕哝出这一句。

维多利亚缩在椅子上，用眼神问着安贺尔。男孩意有所指地摸了摸手。

"不要作弊，年轻人。"

"呃，表皮就是隔绝器官与外在环境的组织整体。"女孩铿锵有力地说。

"换你了，你是怎么把申德勒电梯的章盖在我们相片上的？"

"没有比这更简单的事了，老师。城里每一台电梯里都有个小玻璃框，里头装着一张告示，上面有申德勒公司的章，还有电梯最后一次保养的日期。我用一支小榔头把玻璃敲碎，接下来，只要把这张告示扫描一下，再用计算机做剪接的工作，然后用彩色打印机把它印出来，上头就有公司的章了，加上一点胶水，覆上胶膜，就大功告成了。"

维尔加拉·葛雷把通行证从夹克上取下来，对准窗户附近的垃圾桶丢了进去。

"别这样，老师！"年轻人一边大叫，一边站起身来。"不要这样对艺术品！"

年轻人倒在椅子上，一脸沮丧，男人则是大声啜饮着咖啡。他转向女孩那边，把手伸过去，女孩握住他的手。

"从表皮到表皮，我祝你考试顺利，小姑娘。"

　　"如果考不好的话，学校就会开除我。我得用一天的时间考完一年的功课。"

　　"考试是什么时候？"

　　"下星期。"

　　她把头发卷成一个髻，用橡皮筋绑好，然后起身，拿起书包，做了个手势要安贺尔·圣地亚哥陪她走到门口。在黑暗的走廊上，男孩帮她把大衣套在制服外面，她吻了他，在他耳边轻声说："我有很多事，你都还不知道呢，安贺尔·圣地亚哥。"

　　"譬如什么事？"

　　"一些不好的事。"

　　"晚一点你再告诉我吧。现在最不好的事，就是你上学迟到了。"

　　"明天是月底，我要缴舞蹈课的学费，你可不可以借我一点钱？"

　　"你要我上哪儿找钱？我最后一块钱都花在今天的早餐了。"

　　"舞蹈老师不会让我进去上课了。"

　　"这问题我们过两天再来解决，她不会因为你晚一个月付学费就饿死的。"

　　"不是一个月，我已经欠她三个月了。她得付房租还有暖气的钱。"

　　"有你这样的学生，她要感谢上帝了，没有人像你那么有天赋，可以把单脚旋转跳得那么好。你会去市立剧院跳舞的，而不是每天晚上在这个老鼠洞里冻得要死。"

"我不会进市立剧院的，安贺尔，只有天鹅才能在那里跳舞，跟我一起跳舞的，都是老鼠。"

"现在你专心考试就是了。阿米巴原虫、表皮，重音要加在哪里？"

"安贺尔！"

"加在安贺尔身上也可以。你有钱搭巴士吗？"

"买学生票够了。"

"那回来的时候呢？"

"我再想办法。"

"你妈妈呢？她怎么说？"

"还是忧郁症啊。"

男孩用力搓着自己的脸，好像想把脸搓到消失。

"事情很快就会有改变的，你也看到我的计划已经上路了。"

"我可不觉得计划会进行下去，你看到老头的反应了吗？"

"他会害怕是正常的。他在牢里待了五年，所有人都以为他会再干一票。这些人多想跟他一起干啊，但是他的同伙，就是我一个人。"

女孩用大衣的袖子抹了抹鼻子，走下楼梯，往街上走去。

14

　　他走回房间的时候，维尔加拉·葛雷正在吃葡萄面包，上头还涂了一层果酱。他细细嚼着，闭着嘴，只是举起食指，意思是他有重要的事情要说，他用同一根指头示意要年轻人坐在床上。

　　"盗贼丛林法则的第一诫就是：不蹚浑水。我不会蹚进你的浑水，就算比你有江湖经验的，我也不玩。"

　　"老师，那您就要在这个房间里腐烂了。"

　　"……我也不会跟一个像你这么无礼的人合作。"

　　"请原谅我，老师，问题是您这么值得尊敬，可是您却没有这么对待自己。这一行的每一个行家如果有您的资历，都会很自豪的。"

　　"你说的是我的犯罪记录吧。别再用那些委婉语了。"

　　年轻人露出微笑，打开一瓶菠萝口味的酸奶，一饮而尽，嘴唇上方留下了一道白胡须。他没把它擦掉。

"我很清楚什么是'委婉语',尼可先生。容我以商业用语跟您说吧。您待在这个属于妓女的伤心旅馆,听那些俗滥的波丽露和探戈,却不去好好运用您最珍贵的宝藏!您的资本!您这是在浪费生命,跟一般人一样,过着没有鼓号乐队伴奏的日子。"

"我不担心。莫纳斯特里欧欠我很多钱,而且我太太应该这几天就会接我回家。"

"恭喜您。"

"而且,我这辈子不会再干任何不法的勾当了。在我坐牢的期间,我失去我太太、我儿子、我的钱,还有我的梦。我已经受够当贱民的日子了。"

"像您这么有名望的人不是贱民,有很多人愿意拿他们的一切跟您交换。"

"文学是一回事,现实又是另一回事。大家都以为我们坐在加长型礼车里头抽古巴雪茄,可是他们不知道,哪一天狱警喝醉酒没帮你开门让你去上厕所,你就知道闻着自己的尿臊味是什么感觉;他们也不知道,夏天在牢房里,我们得在一平方公尺的地面上打死多少只蟑螂;他们也不知道,阳光会把我们的床变成烤肉架。"

"这个猪圈也没好到哪里去。"

"这里只是过渡的地方。"

"所有人都知道,莫纳斯特里欧不会把他欠您的钱给您了。不是因为他不想,而是因为他把钱都花在贿赂皮诺契的爪牙上了。"

"他把他自己那一份花光了，我的还好好的。"

"如果真是这样，那他为什么不还给您呢？"

"他应该是手头比较紧。"

"老师，为什么您不愿意听实话？"

"因为如果我听了实话，就不得不把他杀了。而我不想回去蹲苦牢。"

"那我给您提供另一个选择，一石二鸟，而且您也不会被抓去关起来。"

"拇指神童的计划？"

"拇指神童把这计划当成一块宝，一直到他被判了无期徒刑，他没有把这计划带进坟墓，而是把它送给您，这是对伟大的维尔加拉·葛雷表达仰慕的一个动作，您不会让他的热脸贴到冷屁股吧？"

"我不是因为傲慢才拒绝的，我是因为谨慎。"

"老师，您之所以可以一石二鸟，是因为我们要入侵的这个保险库属于独裁者的秘密警察头子：康特罗斯将军。"

"这家伙不是已经被送进监牢了吗？"

"他们盖了一栋五星级的饭店给他当监狱。他被关了五年，现在他在街上晃来晃去，嘲笑着每一个人。他的钱都是靠那些秘密警察搞来的，他把那些在独裁时期受他管辖、现在因为实施民主制度而失业的屠夫刽子手重新组织起来，他让这些人穿上警卫的制服，并且向公司的老板们保证，他的人会照料他们的事业。不乖乖跟他合作的人就倒霉了。"

"你太爱钻牛角尖了，把过去的事忘了吧。"

"您可以忘记您漫长的过去。我的过去很短，而且已经被我爸给搞成一堆屎了。"

"说来听听。"

"我不想谈那些琐事，但是我很想把康特罗斯那只猪的钱都弄走。"

"你成功的话，我会很高兴在报纸上看到这个消息。"

"老师，少了您，这档事根本不会发生。维尔加拉·葛雷知道，拇指神童知道，安贺尔·圣地亚哥也知道。有很多人的一生都要靠您来决定了。"

"很多人？我很想听听看是哪些人。"

"您、我、您的太太、您的儿子、维多利亚·彭榭、舞蹈老师，甚至拇指神童，他可以不要再吃豆子而是吃牛排。"年轻人解开粉红色的丝带，打开卷成圆筒的细卡纸，把拇指神童的计划摊在床上，两边各用一只维尔加拉·葛雷的皮鞋压着。

"把它拿走，孩子。"

"我只希望您告诉我一件事。"

"把它从我的床上拿开。"

"不管您干不干这一票，如果您从客观的角度来看这个计划，您会给它什么样的评价？我要的只是专家的一个简单意见。

好、坏，还是普通？"

维尔加拉·葛雷把咖啡壶底剩的统统倒进杯里，边喝边享受口中的香气，在这么多难熬的事情发生之后，这气味显得格外香甜。

"客观的评价？"

"没错，专业人士的看法。"

"不留情面？"

"简单明了的评价。"

维尔加拉·葛雷清了清喉咙，用手背抹去沾在胡子上的咖啡。他严肃的表情掩藏着内心的激动："安贺尔·圣地亚哥，拇指神童的计划太棒了。如果不考虑上帝带来的偶发事件，这个计划完全、绝对是天才之作。"

男孩使劲把男人的鞋子扔向天花板，然后扑过去紧紧抱住男人，大声地亲了他的两颊。

就在这时候，莫纳斯特里欧一声不响地走了进来，他一脸嘲讽，欣赏着眼前的画面，他连问都没问就动手拉了床单。"希望你不会跟我说：'兄弟，事情不是你想象的那样。'"

"你来我的房间做什么？"

男人走近壁橱，把门整个打开，一只手臂伸进吊着的衣服里，然后看着桌上的空杯子。

"三件事，尼可。首先，请你记得，严格来说，这个房间是我的。其次，有人告诉我，说你们两位先生带了一个高中女生进房间。我可不希望我唯一的收入来源被切断，我也不希望你在我的店里扯进诱拐未成年少女的事。第三，我不喜欢有人用鞋子敲我办公室的地板。还有第四，"——他突然吸了一口气——"我很遗憾我进来的时候看到的那一幕，我看你已经转性了。"

安贺尔·圣地亚哥一拳往莫纳斯特里欧的脸上挥去，却被维尔加拉·葛雷用钢铁般的力道拦住他的手臂。

"我不会让一个老混混怀疑我的男子气概！"

"我可没有怀疑，小伙子。我知道。我知道在监狱里大家都叫你'小天使基路伯'，你的屁眼比阿乌玛达步道还热闹。"

15

　　年轻人五脏六腑一阵痉挛，泪水涌上眼眶，眼睛里布满血丝，他想要狂吼，但是气却上不来。他的双手颤抖，心跳因为暴怒而加速。愤怒涨红了他的皮肤，疯狂的蛮力让他挣脱了维尔加拉·葛雷。他掐住莫纳斯特里欧的脖子，两手紧扣他的喉结，掐到他窒息跪在地上，连求饶的声音都发不出来。

　　他不只掐他，他还想大叫，滚烫的字词鲠在喉咙却出不来，他处于一种没有语言的原始状态。他一定要杀了他，可是却说不出"我要杀了你"。这纯粹是本能，他回到了没有记忆也没有思想的年代。

　　维尔加拉·葛雷使出足以拉住一匹马的力气，才把他从莫纳斯特里欧的身上拉开，并一把将他从窗口摔了出去，跌在旅馆的门口。年轻人在街上爬起来，鼻子都是血，手也被沥青的路面磨破了，他满脸狐疑地看着维尔加拉·葛雷，他在他的眼神里读到专横的命令，要他立刻离开这里，跑到安全的地方。

"我会说是我干的，"他大声对他说，"既然所有人都知道他偷了我的钱，他们会觉得我揍他一下很合理，甚至是很光荣的事。现在赶快闪人吧，孩子。"

"可是我要去哪里？"

"远一点，买一张单程车票，不要回来。"

"您没听到他对我说什么吗？从来没有人用这种话侮辱过我。"

"这不是失控的理由。一个人拥有你那种计划的时候，不应该这么容易被激怒。"

"我现在应该怎么做？"

"暂时消失一下。"

"好吧，老师。"

年轻人往四周一看，发现一堆闲人已经围拢在他的身边，擦鞋的、卖报的、卖花的，还有桑特利谢斯那个帮人看车的老头。桑特利谢斯抬眼望着二楼，然后抓住男孩夹克的翻领。

"你从楼上摔下来呀，年轻人？"

维尔加拉·葛雷离开窗边，往里面走。安贺尔·圣地亚哥抬起头，深深吸了一口气，把鼻子流下来的血吞了回去。

"要不要帮你叫救护车？"

"你别担心，老头，我从小就会流鼻血。我常这样的。"

"小心是出血性的毛病啊。"

"看到血会让人害怕，可这就是人生啊。你看车子一天赚多少？"

"差不多一千比索。"

"你可以借我两千比索搭出租车吗？"

"我又不认识你。"

"我和维尔加拉·葛雷一起工作。"

"这关我什么事？"

"你今天借我的这两千比索，到了明天可能就会变成一笔财富。"

桑特利谢斯拉一拉头上的帽子（这顶停车管理员戴的灰色帽子，帽檐上还有市政府的标志），他把手上的黄色绒布换到另一只手上（他拿这块绒布掸去车上的灰尘，也拿它来打信号，让开车的人把车停进他宣称是特地为他们保留的车位），他在外套左边的口袋里摸索，铜板因此发出碰撞的声音。

"还我钱的时候用现金，没别的条件。"

"绝对没问题。"

"你不要我帮忙叫救护车吗？"

"我可没疯，先生，救护车后头跟的就是警车了。"

"你不喜欢警察？"

"是有那么一点。"

年轻人伸出手，看车的老头先把一枚一千比索的铜板扔在他手上，然后又扔一枚。最后，他走到他身边，神秘兮兮的。

"你不是自己从二楼窗户跌下来的，我看见是维尔加拉·葛雷把你推下来的。"

"对呀，他常常干这种事。"

"你们是不是打起来了？"

"才没有，我们在讨论事情，"他边说边从嘴里咳出一团血痰，"气氛很友好。"

十分钟后，救护车还是来了，不过是为了莫纳斯特里欧来的。他们把他抬回他的房间，打了一针肌肉松弛剂，还让他吸了约莫半小时的氧气。他的喉咙上有一块柳橙般大的淤青，柜台的艾莎帮他涂了点顺势疗法的药膏。维尔加拉·葛雷不愿丢下莫纳斯特里欧，尽管心里的痛苦折磨着他，他还是留在房里陪伴莫纳斯特里欧，并且承担男孩犯下的过错。莫纳斯特里欧醒来的时候，维尔加拉·葛雷要他请艾莎离开，他拉过来一把椅子，想要重建他们在背叛发生之前的亲密友情。

"很遗憾发生了这样的事，莫纳斯特里欧，可是你对那个男孩太鲁莽了。"

他躺在床上听了这番话，喝了一口马黛茶，皱起鼻子做出轻蔑的表情。

"他差一点掐断我的脖子，这个狡猾的小同性恋。"

"他不是同性恋，是他们在牢里给他做了'新生训练'，这种事有人提起，他当然会不高兴。"

"我还有更难听的话没说呢。"

维尔加拉·葛雷若有所思地抚着胡子，然后又摸着发白的鬓边。

"你和我，也该是时候了，我们该谈一谈了，小伙子，你欠我的那一半，到现在你连一个字也没说。"

"我知道，年轻人，其实我一直在找更适当的时机，但是既然要说的话，我们现在就说吧，不然事情越拖越糟。"

"我们就一件一件来谈吧，我的钱在哪里？"

莫纳斯特里欧把他的马黛茶放在床头的小桌上。

"你别忘记你的同伙才刚把我扁了一顿，我可受不起第二顿那样的毒打。"

"你知道我不会用暴力。"

"一开始，我把我的钱拿去买股票，银行的人跟我拍胸脯打包票，而且股价也真的一路上扬，直到亚洲金融风暴，所有的证券都暴跌，后来，又有'9·11'事件，全球市场都崩盘。我的梦都变成了灰啊，尼可！"

"你的梦和你的钱都变成了灰，莫纳斯特里欧。那我的钱呢？"

"我们每个月都有寄钱给泰瑞莎·卡普利亚提。"

"你们已经六个月什么都没寄了。我说的不是那些面包屑，老朋友，我说的是应该分给我的一百万美金。"

"没那么多，只有九十万。"

"你高兴怎么说都行，我要这九十万美金。"

"我解释给你听，要获利就要先投资。酒吧、旅馆，还有打点官员的费用。你在监狱里，让那些资金躺着睡觉，这样没有意义吧。"

"你没有经过我授权就动用了我的钱。"

"没经过你授权，但是是为了你的利益。你在监狱里睡觉的时候，我们每个月固定给泰瑞莎·卡普利亚提寄钱过去。"

"你知道你干的这些好事，在我们这一行要付出什么代价吧？"

"这些基本常识我早就倒背如流了，可是你不是那种会用暴力的人吧，尼可。大家都知道你有一颗黄金的心，所有人都崇拜你。我就完全相反了，连擦皮鞋的都看不起我。我根本就是个废物。如果你愿意听我说实话，我告诉你，尼可，我真的很羡慕你。"

维尔加拉·葛雷用两膝夹住自己的双手，以免它们勒住莫纳斯特里欧的脖子，完成年轻人未竟的动作。

"我们还是一件一件说吧，"他刻意用温柔的声音说，"既然酒吧、旅馆都是用我的钱买的，那它们就是我的啰。"

莫纳斯特里欧假装在调整枕头的位置，其实是在确认拿不拿得到藏在床头的布朗宁点四五口径手枪。

"就技术上来说是这样，但是还得扣掉一些费用，还有一些没办法估算的部分。"

"譬如说？"

"那些管理的成本、借贷的资金、打点官员的费用、旅馆的设备。"

"很好，可是这些拿你赚的钱来付都够了。"

"根本没赚到钱啊，尼可，就是因为这样我们才没把生活费寄给你老婆。"

"如果没赚钱的话，莫纳斯特里欧，你干吗继续开店？"

"唉，你不会明白的。"

"这是我的钱，我要把它搞懂。"

"如果我把店收起来，员工就没有工作了。现在圣地亚哥的失业问题很严重，柜台的艾莎到时候不知道要何去何从。"

"她是你的情妇。"

"那些在我们酒吧混的女孩，都跟我们很熟了。在别的地方，她们都会被剥削。还有酒保、服务生、清厕所的、门房、旅馆的清洁工。总之……"

"你的意思是，莫纳斯特里欧，你在当大善人，是吗？"

"我知道我不是天使，尼可，可是我也有一颗心啊。"

"除了我之外，你对所有人都有一颗心，你这个混蛋。你让我住在猪圈里，害我老婆、儿子都看我不起。"

"我知道我很对不起你，老朋友，这段时间大家都很难熬，连德国的经济都大衰退了。"

维尔加拉·葛雷走到窗边开窗。他希望有微风拂过，提振一下精神，吹散他烦闷紊乱的心情，可是窗外只有冬雾带来的灰扑扑的湿气。莫纳斯特里欧躺在那里，像个临终的圣人。维尔加拉·葛雷没办法接受他的说法，他让他的钱像烟一样飘散，他从来没有来监狱探望过他，他从来没有在圣诞节送过一只火鸡或一瓶葡萄酒给他，可是现在，这个装神弄鬼的黑帮混混竟然想把挪用人家钱财的勾当说成慈善事业。

"你打算怎么做？尼可。"

"我正在想。"

"就我所知，你没有杀过人。"

"没有，到目前为止确实没有。"

"你不会拿老朋友开第一刀吧？我对你一直很忠心，我可是一直拉着绳子，是绳子自己绷断的。"

莫纳斯特里欧在马黛茶的杯子里加了一点热开水，用搅拌棒把茶叶搅一搅。

"我很喜欢马黛茶，它让我神经安定，头脑清醒。"

"这样很好，因为接下来的事，你的头脑得要很清晰。"

"我年轻的时候帮一个马黛茶的广告唱过歌，卖得超好的，你有没有听过？"

"从来没听过。"

"布宜诺斯艾利斯的电台都有播。在这里，智利人还不懂马黛茶的好处。"

"玛黛，妈的，妈的咧！"维尔加拉·葛雷凄凉地咕哝着。然后，他突然大声说："你可以唱来听听吗？那首马黛茶的歌？"

"别开玩笑,你真的想听吗?"

"我真的很想听。"

"就这样唱?清唱吗?没有吉他,什么都没有?"

"就这样唱。别慌。"

"你说话的语气好像不是很想听。"

"我想听得要命。"

"那就好。我就听你的话唱啰。我会唱得很快,因为这样唱起来才顺。"

> 喝点马黛茶,你醒醒吧,
>
> 没什么比这更简单的,老兄,
>
> 甜的马黛茶、苦的马黛茶,
>
> 用吸管或不用吸管,
>
> 这是民族工业的
>
> 第八个奇迹。

"你喜欢吗?"

"卖啊!"维尔加拉·葛雷用很刻薄的语气说。

"你在说什么?"

"我说你什么都能卖啊!旅馆、酒吧、床位、保险箱、霓虹招牌,可是你却不把欠我的钱给我,莫纳斯特里欧。"

莫纳斯特里欧假装翻身,其实已经把手伸到枕头底下握住武器，食指也已经扣在扳机上。

"我很希望能让你开心，尼可，可是我没有办法。"

"为什么？"

"你看到的这一切，甚至你还没看到的，都已经抵押出去了。银行捏着我的睪丸啊，我是靠借贷过活的，老朋友。探戈已经不流行了，我们只剩下最后那些锵锵的声音了。"

维尔加拉·葛雷靠在窗边，吸着街上污浊的空气，突然感到心脏一阵剧烈刺痛。他昏倒在床边，莫纳斯特里欧慢条斯理地拨了电话。

"请派一辆救护车过来。"他说。

16

　　年轻人来牵马的时候，骑警们的心情非常好，因为他们刚拿到年度的冬季治装津贴，他们的老婆则是急着把钱拿到手。回家之前，这些女人到骑警队一同享用丈夫们的蔬菜炖肉，并且展示她们逛街购物的战利品，一些保暖的衣服和新的胶靴。现在不用看报纸的气象预报也知道，冬天确实已经来了——窗户开始结霜，每个房间都弥漫着一股石蜡的气味，每个角落都有油灯在帮忙污染空气。有个好心的骑警班长给那匹马披了一床毯子，现在他开心地把马儿从木桩上解开，还给它的主人。

　　"你应该帮它找个马厩才对，万一这匹冠军马感冒了怎么办？它就不能参加智利跑马场的锦标赛了。"

　　"它一千两百公尺跑一分十六秒。"

　　"那就让它去塞莲娜比赛。那里是乡下，传统的赛马，它们差不多就跑这个成绩。"

"你们的马儿怎么样呢？"

"它们跑得很慢，不过胆子很大。它们要受得了学生们丢的石头，甚至丢的汽油弹。它们已经习惯了，没有什么吓得了它们的。你养这匹栗色马很久了吗？"

"我们在乡下一起长大的。"

"在哪里？"

"塔尔卡附近。"

"啊，是那里啊，那里的生活很健康，到处都有工作，不过悲伤的事也不少。"

"我想回那里去，班长，我在城里有点不知道要干吗，我的梦想是拥有一个农场。"

"去买乐透吧。"

"我赌运不好。"

"那爱情运呢？"

"还可以啦。"

"有女朋友吧？"

"有啊。"

"她叫什么名字？"

"维多利亚，不过她喜欢人家叫她胜利女神。"

寒意刺骨，班长看到马鼻子喷着白气，于是把毯子又盖回马背上。

"你知道有什么好事吗？小伙子，我把这件毯子送给你！"

"您不是在开玩笑吧！"

"我是说认真的，我现在就去把它从骑警队的财产清册上划掉。"

"实在太感谢您了。怎么称呼您呢？"

"苏尼卡。如果哪天有警察找你麻烦，你就来骑警队找我。如果你被开罚单的话……"

"我没有车子。"

"我是说如果你的马被人开罚单的话！你就跟他们说，这是智利骑警队的马，是苏尼卡班长的，这件毯子可以证明。"

"谢谢您，班长。"

"好好干吧，年轻人。"

安贺尔·圣地亚哥骑上马，踩着小碎步一直跑到维加区。途中经过果菜市场，那里的小贩拿朝鲜蓟的梗和其他蔬菜给马儿吃。近午时分，年轻人的肚子也饿了，但是他的自尊心不允许他去讨东西吃，于是他只从马儿的嘴边折了半根红萝卜来吃。

如果维尔加拉·葛雷决定不参与拇指神童的计划，那么他人生的替代选项就非常有限了。他也不可能回老师的房间，那个要命的莫纳斯特里欧肯定雇用了黑帮杀手，在那儿等着赏他几颗子弹，因为他在他的脖子留下了黑青的淤痕，那是他自找的。一切迹象似乎都显示他注定要成为流浪汉了——一个以偷窃为生的漂泊骑士，"因为饥饿而偷窃"——吃面包皮，靠别人施舍，经常睡马厩，四周都是粪便的气味，身上铺着干草、盖着面粉袋，抵挡安第斯山脉刺骨的夜风。

当然，就算没有这个老师父，他也可以伪装成修电梯的工人，混进康特罗斯将军的保险库，问题是就算到了那里，他想不出办法开锁，就只能用头去撞那片厚重的装甲铁壁了。警卫来的时候会看到他僵在那儿，望着坚不可摧的锁和把手。他们会把他送回牢里。到时候，拇指神童会把他掐死，因为他用这么蠢的方式把这个千年难得一见的计划给搞砸了。能回到牢里还好，更惨的是康特罗斯将军的党羽会让他享用全套细致的严刑拷打（这是从前在皮诺契的独裁时代拿来对付政治犯的），之后再把他扔进某个不为人知的秘密监狱。

那他还有什么理由活下去？除了这个伟大的行动之外，只剩下两三件小事能让他继续做梦。他骑着马往维多利亚·彭榭的学校走去，心里想着，依重要性的顺序，第一件事就是去干掉典狱长桑多洛。这个人让他承受的耻辱已经在偷窃犯的圈子里传开，连那个下流的莫纳斯特里欧都可以当着他的面大剌剌地说出来。这件事没做了结之前，他的心难获平静。他不能让这件事拖太久，不然他对那些狱友的承诺就会变成吹牛，变成小孩子说的大话。

他痛恨他们叫他"小天使基路伯"，在赞叹他的俊美之前，这个绰号已经因为当地的传说而把他变成一个喜欢肛交的男人了。如果他的脸能够表现灵魂里沸腾的情绪，他的鼻子会勾成乌鸦的嘴，他的双眼会像疯子一样涨红充血，他的双颊会像海盗一样满是刀疤，他的头发会像野人一样油腻而蓬乱，他会有老虎的獠牙。只要看他一眼，就会吓得魂飞魄散。

然而，就算他有这么令人厌恶的表情、这么可憎的鬼脸，他还是遮掩不住自己细致的五官、修长的身材、漂亮的鼻子和他在一个好高中学到的口音，也掩不住他那股巨大的渴望——他要修补发生在他身上，以及和他一样毫无抵抗能力的人们身上的无数不公不义。他和典狱长之间的账还没算，他和这个充满奇迹和大便的国家之间的账也还没清，因为这个国家不敢惩罚那些杀人犯和强暴犯，却判了当时十七岁的他漫长徒刑，只因为他一时冲动，在一个有钱有势的地主家偷了那匹黑色的纯种马。

在一个夏夜里，他们在月光下逮捕了他，当时他正在一棵橡树下吃西瓜，那匹乌木色的小马在蟋蟀和萤火虫、银河与零零星星的猫头鹰叫声构成的静谧氛围里喝着毕度科河的河水。士兵和警察要把那匹马带回去给它主人的时候，他觉得那匹马似乎还回过头来向他道别。

他父亲以佃农身份出席了少年法庭的开庭，他是个顽固的男人，满脑子只有两三条简单的法则，他当着地主的面要求法官："好好惩罚安贺尔，让他可以成为真正的男人，因为他从高中毕业以后，就像个公子哥儿似的整天胡思乱想，读一些没用的书，让他的脑袋装进一些蠢事，田里的活儿他也不喜欢。如果农场主人的水果从树上掉下来，只有在地上等着腐烂的份儿，因为这男孩说他的背太脆弱，没办法弯腰捡水果。"

17

　　他把马儿绑在一块荒地上，那里被人拿来停放大卡车，他无谓地抚着皮夹克上的皱纹，信步走进空荡荡的校园，因为这时候学生们都在教室里上课。

　　一个胖嘟嘟、眼睛像硬币一样圆的女人走过来，指着他说："一个这么帅的年轻人在这所女子中学做什么？这个样子在这里可是会引起骚动的，年轻人。"

　　安贺尔·圣地亚哥谦逊地望着自己的皮鞋，然后抬起眼回答："嗯，我有一件要紧的事要来告诉我妹妹。"

　　"她叫什么名字？"

　　"维多利亚·彭榭。"

　　女老师开心地拍了一下手，勾着他的手肘，把他拉到一棵老棕榈树后头。

　　"这女孩，我可是对她了解到骨子里的喔。"

"您是什么老师？"

"我是她的美术老师。"

"啊，没错，她很尊敬您，还好有您关心，她才没被学校开除。"

"我只是尽了绵薄之力。不过真正关键的因素是她变了。不知道什么人让她有了活下去的欲望。"

"应该是跳舞的关系吧，她很想成为艺术家。"

"这个年纪的女孩子，满脑子都是这种念头。"

"她可不一样，她绝对不会上电视表演歌舞节目。"

女老师见男孩一边说话，一边不停地翻弄皮夹克的领子，她也把自己藏在绿色毛衣里的衬衫领子翻直，立了起来。

"维多利亚没有哥哥，你到底是谁？"

"我是她的朋友，几乎跟哥哥一样的朋友。"

"男朋友？"

女老师眨着超长的睫毛，露出共谋的神情。

"呃……'男朋友'这字眼太形式化了。"

"情人啰？"

年轻人突然把头一点，仿佛被人砍了头。

"这么帅还这么害羞！你变成一株吊钟海棠啦。"

"只有美术老师才会用这种花来形容颜色。"

"但是你实在没有理由满脸通红，你可以去小涌泉池那里把脸冲冲凉。我建议你在学校外面等维多利亚，我会帮你带口信给她。"

"谢谢您，老师。"

"告诉我，年轻人，你们两个相爱吗？"

"什么？"

"就像《大开眼界》里头的汤姆·克鲁斯和妮可·基德曼那样。"

"我想我们两个太穷了，没办法像那样。"

"你们有戴什么吗？"

"您说什么，老师？"

"就是保护你们的东西，你们上床的时候……哎哟，我要怎么说呢？……你们做爱有没有戴个兜帽？"

"您要说的是，有没有戴保险套？"

"这可是你说的，我从来不会说这么露骨的字眼。"

"我想我们还是太穷了，没办法用这个。"

女老师从袋子里拿出一小盒"销魂牌"保险套，盒子上画着一个裸身在闺房里的东方后宫佳丽。她才把盒子放在男孩的手里，他就立刻把手合起来。

"我是天主教徒，可是你想象一下，要是维多利亚挺着圆圆的小肚子跳舞，她所有的梦想就结束了。我想你应该有点爱她，不会害她变成那样的。"

"我答应您，老师。"

"这个女孩很敏感，可是，唉，她太悲伤了。她最喜欢的是艾德华·霍普的画。你知道这个画家吗？"

"不知道啊，老师，我对美术一窍不通。"

"呃，霍普……你先把那个收进口袋里吧，它让我很焦虑。"

她带着年轻人走到门口，轻轻地把他推到街上。

"霍普是一个悲伤的艺术家。如果他画房屋，那就是世界上最悲伤的房屋。如果他画一个带位小姐在一家观众满座的戏院，这个带位小姐就是世界上最孤独的女人。他根本是用电风扇在散播忧伤。"

课间休息的钟声响起，之后是女学生们从走廊和校园里传来的欢乐嬉闹声。安贺尔搓着冻僵的鼻尖，他听到自己说出这番惊人的演说："一个人喜欢悲伤的事物，并不代表他自己就是悲伤的。举例来说，维多利亚正在排练一个根据密斯特拉尔的诗改编的舞蹈：'人们将你置于冰冷的巢穴，我要把你放下，放在卑微而阳光灿烂的大地。'这首诗很悲伤，可是当她跳舞的时候，她的嘴上挂着微笑。"

"你知道密斯特拉尔的这首诗，最后是怎么说的吗？"

"完全没有概念，老师，我的西班牙文烂到不行。"

"'因为在这隐蔽的深处，没有人会伸手与我争夺你的骨灰。'你知道维多利亚的父亲是怎么死的吗？"

"多少知道一点。维多利亚比较常提到她的母亲。"

"维多利亚是一个非常悲伤的女孩，而且也很脆弱。一点点小事就可以把她击垮。如果你不能保护她，请离她远一点。"

几分钟过后，维多利亚从学校走出来，身边有一位神情专注的老师正在和她聊天。他们才在街角告别，安贺尔就跑到女孩身边。

"维多利亚，我没弄到钱给你缴舞蹈课的学费，真是对不起。"

"没关系，我会跟老师说的，说不定她会让我再延一延。"

"你以前怎么有钱缴舞蹈课的学费？"

"以前我还有一点积蓄。你来干什么？"

安贺尔·圣地亚哥愣住了，在川流不息的街道上，这个问题让他整个人暴露在噪音和废气中，在交通警察的哨音和小贩的叫卖声中。一群学生吵吵嚷嚷地走过他身边，大声唱着一首英文流行歌，雨水飘落在他脸上，他都没有反应。这或许是全世界最天真的问题，但是在此刻提出，在今天经历的种种之后向他提出这样的问题，却是毫不留情、清清楚楚地指责着他的迷惘不定。

之前，拇指神童的计划加上他或许可以和维尔加拉·葛雷搭档，构成了一组货真价实的生活计划。现在，这个远景已经在一连串的羞辱背后慢慢消失，剩下的，只有他这个渺小的人，闲得要命，完全帮不上这个女孩的忙：你来干什么？

"我要去乡下了。"他说，他知道自己正在为生活里的芝麻小事赋予意义，好让自己不要悲伤。"我得带我的马去好好跑一跑，马儿不跑会生病、会不开心。"

"我明白。"

“我想要你跟我一起去。”

“我？去乡下？”

维多利亚向着街道展开双臂，她的眼神飘向灰色的云朵，安第斯山脉的峰峦从云上浮现。

“嗯，就像我看你跳舞一样，我想要你跟我去看一看乡下。”

“我不觉得这两件事有什么关联。跳舞是动作、是创作。可是待在乡下……就是那样啊，不就是待在乡下嘛。”

女孩的逻辑似乎坚不可摧，他觉得自己真是世界上最笨拙、最微不足道的人。一整天里，一点一滴地，他渐渐泄了气，变得失魂落魄了。刚出狱的时候，他仿佛站在世界的顶端，可是现在，他却觉得自己是这个星球上最渺小卑微的生物。他不由自主地吻了女孩，在她的耳边轻声说：“陪我去吧，维多利亚，我求你。”

18

泰瑞莎·卡普利亚提把那个男人的照片放在咖啡馆的桌上。男人的脸，肤色很深，脸颊干干净净，嘴唇很薄，神情是身份证照片上常见的那种严肃。相片的下面确实写着一个名字和一个七位数的号码。

"这张照片哪里来的？"

"他来家里找佩德罗·帕布洛讲话的时候，我翻了他外套的口袋。你认识这个人吗？"

维尔加拉·葛雷把相片拿近了看，鼻子几乎凑在相片上。他把相片拿在空中，从侧边看，甚至翻到后面看，仿佛在找什么蛛丝马迹。

"你怎么会干这种事？"

"什么事？"

"偷他的相片。"

"他看起来像来自另一个世界，不论年龄、行为举止都跟我们儿子的同学或老师不同。"

"你还留意到什么事？"

"他的穿着从衬衫到鞋子，全部都是新的。每一件对他来说都大了一点，好像还来不及试穿就从店里偷走了。"

"他有告诉你他叫什么名字吗？"

"他一进门就称赞我有个像佩德罗·帕布洛这么棒的孩子，他还说我们很幸运，有这么一个众人皆知的家庭，而他依然是好学生。"

维尔加拉·葛雷把手放进裤袋里，边数边想着他的钞票到底有几张，够不够再点一杯咖啡牛奶。他打了个手势把服务生叫来，点了同样的东西。

"泰瑞莎，家里需要男人。你该让我回去了。"

"我看不出来为什么家里需要男人，从我们上次见面以后，事情没有任何进展。"

"可是我现在走的路是对的。"

"看不出来，我已经六个月没有收到任何生活费了。为什么你觉得佩德罗·帕布洛跟这家伙在谈事情？"

"没有十足把握，我不想太早说。不过既然你催我，那我就告诉你，未来一片大好。"

"未来？是何时？"

"就快了。"

泰瑞莎在她的牛奶咖啡里加了两汤匙糖，接着把小汤匙轻蔑地丢在桌上。

"合法的？还是跟以前一样的？"

"对你来说有什么差别？"

"因为这个问题的答案就是自由和监狱之间的差别。"

这下换成维尔加拉·葛雷把小汤匙丢进面包篮了。

"你可真心我啊！我出狱已经几个星期了，你从来没想过要见我。"

"当然有，我现在不就是在见你！"

"你很清楚我在说什么，泰瑞莎·卡普利亚提。我爱你，可是你连我自己的公寓都不让我回去。"

"你救了这个公寓，没让它变成废墟。还好当初你把它登记在我的名下，也幸亏我在结婚的时候逼你登记夫妻分别财产制。"

"可是这一切和爱情有什么关系？"

"有关系，维尔加拉·葛雷。对我来说，没有尊严、没有安全就没有爱情。而这两样东西，你都不能给我。"

"好，我知道我不是圣人，可是你对我有没有感情？"

"这种对话我听了真想发疯。尼可，我要见你，是因为我们的儿子有一个计划，因为你不再给他寄钱，所以他要进行一个犯法的赚钱计划。你认不认识相片上的这个人？"

"他换了发型，头发变短了，而且很明显地，他用妆把右边脸颊上的疤盖掉了。他最近才去拍的照，因为他想用新的身份到处跑，但不管他怎么改变外形，眼神是骗不了人的。"

"他是谁？"

"不可能是他，因为我想到的那个人被判的是无期徒刑，他应该在牢里，不过看起来确实像他。"

"那就不是你想的这个人了，他怎么可能同时出狱又同时坐牢？"

"在这个世界上，逻辑不是永远的，忠诚也不是。"

"你是说给我听的吗？"

他气愤地转着咖啡杯。

"你随随便便就让男人进门，却不让你的丈夫踏进你家的门厅。"

"你要跟我吵架是不是？你要像电影里的黑手党那样甩我耳光是不是？"

"我从来没有这样，也永远不会这么做，泰瑞莎。"

"那你就冷静下来。"

他把手放在桌上，沉默了片刻，仿佛在思索自己的命运。泰瑞莎·卡普利亚提把手放在丈夫的手上，垂下眼睛，沉思着。他想，足足有六年了，没有人对他做过如此温柔的动作。他把头低向桌面，温柔地吻了妻子的手，然后把手轻轻移开，让他的妻子可以把手收回去，没有被冒犯的感觉。

"尼可，照片上的人到底是谁？"

"我得去调查看看，在我告诉你新的消息以前，你不该知道他真正的名字。"

"为什么你不把他的名字告诉我？你不信任我吗？"

"不是信不信任的问题。我不告诉你是为了保护你。"

"那我该怎么做？"

"首先你要接受他写在便条纸上的名字，别再多问。这家伙叫阿尔贝托·帕拉·查孔，就是这样。如果你看到他，就叫他阿尔贝托先生。'很高兴见到你，阿尔贝托先生。'"

"他跟我们的儿子有什么关系？"

"如果是我想到的那个人，那真是很奇怪，他竟然会来找一个大学生。有些毒贩是会找学生帮忙把毒品弄进学校里，他们会在酒吧或小酒馆给男孩子一点毒品，下一次再给多一点，还加上一点预付的佣金，引诱他去找买家。"

"我不相信佩德罗·帕布洛会扯上这种勾当。他是个好孩子，喜欢运动又用功读书。"

"当然是，可是我们两个已经有几个月都没给他钱了。"

女人往后一倒，颈子靠在椅背顶端的横杆上，这姿势让他觉得有一种距离感。

"这个问题不是我造成的。"

"我想这件事应该跟毒品没关系，这家伙应该是想通过孩子找到父亲。"

"这是什么意思？"

"他肯定不知道我住哪里，所以他只要有一点线索就会往那里去。最自然的，就是往我最后的住址去找，也就是我们家。"

"他找你做什么？"

"在这种地方，有些人只有某些能力，没有其他能力，这些人要找人来弥补他们欠缺的能力，而我在某些方面的名气很大。"

"尼可！"

"我不是拿我的缺点在自豪，泰瑞莎。从我出狱到现在，我没有犯过任何一桩罪。"

"你不准再犯。"

"我不是那么确定，我的爱。我的自由让我得到什么？你不让我回家，儿子躲着我，同伙坑了我的钱，贫穷正在腐蚀我。"

他把一只脚跷在另一条腿上，把破了个洞的鞋底给她看。

"那你怎么办？"

"鞋子的洞，我用报纸和胶带补，可是心碎了，我就补不回去了。现在重要的是，你和佩德罗·帕布洛都不要告诉阿尔贝托·帕拉·查孔我住在哪里。"

"你放心，我们不会说的，因为我们连你住哪里都不知道。"

"这样比较好。家里有没有枪？"

"你以前总是叫我别碰那些东西。"

"不知道怎么正确使用的话，最好是不要有。"

她靠到他身边，在他的领带上挑起一段细线，轻声说："我们现在有危险吗？尼可。"

"一点也没有。这男人还有什么地方引起你的注意吗？"

"他的衣服都是新的，可是他却一副乞丐样，和当街乞讨的那些人一样。"

　　"看起来一文不名吗？"

　　"没错，一文不名。"

　　"还有别的吗？"

　　"我不知道这有没有帮助。"

　　"说来听听。"

　　"他身上都是狗的味道。"

19

　　约莫下午三点，灰扑扑的天空稍稍亮了起来，没过一会儿，阳光从散成丝丝缕缕的云里漫射出来，虽然没有真的让空气变热，但是至少没有那么冰冷了。安贺尔·圣地亚哥把这突如其来的放晴解释成一个好兆头。他策马越过小溪，然后沿着一座山丘的缓坡向上走。从山顶可以看到一片麦浪，两头牛在麦浪里拖着轮车，还有三个小孩在那里堆着麦穗。

　　他把马系在一棵橡树上，然后牵起维多利亚的手，往下走入一条通往松树林的小径。他们在松树间曲曲折折向下慢行，蜜蜂与形形色色昆虫觅食的灌木丛里时不时会出现另一条路。男孩洋溢着兴奋之情，急匆匆地拉着女孩往前走，没多久他们就来到林中的一片空地，眼前是一个小湖，野鸭和天鹅在水面上滑行。

　　他带维多利亚走向两个刮平刨光拿来当成座椅的树干。她把大衣脱掉，跨坐在其中一个树干上，安贺尔则是躺在另一个树干上，仰头望着天空。

"这是谁的地？"

"这里是自然保护区，是政府的土地。"

"我喜欢这地方。"

"我早就知道你会爱上这里。这里禁止开枪猎杀鸟类，也禁止攻击任何来湖边喝水的动物。上帝想要创造世界的样子就是这个样子，不是吗？"

"上帝想不想做什么事，你又知道了？没有人可以代替上帝想这些事情。"

"那教宗呢？"

"虽然我很尊敬教宗，但是他只是凡人，跟大家都一样。"

"可是他有特殊管道可以接触到上帝的想法。"

"你会这么说，是因为你从来没读过哲学。"

"那你解释给我听。"

"好，你听我说，上帝……"

"上帝……不用再说了。"安贺尔带着微笑打断她的话，他看见两朵云被风推着，像在空中赛跑。

"……上帝不会思考！"

"神经病，你扯太远了吧！上帝是万能的，既然他是万能的，他就可以思考。他的思考能力比你、比我、比教宗、比维尔加拉·葛雷都强。"

"如果上帝会思考，那他就必须同时是上帝和上帝的思想，可是这不可能，因为上帝是独一无二的，是永恒，是无限，是不可切割的。上帝唯一可以做的，就是自己想事情。"

"上帝怎么会想出这种点子？"

"那你在看事情的时候就要有比较细致的看法，安贺尔·圣地亚哥！你不要在讲起上帝的时候像在讲个伐木工人似的。上帝就是上帝的概念，而在上帝的概念里，他是独一无二，也是不可切割的。"

"这些话是谁说的？"

"苏格拉底之前的哲学家。"

"那耶稣基督呢？"

"这是一个陷阱，因为上帝和上帝之子是同一个人。他永远都是同一个人，而且又有一个儿子。"

"我听不懂了，维多利亚。"

"最好的方法就是你把一切都想象成上帝：星星、风、海洋、人、山、河流、树木、动物……"

"所以我的马也是上帝？"

"如果你是泛神论者，你就会相信整个宇宙都是上帝。如果你伤害了某个人，你就是在伤害上帝。"

"可是上帝宽恕一切，甚至连伤害他的人也会原谅。"

"当然不是这样，杀死我爸的那个混蛋，上帝是不会原谅他的。"

"神父们教我的是，上帝的仁慈是无限的。"

“那是神父说的。”

安贺尔站起来，平衡地走在一根倾倒在地的树干上，全神贯注凝望着四周的景物。

“如果你要报复某一个人，一个对你做了很多坏事的人……”

“譬如杀了我父亲的那个家伙？”

“我不想让你难过，不过……你会希望上帝以他伟大的仁慈心宽恕他吗？”

“我才不希望这样。问题是我连杀我父亲的人是谁都不知道。”

“是独裁政权。”

“可是独裁政权既是每一个人，又不是任何人。你走上一辆巴士，身边的人可能就是谋杀你父亲的杀人犯。”

年轻人突然竖起耳朵，专心听着山脉那头传来的狗叫声。

“它们应该是发现有人走进保护区了。”

“它们会跑到这里来吗？”

“说不定会。”

“我们该怎么办？”

“你跟我在一起，那些狗不会对你怎么样的。考试会考哲学的问题吗？”

“他们每一科的问题都会问的。我不相信我考得过。”

“你一定考得过的。不然，市立戏剧院就没指望了。哲学到底是什么？"

"就是去思索事物的本质，而不是只知道它们的存在而不问为什么。就拿河流当例子好了，河流甚至不知道自己是一条河，它也还是这么做着河流的工作。"

"它就往前流啰。你看到的，是一条溪，在塔尔卡，有一条超大的河叫做莫雷。"

"你待在莫雷河岸边的时候，心里想什么？"

"什么都没想。我就待在那里，在河岸边。"

"你从来没想过河水的流动有什么意义？"

"老实说，还真是没想过。"

"这就很清楚了，你不是哲学家。哲学家会观察'存在'，然后会形成一些观念，解释为什么事物会以它们存在的方式存在。譬如，古希腊的哲学家赫拉克利特就是这样。"

"我不知道什么是'存在'。"

"没关系，可是一切事物都'在'那里的事实，这多少也引起过你的注意吧？"

"其实我没办法想象，不是这样的话，还能怎么样？"

"你会这么说，是因为你不思考。"

"我不明白你讲的。"

"你闭上眼睛，想象世界上没有'存在'的东西。也就是说，什么都没有。"

"我可以想象什么都没有。但是，如果我正在想世界上什么都没有，那是因为我'在'，因为要想象什么都没有，总得要有个人在那里想吧。"

"很好，有些哲学家就是这么想的。现在你想象人类不存在，那么，会有一个世界吗？"

"当然有！"

狗的叫声越来越近。安贺尔举起食指告诉维多利亚，水面上有两只野云雀。

"那是为谁存在的世界？"

"为了所有在那里的东西。就算世界上没有人类，也还是有河流、海洋、云、天空、马儿和小鸟。"

"可是这些东西就是在那里而已，它们不知道自己存在。只有人类知道'存在'是怎么回事。很神奇吧，对不对？你懂不懂我在说什么啊？"

"我不懂，维多利亚。不过如果你懂的这些都对你跳舞有帮助，那就真的很神奇。"

三只狗跑到两人前面，狗儿踩过的落叶发出碎裂的声音，它们同时停止吠叫，嗅着入侵者的脚。其中一只褐色的拉布拉多犬一直望着维多利亚，其他两只则是摇着尾巴，无视他们的存在，跑到湖边喝水。

男孩捡起一根树枝，把它折成一段段。此刻山脉那头吹起一阵寒风，云层越来越厚，遮蔽了阳光。"我想问你一个问题，维多利亚。"

女孩站起来，打了个哆嗦，她扣上大衣腰带的扣环。在湖边喝完水的狗儿们走了回来，踩在枯叶上蹦蹦跳跳，狗毛上粘着草叶和苔藓。"你又要考我吗？"

"这次不是要考你。你说过我不够了解你。"

"确实是，可是我现在不想说我那些乱七八糟的事，尤其是在这地方。这里简直就是一个圣地，我可不想在这片草地上乱倒垃圾。"

"那，我问一个跟我们比较有关的问题就好。"

"你说啊。"

"我们是什么？"

维多利亚笑得很开心，她突然抱住安贺尔的腰，害他从树干上翻下来，她也趴倒在他的身上，鼻子贴在他的发上。

"你问我的是哲学问题，意思是：在'存在'之中，我们是什么？譬如说：'存在'的展现是什么？'存在'的外表是什么？"

男孩不愿意进入她的游戏。他的背底下感觉得到近乎泥泞的地面散发的湿气，草地的自然香甜，粗粝的碎石磨着他，成群的蚂蚁搬着细细的草株回巢穴。在他上方，维多利亚的头发散落在他的额上，透过发绺的间隙，他看见冬日的天空，又低又沉重，而他的心底，则是突然涌现一股寻找藏身之处的渴望。他要找的不是一间小屋或是深山陡坡上的洞穴，而是一个避风港。他又看见母亲穿着套装、戴着毡帽，在瓦尔帕莱索港向他道别。她离去的当下，是否已经决定不再回头？她真的那么看不起她的丈夫，甚至把唯一的孩子留给他一个人抚养也无所谓？还是说，有那么一天，一如童话故事的情节，她会从东方的某地归来，给他一个藏身之处？

在她身上的藏身之处。

"我不是在开玩笑，维多利亚。我们是什么？这样说好了，我们之间是什么关系？我们是……"

"……男女朋友？"

"我是跟你说认真的，男女朋友的说法只是曼萨内罗滥情的波丽露舞曲。"

"我可没有不喜欢曼萨内罗。"

"拜托你，不要逃避好不好？"

"你知道吗？因为他野心很大，身材短小，大家都说曼萨内罗是'波丽露的拿破仑'。"

男孩离开女孩，跑到柳树旁边，他抓住一把柳树垂下的细枝，在那儿晃来晃去。然后他跳到地上，往山丘上吹了一声口哨。马儿竖起耳朵，缓缓向湖边跑下来。

"你的态度让我惊讶。"

"我的态度有哪里奇怪吗？你要我跟你来，我就来了。你不快乐吗？"

"快乐，我很快乐啊。"

"那有哪里不对吗？"

"我的快乐跟我一个人独自来这里的快乐不一样。我只要待在湖边，听着这些鸟叫，我只要在这里呼吸，那就够了，我就觉得很满足了。不同的是，现在我是快乐，但是这种快乐的方式让我痛苦。"

女孩其实想听他说下去，但是寒意越来越重，她不得不用力搓着耳朵，因此她也没有作出任何评论。她看到手表的时候，深深感到罪咎，她心想，不知道来不来得及赶回去上舞蹈课，还有，在回程的这段时间里，能不能想出办法，可以不付学费给老师就走进排练室上课。

"我们之间到底是什么，维多利亚？"

女孩猛搓鼻子，两眼盯着男孩的眼皮，清楚而坚定地说出："你和我，我们在一起。"

20

有两个理由带着维尔加拉·葛雷的脚步走到监狱，第一个理由是：去见他的典狱长邹维尔塔，在互相拥抱之后，他会非常紧急地——不，该说是非常绝望地——向他借一张支票，让他可以活到这个月底。

他重返社会的生活显然比他们说得更困难。莫纳斯特里欧的生活已经在废墟边缘，除非世界经济奇迹般地复苏，否则他根本不可能拿到他那份传奇的战利品。只要有几个比索就可以改善泰瑞莎·卡普利亚提和他们儿子的状况——她向他抱怨，"电费、电话费、水费、煤气费，这么无聊的事我还得跟他说。"——而维尔加拉·葛雷自己，除了几包烟，加上给白头发和胡子用的一点染色剂，几乎没有其他需求。

他的第二个理由比较怪，他要把整件事仔仔细细地告诉邹维尔塔，就像两个曾经并肩作战的老朋友那样。"这让人的情感变得敏锐而深刻啊，"邬维尔塔这么说，"在这种情况下，一个人开诚布公的对象是他的对手，而不是和他同类的那一群狼。"

邬维尔塔能不能通过他在劳役监狱的人脉，查证一下利果贝托·马林是不是一直在铁窗里服他的无期徒刑？还是他已经越狱成功，只是桑多洛不想失了面子，所以媒体还不知道这个大灾难的消息？他会不会因为新的司法部又颁布了什么天花乱坠的大赦而出狱了——就像最近芝加哥监狱的典狱长对那些距离电椅仅有咫尺之遥的死刑犯所做的事？还是发生了什么奇怪的事，非常奇怪的事？

邬维尔塔先生毫不犹豫地让他那支老派克钢笔在桑坦德银行的支票上游走，他慷慨而内敛地把支票递给维尔加拉·葛雷，没有多说什么。收下支票的人则是很心虚地保证下个月就会归还这笔金额，他知道邬维尔塔拿的是公务员的待遇，他衷心感激他为他作的牺牲。优雅的邬维尔塔假装没听见他说的话，很快就换了话题。

可能的做法是正面攻击，或是动员在劳役监狱里的一些恶棍。他们这个监狱没有太多网民，因为他的监狱收的都是一些杰出的专业高手——"像你这种，尼可。"——而不是那些血腥的杀手或是无可救药的因犯。一通典狱长打给典狱长的电话是最直接的方法，但是这么做的同时，如果其中真有什么怪事——在这油腻、暧昧、龙蛇杂处的圣地亚哥，已经没有什么事情真称得上是怪事了——这么做无异于打草惊蛇，提醒了桑多洛，有人怀疑他那里的管理出现了异状，而这异状会给维尔加拉·葛雷身边的人带来危险，包括维尔加拉·葛雷本人——"譬如他们逼你去做你不乐意做的事。"——或泰瑞莎·卡普利亚提和佩德罗·帕布洛·维尔加拉·葛雷。

"佩德罗·帕布洛·卡普利亚提，"这位父亲脸上带着苦笑，更正了典狱长的说法，"为了向我致意，这个婊子养的改了他的姓。"

"我们用最低调的方式进行。"邬维尔塔拍拍他最爱的前受刑人的肩膀。

维尔加拉·葛雷拿着支票，在街上端详了半晌。邬维尔塔的心思细腻而优雅，他特别留心不把他的名字写在支票的抬头上，避免他在柜台被银行行员查验身份证件的尴尬场面，行员会在排队领钱的顾客面前惊讶得大声叫出他的名字，然后把他交给银行的驻警处理，他们会用放大镜检查他，他得耗上一个小时才领得到钱。

快到酒馆街的时候，他停下来和一个老记者聊天，这个记者对他的生平知之甚详，他说他不会问太多问题，只是碰巧遇到，就请维尔加拉·葛雷谈一下过去的事和未来的想法，让他在报上写一篇短文。维尔加拉·葛雷对他敞开心怀。他简短地说了一下自己心情的转折起伏，包括他一再努力却徒劳，无法重获泰瑞莎·卡普利亚提的芳心，那只排版印刷刊物的老鸟向他保证，明天头版的标题绝对不会是："黑帮分子维尔加拉·葛雷渴求爱情。"

避开了这个危险，他的本能提醒他，另一个危险已经在那儿虎视眈眈了。就在旅馆前面，年轻的安贺尔·圣地亚哥用手遮在眼睛上，作势瞭望，正在等着他回来。

"我们之间没有什么好谈的。"他先发制人，不待男孩开口把他卷入他的计划。

"噢，怎么会呢？我们之间有很多事情要谈，老师！"

"在任何一个文明社会，包括智利，决定要不要开始一段对话的都是比较年长的那个人。阿劳坎印第安人都知道以这种规矩对待他们的酋长了，至于你和我，我们之间存在一个对我有利的情况，那就是我比你年长四十岁。"

"当然是这样。"安贺尔表示同意，脚也没停下来，一直跟在维尔加拉·葛雷身边跑着。

"我不会拿我为什么意志消沉这些事来烦您，我想拜托您的唯一一件事，就是请您把申德勒公司的那两件帆布外套还给我。"

"乐意至极。只要可以立即而且永远摆脱那些实质的证据，尤其是可以不要再见到你，什么事我都乐意至极。"

"谢了，老师。"

"那我们就小心一点进门吧，别让莫纳斯特里欧看到你。我得承认，看到你死掉我是不会难过，不过想到这样会让那个骗子很开心，我就一点也乐不起来。"

"您为什么不杀了他？这样不是干脆一点？"

"因为一个简单的算术理由，我的孩子。我把他干掉的那一分钟所得到的快乐，得付出多少年的牢狱生活作为代价？事到如今，我杀他干吗？从前，我服刑的时候，至少还抱着拿回我那份钱、重回我家庭的希望，让莫纳斯特里欧躺平之后，我在苦牢里的唯一娱乐，就是在日历上把日子一天天画掉，直到我自己也死了。"

"妈的，您怎么这么悲观啊，老师，我跟您提议的事，您没一件感兴趣。"

男人打开房门，不让男孩坐下，壁橱的门吱嘎作响，他从里头拿出两件帆布外套放在床上。"你拿去吧。"

安贺尔拿起外套，挂在手臂上，然后用另一只手在垃圾桶里翻找着。

"你在那儿搞什么？这样很恶心。"

"我在找那两张通行证。"

"你找不到的，他们每天都会来清垃圾。"

年轻人没停手，继续翻，之后突然发出一阵讽刺的笑声。

"我可不信。您看，这不是您星期天吃的快餐盒吗？而这个，这是我那两张通行证。"

他把通行证在衬衫上抹干净，放进裤袋里。

"你要拿它来做什么？"

"好，尼可先生，如果您问了我问题，那么，我们就建立了对话的关系，可是您刚才跟我说您并不想要对话。"

"你少跟我卖弄那套修辞学，你老老实实一次跟我说清楚，你到底要拿这通行证去做什么？"

"世纪大行动。"

"跟谁？"

"一个人。"

"那你干吗要两张通行证？"

"多一张可以替换用。"

男人用脚把壁橱的门推回去，关上之前，又是一阵刺耳的吱嘎声。

"你很清楚，这件工作一个人做不来。"

"那您要我怎么办？您都已经拒绝我了。拇指神童把计划放在银盘上端来给您，您却因为过分的骄傲而不屑一顾。"

"我跟你说过这个计划是天才之作。我之所以拒绝是因为任何计划，不论多么天才，都没有办法让你躲过牢狱之灾。"

"好，尼可先生！我知道人家都说您是'丝绸之手'，您从来不拿枪，也从来没让任何人丧命，不过我还是要孤注一掷！万一，不知道什么时候，有什么地方出了错，我会留一颗子弹给自己，另一颗给您，这样我们就不会再进监狱去跟那些野兽为伍了。您觉得怎么样？"

"说认真的，如果我们有危险的话，你下得了手把我干掉吗？"

"像现在这样，这么冷静的时候当然没办法，因为我崇拜您又敬爱您，可是如果您要我这么做，我当然做得到。在监狱里，我读了一本书，里头有一个人对他的朋友说：'能有一个人，在必要的时候可以把你杀掉，这种感觉真好。'"

"我还以为你只对包书的方格纸有兴趣。"

"您可别这么想，老师，最近因为维多利亚的考试，我学了很多东西。您知道什么是'存在'吗？"

"完全没概念。"

"好，'存在'就是'空无'的相反。"

"懂了。"

"那您可以问我最关键的问题。"

"什么问题？"

"'空无'存在吗？"

"当然不存在，你要'空无'怎么存在？'空无'不就是'非存在'吗？"

"可是如果有'空无'这件事，就表示'空无'是存在的，'空无'之中自有'存在'。"

维尔加拉·葛雷走到洗手台，把额头打湿。他觉得只要再几分钟，这个男孩就有办法让他卷入这个计划。

"拿你的外套，走人吧。"

"好，我拿我那两件外套就走。"

"另外那件要给谁穿？"

"我不能告诉您。"

“你不信任我吗？”

“我对您再信任不过了，可是我不知道我同伙对您的看法。”

“安贺尔·圣地亚哥。我认识这一行所有的老手，你把名字告诉我，我只是要看看跟这个人搭档，你的计划有没有一丁点成功的机会。”

“很好，他叫做托纽·卢仙纳。”

“托纽·卢仙纳？”

“是的，先生。”

“他的姓跟一个西班牙的歌星一样。我年轻的时候有个叫做佩佩·卢仙纳的，在哥雅斯卡斯夜总会唱歌。他唱的那段‘沙雕的小城堡，随风而逝’在智利很有名啊。”

“没错，老师，我的卢仙纳也是西班牙人，但是他不唱歌，他是王牌撬锁高手，他有音乐家的耳朵，可以听出保险箱密码的不同旋律。”

“他只差没有贝多芬的耳朵了！”

“您嫉妒他，维尔加拉·葛雷老师！”

“我才不会嫉妒呢，小白痴。”

“您是没嫉妒，不过您整张脸红得像吊钟海棠似的！”

“吊钟海棠？这形容词哪来的？”

“一个美术老师教我的。”

男人揉了揉眼皮，仿佛想把噩梦抹去。这个无礼的小毛头说得对，他的脸不只红得像吊钟海棠，他的心脏也是跳得乱七八槽。他需要空气。

"陪我去吧。"

"去哪儿？老师。"

"拿一张支票去兑现。"

"像一头大鲸鱼的支票吗？"

"不是，我的孩子，我的那张支票只是一条小海豚，只够我们浮在水上不要沉下去。"

21

　　走出银行之后，男人邀男孩去咖啡馆。他们点了酪梨火腿三明治、奶茶，还买了两包烟。维尔加拉·葛雷把一包烟塞进安贺尔·圣地亚哥的口袋，他带着微笑接受了他的好意。喝了第一口茶之后，老师靠在椅背上，用餐巾擦着手，仿佛法官正在披上法袍，他说："你刚才跟我说你意志消沉，可是我看你已经准备好要把康特罗斯的帝国吞下去了。你这样子要不是精神分裂，至少也是自打嘴巴。"

　　年轻人是个有教养的男孩，他把最后一口三明治咀嚼完，用手背把嘴巴上的面包屑抹掉。

　　"才不是这样，我自己整顿过情绪了，老师。我心情不好的时候，就会去野外转一圈，在那里，在一群小鸟的围绕下，什么问题都不见了。我跟您说过我是泛神论者吗？"

　　"你没说过，我也不知道泛神论是什么玩意儿。"

"我也不知道，不过维多利亚解释给我听过。我想这个词的意思就是说，上帝存在于大自然里。"

"而不是在壁炉里。"

"没错。"

"那又怎么样？"

"没怎么样。我很喜欢这个说法。"

"那么，让你沮丧了一下的到底是什么事？"

"您还记得我带来这里的那个女孩子吗？"

"怎么会不记得呢！'表皮小姐'。"

"就是她。其实呢，维多利亚是一个舞者，她每天晚上都去曼纽尔·孟特街的一个舞蹈中心跳舞，可是那天晚上，她的老师不让她进排练室，因为她没有缴上一期的学费。"

"真是个烂货！"

"她不是坏人。事实上，是因为现在大家的日子都不好过。晚上，她的排练室连灯光都没有，因为她被断电了。暖气也没有，也是被切断了。学生们听的音乐是从一台手提录音机放出来的。电池没了，这个老女人就自己哼着音乐让学生跟着跳。"

"你后来怎么办？"

"我陪她回她妈妈家，让她可以安心睡觉。今天她得参加一场大考，这会决定她能不能继续读高中。我们分手的时候，她跟我说：'我的意志很消沉。'"

"她说的话跟你说的一样。"

"因为……我们是在一起的。"

"我懂。再过两个小时，他们就要开会了，你应该去陪她，而不是跟我这个惹人厌的老家伙在这里聊天。"

"跟您在一起真是超级有趣，老师。您知道如果您决定参与这个世纪大行动，这对我们所有人都有重大的意义。对您自己，对维多利亚、我，而且也间接影响到您的太太和您的儿子。"

"别把他们扯进来。"

"我们的计划是一次正义的行动。那些人夺走了我们拥有的一切，我们想要的不过是把属于我们的一小部分拿回来。"

"听我说，小毛头，《侠盗罗宾汉》是我十二岁的时候读的，我现在六十岁了，那些童话故事让我觉得很厌烦。"

"怎么会是'童话故事'呢？"安贺尔·圣地亚哥激动地说着，一边帮男人点上香烟。"您明明知道拇指神童的计划就跟这张桌子一样真实，您自己也说过，那是'天才之作'。"

"让其他人去做吧，反正不是我。譬如，你那个歌星同党。"

"没有什么歌星，连只死狗也没有，老师，我刚才那么说只是为了要刺激您。"

"你的激将法没有效。我的孩子，你需要的是一份工作，跟大家一样去找工作，这样你就可以帮你的那个高中女生，也可以滋养你泛神论的心灵。"

年轻人抱着头，一脸沮丧，发疯似的把糖搅进奶茶里。

"失业率还不够吓人吗？您要我怎么找工作？"

"去就业辅导中心。"

"找一份白痴的工作，一天五百比索，去扫水沟的落叶，是吗？"

"我说的不是这种混饭吃的工作。你可以找到适合你程度的工作，你高中又不是白读的。"

"我是读过高中，可是对我一点用也没有。"

"是吗？为什么会这样？"

"因为我起了歹念偷了一匹马，不巧的是，马的主人是个货真价实的法西斯党徒，他要求法院判我五年，而他弟弟，也就是镇上的法官也照办了。"

"就这样吗？"

"您还觉得刑期太短吗？"

维尔加拉·葛雷忍不住伸出手，慈祥地抚摩男孩的头发。

"可是，我的孩子，如果你唯一犯过的罪就是这个，你面对这个社会，还是像一张白纸，你一定找得到一份他妈的工作！"

"我可不知道。"

男人站起来，作势要年轻人穿上外套，他们离开了费南德兹·孔查步道，往阿玛斯广场走去。他们在那里找了一个摄影师帮他们拍人像照，这个摄影师穿着一件大概在几百年前曾经漂白上浆过的白色围裙，自己还有个暗房。立在他们背后的是征服者佩德罗·德·瓦尔迪维亚（Pedro de Valdivia）的雕像，立在他们面前的则是智利血统的另一个代表人物——骁勇善战的印第安人考波利坎。这两尊雕像依据市政府的法令在广场的对角线各据一隅。

人像照拍得不错。维尔加拉·葛雷给两份照片各付了两千比索。他们往马波乔车站走去，手上拿着照片晃来晃去，好让照片快一点干。他们在一大群没有工作的秘鲁流民身边绕来绕去，这些秘鲁人卖力地兜售着小纪念章和羊驼毛的背心。走到麦肯纳将军街的时候，男人在就业辅导中心的办公室前要年轻人停下来。

"进去吧，我保证你出来的时候会有一份工作，就跟任何一位可敬的市民一样。"

"您不一起进去吗？"

"老实说，我怀疑六十岁还能从办公室的见习生开始做起吗？不过你一定可以！"

"我！我去当见习生？我宁愿去坐牢，维尔加拉·葛雷。"

男人把打火机递给他，要他用手理一理头发。

"记得给跟你面谈的公务员一根烟，如果他接受了，你就赶快帮他把烟点上，要坚定而有自信。坐在椅子上要挺直、神气一点。表现出有意愿、渴望、愉快的样子。有谁不想帮助一个朝气勃勃的年轻人，而且还是个这么帅的男孩子？"

"我不喜欢别人说我长得帅。"

"对不起，不过，这个缺点对你是有帮助的。你觉得在飞机上当服务生怎么样？"

维尔加拉·葛雷把一只手遮在眼睛上方，像是在飞机上俯瞰地面。

"当空服员？"

"这种工作对泛神论者来说实在太棒了！你想想看，在空中，在大海、山脉、河流、森林、沙漠、大教堂的上空，底下都是像小蚂蚁一样挤满这个世界的男男女女，而你却在空中微笑，像是世界的主宰！"

"我从来没有飞过。我的意思是，我没坐过飞机。"

男人带着他一直走到办公室门口，拍拍他的肩膀，祝他好运。

"我在转角那家咖啡馆等你。"

办公室里的公务员伸出手，在一张像是小学生书桌的上头和他握了手，这个公务员的年纪大概只比他多个两岁。他看起来比等候室里的那些年轻人朝气蓬勃无数倍。"这很正常，"安贺尔心想，"这家伙有工作，那些人没有。"

他依照老师的建议递了一支烟给他，然后迅速帮他点上。借由这个动作，他证明自己还没有惨到谷底，还有钱可以抽烟，还买得起打火机。这让他觉得比较舒坦，让他觉得自己在这一窝被社会遗弃的废物里与众不同。

他简短地说了他的生平，公务员则拿着一个灰色的资料夹写着，接着，他往后靠在椅背上，露出一抹亲切的微笑："如果您允许我提供初步的预测和判断，圣地亚哥先生，您的经历，请恕我直言，没有任何吸引人的地方。"

"为什么呢，先生？我在跟您说我的生平的时候，我还觉得不赖呢。"

公务员拿起一片吉利牌刀片，削起他的辉柏牌铅笔。年轻人发现，他在和其他人面谈的时候也不断重复这个动作，因为桌上和地板上到处都是铅笔屑。

"那是因为您的生平数据有太多'应该如何如何'，太少'做过什么'。而且，在这二十年里，您几乎有三年是在监狱里度过。"

"我的运气不好。我干了一件幼稚的蠢事，又落在一个严苛的法官手上。但是，除了这件蠢事，我毕竟也上完了高中，成绩也都差强人意。如果不是因为这种倒霉事，我已经进大学了。"

"您的学费从哪儿来？"

"这就是问题所在。因为我没有钱，所以我就偷了一匹马。"

"拿去卖吗？"

"不是，拿来骑，不为别的。"

"不论哪一个雇主，看到您的履历的时候，都会看到您从高中毕业以后就没工作过，也没赚过一分钱。"

"我那时候不需要钱，可是现在我急着要工作。"

"为什么？"

"因为我想结婚。"

"我们国家里有几十万人在失业，其中有不少人完成了学业或是专业的训练，这些人都有大学文凭或是工作经验。以您的资历来看，我们只能提供您在人行道卖蛋卷的工作。"

"蛋卷、烤花生、糖衣花生！"

"您只要有一小笔资金，买一辆手推车，一个可以让花生保温的小炉子，这样子您就可以在冬天的时候去贝拉维斯塔区做生意了。星期天是生意最好的时候，那些爸爸带孩子去动物园的时候都会经过这里。"

"说实在的，我宁可去街上卖花生，也不愿意做您的这种差事，整天在给这些一无所有的人泼冷水。"

"我是以服务大众的精神在工作。"

"那就请您帮助我。我有能力，而且老实说，我的野心不只是去推车子卖花生。"

"可是这些野心最好是展现在合法的范围内。像您这样在监狱里待过一段时间，在现在这种时局，等于是切腹自杀。"

"您没办法给我提供别的工作吗？像是园丁、办公室的清洁工、水电工？"

"我真的没有其他工作可以提供给您了。我把口袋翻过来也还是什么都没有。"

"您的工作到底有什么用？"

"我们等着世界经济情势改善，这样就会有更多的工作机会。问题是经济危机在亚洲、美国都很严重，智利还算好的了，不过如果其他国家不动起来，我们能怎么样？"

"所以我别指望您帮忙了？"

"我唯一可以做的，就是给您一份文件，证明您来过这里，而我们没有任何工作可以提供给您。"

"这种证明有什么用？"

"老实说，什么用也没有。不过，它可以证明您曾经尝试要找事情做。有些人会喜欢有工作意愿的年轻人。"

"好吧，那就给我一张。"

"没问题。我知道有几个您这种年纪的年轻人在地铁唱歌讨钱，他们就把这张证明摆出来，这招很能打动路人的心。"

"您说的是乞讨？"

"这确实不是什么好工作，不过有需要的话也没办法。"

公务员把印好的表格填一填，他以充满活力的乐观精神在上头盖了两个章。

"祝您好运，圣地亚哥先生。"

"感激您。"

"这张证明您打算用来做什么呢？"

"就像您跟我说的，先生，什么也不做。"

年轻的公务员站起身，用右手把桌上的铅笔屑扫到左手上。

"先生，世界上最棒的发明就是辉柏牌的二号铅笔，您说是吗？"

"在学校的时候，老师都要大家用这种铅笔。铅笔削得尖尖的，字体会很优雅。我发现您不用削铅笔机。"

"我就用吉利刀片。"

"为什么呢？"

"它有两个功能：把铅笔削尖，还可以安定神经。"

22

　　第一次布匿战争是什么时候？汉尼拔越过阿尔卑斯山之后，何时入侵伊比利亚半岛？西泽大帝是哪一年死的？贵族政治和寡头政治之间有什么差别？饱和烃如何命名？化学式CH3-CO-CH3的酮如何命名？把《圣经》翻译成德文的人是谁？请写出三部布拉斯科·伊巴内斯小说的名字。神圣罗马帝国的皇帝查理五世的母亲是谁？"想象力无法创造出自然存在每个人心中的种种矛盾。"这句箴言的作者是谁？胡塞尔所谓的"现象学"是什么？"萨摩拉无法在一个小时之内征服。"是谁说的？1948年人类用哪一种化学物质制造出第一个晶体管？导致朝鲜半岛南北分裂为两个国家的停火协议是哪一年签署的？在德尔斐的神庙宣讲神谕的阿波罗的女祭司叫什么名字？哪两种开花植物的种子只有一片子叶？印度圣雄甘地和安米里沙大屠杀有什么关系？埃及的沙达特和以色列的比金有什么共同点？哪一个地区被称为"非洲之角"？次原子粒子吸收或释放能量之后变成的基本单位叫做什么？胰岛素是从哪一种动物的胰腺提炼出来的？"他会遇到那个女巫吗？"这句话是哪一部小说的开头？什么是梁龙？尿道内的黏膜肿胀叫做什么？

这些问题和它们的答案有如一个个石块顶在维多利亚·彭榭的枕头下，她在舞蹈教室的屈辱回忆像金属碎片一样钻进眼皮。她隔着窗玻璃望着，舞蹈课少了她依然如常进行，痛苦啃噬着她，泪水涌上她的眼眶。安贺尔想要给她一点希望：明天，他就会有钱，而且任何坏事总有好的一面，至少这几个小时她可以专心复习功课。只要学校的问题解决了，他们就可以一起想出"最好的办法，让她可以进市立剧院去跳舞"。她搭上一辆排气管老旧的巴士，排出的废气弥漫在夜晚冰冷的空气中，毒气逼人，让她的双颊都红了。

母亲并没有因为看到她比平常早回家而感到惊讶。几分钟后，她放了一碗培根豌豆汤在餐桌上，坐在女儿旁边陪她吃饭，一边抚摩着自己黑色的镂空披肩。女孩照例喝了一口红酒，然后吐了吐舌头。她看了一下电视，电视是关着的，但她的眼神定在上头好一会儿，仿佛电视上正在播放什么节目似的。她说搭巴士的时候吹到风，可能感冒了。母亲给了她一杯水和一颗阿司匹林。

圣地亚哥的每一个房间都很冷，冷到让人觉得墙壁似乎会把热气从人的身体吸走再散发到外头。塑料皮垫的扶手椅冷冰冰的，地毯的温度也和水泥一样。

维多利亚把不同科目的课本都摊在沙发上，她必须翻着这些书才有勇气度过这段等待的时光。她想象评审团终将让她接受最后的考验，一阵寒战在她的全身流窜。她闭上眼，看见的是芭蕾舞剧的舞姬逃往森林的画面。

如是，百次，千次，她看见自己在舞蹈老师对她的羞辱之后，消失在圣地亚哥的街头。是什么事情让她忘却了生命的残酷？和一个专干傻事的男孩度过两个缠绵的夜晚，再加上在湖边骑马兜了一天，沉浸在小鸟的鸣叫和狗儿的吠声里，这样就足以唤醒她生命的热情吗？

当然，安贺尔·圣地亚哥也见证了女孩在舞蹈教室门口的慌乱与不安，但他除了以恳求的眼神望着舞蹈老师，也帮不上其他的忙。之后，他拥着她，陪她走到巴士站，不让她被痛苦遮蔽了眼，不让她因为绝望而狂奔。她哽咽着，在两次哭泣之间，她责怪他没有实现承诺。他说过两次，他会找到解决问题的方法，帮她付她该付的钱，让舞蹈老师收回她的最后通牒。可是到头来，无能为力似乎还是胜过了他的承诺。

她在胸前合掌，像在祈祷，这是她从小就习惯做的动作。不过一如往常，她这么做并非祈求神迹护持，也不是向任何圣人或守护天使祈祷，也没有向那座圣母玛利亚的小雕像说些什么。巴士离站的那一刻，安贺尔·圣地亚哥在街边对她大喊，明天一早他就会带着她欠舞蹈老师的钱来学校。他真的做得到吗？还是只是说大话？

如果他来了，或许在面对考试委员会之前，微笑会重新浮现在她的脸上，她的脸颊也会红润些。但是他并没有依约出现，教她如何面对数学老师贝里欧司的冷嘲热讽，他对她说话的时候甚至不看她一眼，他"觉得在教书的职位上受到伤害"，因为他有一个学生要参加高中毕业会考，却连九九表都不会背。

夜没有尽头。猫在屋顶上打架，邻居的大门吱嘎作响，远方传来改装排气管的摩托车在石砌路上竞速的轰鸣声，还有救护车的警笛和巡逻警车的声音，各式各样的声音，她的耳朵听得清楚分明。

她把一只手放在太阳穴上。这些日子她狼吞虎咽的知识，就像一团消化不良的食物，卡在胃的入口。母亲在隔壁的房里时不时发出一些抱怨，其他时间，屋里是一片静默，比噪音更让人心神不宁。

她终于在闹钟响起之前睡了一个小时，或是两个小时。眼皮沉甸甸的，她从羊毛毯子里钻出来，待在房里冷冰冰的空气里，这和突然跑到外头没有两样。为了避免自己受到床铺的温暖的诱惑，她把洗手台蓄满水，把脸在冷水里浸了一分钟，闭住呼吸。

她在厨房的炉上煮了一壶水，喝了一杯不加糖的茶。打开衣橱，她看见母亲帮她熨好的衬衫，领子也浆过了，她的心底涌上一股温柔。虽然她喜欢衬衫的布料直接轻抚乳房的感觉，但她还是乖乖穿上一件衬衣，因为她想要在考试委员会的面前表现出一个乖女孩的模样。她是一个天主教学校的好学生，唯一的野心就是通过这次考试，以便在高中毕业会考之后奉献自己，在公家机关找一个秘书的工作。

她得疏导艺术在她心里激起的狂躁情绪。她得驯服体内燎原的野火，这把火让她不断想象饰演舞姬的舞者最华丽的舞步。那些老迈的老师在她身上看到的将是一个苍白而顺从的幽灵，是一只伤风、麻木、可怜虚弱的小猫，向人乞求温热的牛奶和一丝温情。

她在学校门口驻足片刻，想要让颤抖的身体平息。颤抖的原因不是圣地亚哥一如往昔的灰暗冬日，而是心里的冰霜让她感到刺骨的寒意。浑身的关节都在痛，她的眉头紧皱，额头挤出了三条皱纹。当她裸着身体，躺在安贺尔身边的时候，那些问题就像是孩子的游戏，此刻，她却觉得这些问题像一份无法参透的象形文字的目录。

上午十一点，考试委员会将在图书馆集合，为了这件事，老师们让所有学生的课间休息一直延长到中午。她的同学们都利用这段休息时间在校园里嬉闹，这也让她很心烦，因为她知道，她的那些朋友会跑来把脸贴在试场的窗玻璃上，所以她们会看到她哑口无言。

维多利亚不想去上前几堂课。没有人会说她这么做是严重违反校规，因为她在这么一个决定性的考试之前，确实需要集中一下精神，而不是装作若无其事去上课。然而她真正想做的事，是去等安贺尔·圣地亚哥。她想象他从巴士的踏阶上跳下来，手里拿着一叠用橡皮筋绑住的钞票，跑过来吻她，这时她会做几次击脚跳的动作，引来路人的笑声。

他如是欢乐地宣示他的支持，他已经筹到要给舞蹈老师的钱了。这样，她就可以平心静气地走进图书馆，通过火焰的考验而不会把脚灼伤。她将通过这场要命的考试，因为这是有朝一日踏上市立剧院舞台的必经之途，沉重的石榴红绒布帘幕将在她的身上升起，舞台的灯光将雕塑她的身影，她专心一意，等待管弦乐团的指挥降下手中的指挥棒。

这时，简直就是疯狂了，最初的音符响起，她开始跳舞。她超越了自己，她的身体化为她一生的故事，随着音乐舞动。没有丝毫浮夸，她虚心、沉思，宛如圣泰瑞莎。她在自己的动作之中寻获灵魂的安宁，在静止不动的寂静之中，一切都是动作。

她的脚步在校门和街道之间徒然踏过无数次，她渴望看见那个年轻人现身却始终未能如愿。她在塑料玻璃遮盖的候车亭下，在长椅上坐了好一会儿，挂在书报摊上的报纸标题她已经看得熟烂了，时间一分一秒过去，她也渐渐失去了信心。

上午十一点，她宁愿自己此刻在非洲也不愿在智利的圣地亚哥，在学校的图书馆，出现在考试委员会的面前。美术老师竖起大拇指祝她好运。物理老师首先发难，问了她一个关于量子的问题，维多利亚回答了。老师们问了关于阿米巴原虫的问题，她答得很轻松。老师们以胰岛素分泌的问题回击，她也答得头头是道。她像唱歌似的把毕达哥拉斯定理背了出来，没忘记两边、平方和斜边。她一下就说出伊底帕斯王的儿子叫做埃忒奥克洛斯和波吕涅克斯。她一口气就说完单性生殖的定义。她用一个句子总结了史蒂芬·霍金的理论。她知道金合欢的学名是Acacia farnesiana，也知道第一个建造埃及金字塔的人是印和阗。她确定沙达特和比金共同获得诺贝尔和平奖，她知道要回答："事实上，'萨摩拉无法在一个小时之内征服'这句话是堂吉诃德说的。"数学老师眼见事情如此发展，他看到这个女孩像一头狮子，和老师针锋相对，已经得了不少分（是啊，胰岛素是从猪的胰腺提炼出来的，德文本的《圣经》确实是马丁·路德翻译的），他于是放弃提问的时间，把位置让给西班牙文老师。西班牙文老师没有考她语言学，而是问她关于荷黑·曼力克的诗作《写给他父亲之死的诗篇》。维多利亚的神情为之一亮，因为这是在聂鲁达的作品之外她最喜欢的一首诗。

于是她侃侃而谈："河水终归要注入海洋，封建领主终将灭亡，还有禁欲主义的哲学，而这一切都如此细致，带着丝绸般的质感，一股微热从腹部升起，涌至心房，因为，您也知道，这是真知灼见的护持。"直到西班牙文老师要她别再背曼力克的诗篇了，她要维多利亚思考关于生命与死亡的意义，还用尖酸而嘶哑的声音说："别再谈这些细节了，来看看这首诗的美学成分吧。"她专横的发言霎时改变了考试的气氛，根据可敬的美术老师艾莲娜·桑薇莎的说法，情况确确实实就是如此。

"彭榭小姐，曼力克的这首诗里头有多少隐喻？多少头韵？多少换喻？多少夸饰的修辞？也请您指出他用韵的形式，并且告诉我们叙述者的态度是尖锐的？是召唤式的？还是陈述式的？"

"我不知道，佩索德老师。"

"我问的这些问题，您一题都答不出来吗？"

"很遗憾，我答不出来，老师。"

"您可以随意在这些诗句里找出一个多重联结、头语重复或是提喻法的意象……"

"我没办法，老师。"

"那您至少可以告诉我，谁是这首诗的叙述者？"

"诗人。"

"真有意思！所以您是把作者和诗的叙述者给搞混了，您不明白这个象征的体系是为了传递话语而创造出来的？"

"我什么也没搞混，佩索德老师。是荷黑·曼力克这个有血有肉的人在他的作品里，一韵接着一韵，在所有的意象里受苦，淌血。"

"真是天真、无知、傲慢透了！"

"老师，是荷黑·曼力克自己在说他父亲罗德利果的死亡。您还记得吗？他说过：'然后，因为他是凡人，死神于是将他放进他的煅烧炉。'"

"您这个无礼的学生，是您在考我，还是我在考您？"

"对不起，老师。"

"所以您不知道一首诗的好坏要靠它导引节奏的方式？譬如，它是不是抑扬格。在我们的语言里，有多少伟大的诗歌只是因为它是用十音节诗体写的，就变成不朽的作品？"

"对不起，佩索德老师，可是我为我父亲的死流了多少年的眼泪，却没有任何一个隐喻、任何一个抑扬格的节奏、任何一个换喻可以抚慰我的忧伤。荷黑·曼力克得知父亲死讯的时候，他离开宫廷，把自己关在一座城堡里，在深沉的悲痛里写下他的诗。"

"亲爱的，这些故事都很好，但这全都是传记作者杜撰的！我请您作的是一个文学性的分析。"

"对不起，老师，可是我什么狗屎抒情叙事者的分析都不会作的。诗已经太美了，没办法拿来这样乱搞。"

由于从来没有人在这座图书馆里说过这个字眼，"狗屎"于是在大厅里回荡不去，在空气中留下了某种悬念。

西班牙文老师涨红着脸，数学老师自得其乐地挖着鼻孔，学生们在校园里嬉闹的声音从幕后传来宛如一阵蜜蜂的嗡鸣……考试委员会的静默依旧凝结在那里，没有任何东西可以驱散这片静默。

静默持续了好一阵子，所有人都忍着不要清喉咙，维多利亚·彭榭则是在膝盖上搓着她湿润的双手。

"就这样，没有其他的事了。"校长合上成绩登记簿，向众人宣布。

考试委员会的成员们松了一口气，纷纷起身，比较没规矩的几位，已经在嘴上叼了一根烟，打算一出去就立刻点上。就在这时候，美术老师艾莲娜·桑薇莎举手了。

"校长，我要发言。"

"不行，桑薇莎老师。"

"根据教师章程……"

"请不要坚持，艾莲娜。"

"我只是想要说……"

"您想说什么就说，我们不会列入记录，会议已经结束了。"

这个身躯庞大的女人，赶忙跑去阻止委员会的老师们离开，她摊开双臂，以宛如挂在十字架上的姿态挡在双扉门前。

"'愚蠢的最高境界，'她以严肃而激昂的声音说，"'就是知道该做什么，却立刻遗忘。'这可不是我说的，是鹿特丹的伊拉斯谟说的。"

校长两眼直盯着这个女人张开的双臂，用威严的声音铿锵有力地说："请克制您的发言。"

"我们刚刚把一位牺牲者放上蒙昧主义和学究们的祭坛。"

"够了，桑薇莎老师。请把手放下来。"

她垂头丧气地照办了，考试委员会的成员们在她失魂落魄的目光中离去。她走到维多利亚·彭榭身边，用双手捧起她的脸。

"你刚才的表现实在太好了，我的小姑娘。"

女孩缓缓把东西收进书包，然后陷入深深的静默之中。尽管她不想看任何东西，但是密斯特拉尔的肖像却吸引了她的目光。短发、固执的鼻子、深邃而有魅力的眼窝。诗人的四周，是几百册属于逝去年代的华丽精装书。过去一点，是一个20世纪初的时钟，再过几秒钟，分针就要指到正午的位置了。

23

　　"我的孩子，大教堂的钟声刚敲了中午的十二响。"

　　"我很遗憾，老师，就业辅导中心那里有一大群狗，可是没有半根腊肠。"

　　"我对狗的故事没兴趣，你的事情怎么样？"

　　"完全没问题，尼可先生。"

　　他很开心地把那张正经八百地盖过章的证明拿给他。维尔加拉·葛雷看了一眼之后不置可否，把它搁在空的咖啡杯旁。

　　"你搞砸了嘛，你根本什么也没拿到。"

　　"没错，什么都没有。"年轻人漫不经心地靠在椅背上大声说，还开心地搔着颈背。

　　"那你高兴个什么劲？"

　　"您不明白吗，老师？我们能做的事，就只剩这个世纪大行动了。"

男人叫服务生过来结账。

"原谅我没请你喝咖啡，我已经坐在这里喝五杯了，现在血压一定跟云一样高。"

"您没有趁机用咖啡渣读您的未来吗？在牢里，有一个阿拉伯老人帮我们用这个算过命。让我来帮您看看。"

没等维尔加拉·葛雷答应，年轻人就把杯子拿到眼前，他轻轻晃了一下，好让杯底现出个图案激发他的灵感。

"我看到钱堆成一座山。"

"我今天说第五次了：你别打我的主意，安贺尔·圣地亚哥。"

"我看到您在另一个国家，抽着古巴雪茄，您和一个美女手挽着手在散步。"

服务生把账单递过来，维尔加拉·葛雷跟他说零钱不必找了。

"阿拉丁，咖啡渣还说了些什么？"

说您会借给我三万比索。"年轻人喃喃说着，他的眼里流露着崇敬，嘴上却挂着不怀好意的微笑。

男人站起身，挪了挪头上的灰色毡帽，然后把一条黑色克什米尔羊毛的围巾围在脖子上。男孩带着一抹悲伤的微笑也站了起来。

"外头冷得要命，你没有大衣？也没有围巾吗？"

"要的话我也有。"

"那你就穿上围上。还是说，你希望我去收容所的门诊中心看你？"

"我生病的话，您会这么做吗？"

"你已经是大人了，应该要为自己的行为负责。在智利过冬，一定要有一件大衣和一条围巾。"

"我不管什么时候都穿这件皮衣，夏天跟冬天都一样。那么，我跟您借钱的事，您怎么说？"

他们已经走到街上，安贺尔看见维尔加拉·葛雷拿出一根烟，用围巾遮着打火机点火，然后深深吸了第一口，他发现维尔加拉·葛雷不知该往哪里去。

"你要钱做什么？我的孩子？"

"我今天一定要帮维多利亚付舞蹈课的学费。如果今天晚上她的舞蹈老师还是不让她进去上课的话，她会去寻死，不然就是会当场死掉。"

"我得老实告诉你两件事。"

"请说，老师。"

"第一，我去向人借这笔钱已经让我的自尊心受到很大的打击了，这个部分我还没有复原。要我再看到这些钱在我的手指间蒸发，这让我觉得很可怕。"

"我会连本带利还给您的。"

"第二，我不相信这个故事，说什么要去付舞蹈课的学费。"

"也就是说，您不相信我，老师。"

"我相信你，可是我连自己的狗都没办法用腊肠绑住它。我很愿意帮助你的那个高中女生，不过，我不要通过中间人。"

"也就是说？"

"你把她带来，我亲手把钱给她。"

安贺尔·圣地亚哥扎扎实实地抱住维尔加拉·葛雷的脖子，在他的两颊各印上一个热情的吻。男人把他推开，很别扭地望着他。

"你可不可以不要再亲我了！别人会怎么想？"

"他们会以为我们是父子啊，尼可先生！"男孩欣喜若狂地回答，然后又在他额头正中央印上一个吻。

"我们赶快离开这里吧。"维尔加拉·葛雷大声说。

他用围巾掩饰自己的脸红，迈步往"林荫道"的方向走去。

安贺尔以固定的节奏跟着他走过四五条小街，走到他身边的时候，安贺尔说：

"老师，如果您除了三万比索，还可以再多借我五千比索，我就请您坐出租车。"

"学校还很远吗？"

"走路要两个小时，搭出租车十五分钟就到了。"

"我们的钱不多，要省着点花。"

"就像蝉和蚂蚁的寓言故事？"

"没错。唯一不同的地方是我们的冬天已经来了，而我们身边没有任何存粮。"

"您别太把它当一回事。您可以换个角度想象一下，寓言不过是个隐喻。"

"我不懂你在说什么。"

"我解释给您听，蚂蚁的工作代表的是我们生活的经验，这么说吧，我们一直都在累积我们存在的这个事实，我们就是我们自己的存粮。只要把门打开，宇宙的一切奇迹就会涌现。"

老头儿在一辆小推车前停下脚步，向穿着白围裙的小贩买了两包烤花生。他咬开一颗，把红色的壳吐掉，用力嚼着里头的三粒花生米。

"热乎乎的。"

年轻人也用指头压开一颗，把两粒花生米丢进嘴里。

"您觉得这个隐喻怎么样？您有没有领会到这个寓言故事的寓意？"

"所有的故事都只有同一个寓意，那就是我们得完成拇指神童的世纪行动。而我的回答也只有一个优雅的单音，那就是'不'。或者你喜欢的话，我也可以用正统的智利话回答，那就是'狗屎'。"

"好，老师，我不想跟您生气，现在维多利亚比任何时候都需要您。"

"我们说好了，赶过去帮她，我们也乘这个机会走几步路，消一消肚子。"

"我怕的是我们到得太迟了。因为您的关系，我没有在考试之前赶去她的学校。"

"因为我？！"

"因为您坚持要我去找工作。您知道那个公务员要我去做什么吗？"

"他要你做什么？"

"他要我去弄一台小推车卖花生。"

"很棒的想法啊。你也看到了，两包花生就要了我六百比索。你想想看，一天八小时，你一小时至少卖个二十包，一天就进账四万八千比索，一个月就有一百多万，这可是部长级的薪水啊，而且你也不必担心会因为贪污舞弊而入狱。"

年轻人停下脚步，怒气冲冲地把整包花生丢到男人的脚边，男人不必看也知道年轻人此刻的心情，他不动声色静静地拾起那袋花生，放进自己的口袋里。

"如果今天晚上有人请我喝威士忌，我就有花生可以下酒了。"

维尔加拉·葛雷拦下一部出租车，年轻人站在打开的车门前还犹豫着，似乎还气得想要一走了之，但是看在爱情的分上，他选择上车。他瘫在后座，头缩在肩膀里，嘴角带着一抹狡猾的微笑。

"你想你那个小妞考得怎么样？"

"很好啊，"年轻人用低沉的声音说，"她要考得超级好才行，不然也没有其他出路了。"

"像你这种年纪的人是会说这么极端的话。不过，从大门走不出去的时候，总还是可以找到一个逃生门。"

"老师，您只要一点点就可以满足了，可是我和维多利亚都不是这么胆怯的人。"

"什么样的人？"

"胆怯。"

"你很好运，我听不懂你在说什么，不过我的直觉告诉我，我应该一拳打在你脸上。你这些神经病的字眼是哪里学来的？"

年轻人摸弄着自己的鼻孔，仿佛那一拳的威胁已经成真，而他正在检视出血的状况。接着他的目光停驻在出租车照后镜挂的圣母像上。

"我有个老师常跟我们说，智利人的字顶多只有一百个。他要我们读书，每次我们遇到不懂的字，就得去查字典，然后写一百次。"

"老家伙忘了还有聂鲁达。"

"也只有一个。"

"还有嘉布丽叶·密斯特拉尔。"

"那就两个。您别再加了。"

"也有些足球赛的播报员话很多。有一次，有个播报员说科洛科洛队进球的时候竟然用了'lido'（晶莹）这个字眼。"

"他要说的应该是'lucido'（精彩）吧。"

"还有一次，埃雷拉一个人在球门前一公尺的地方射门却没进，播报员竟然说了拉丁文。"

"他说了什么？"

"'Herrera humanum est.'（埃雷拉是人）"

他们离市中心越来越远，圣地亚哥的街区也渐渐退回到过去的时光。一排排破旧的木屋，屋主们时不时会用黄色和紫色的油漆给生锈的屋顶和门框换上令人愉快的颜色。城市变得越来越丑，也越来越僻静。这是圣地亚哥的贫民区，可这不是安贺尔的命运。他心里盘算着，如果再跟维尔加拉·葛雷借个一千比索，应该不算太剥削他的好心，这样他就可以买一些饲料和胡萝卜给马吃。"我们暂时算是失散的一家人。"他叹了口气。

在学校附近，两人跑了咖啡馆、候车亭、店铺，甚至小超市，遍寻不获之后，决定冒昧找个借口，进学校去。维尔加拉·葛雷提议假称公务员，说是给这个女孩送来南方亲戚汇来的三万比索。安贺尔认为这个点子合情合理，他们就带着三张蓝色纸钞当做通行证，顺利地走进了教师休息室。

冬日阴暗的教师休息室里只有一个人，就是美术老师。她独自一人坐在吊灯的幽微灯光下，忙着在拍纸簿上写着什么东西。他们走了过去，安贺尔微笑着说：

"您记得我吗？老师。"

女人把一副只有镜框的眼镜架在鼻梁上，她仿佛刚回过神来，仔细地打量这两个男人。

"你哪，我记得；你迷人的同伴，我就不记得了。不过我对他第一眼的印象很好，他长得很像那个叫做费德利果·路比的阿根廷演员，一头性感的白发，加上花白的小胡子。您怎么称呼啊？"

"尼可拉斯。"男人谨慎而简短地回答。

安贺尔想看美术老师在写什么，美术老师于是把拍纸簿递给他。

"你看，这是我的辞呈。"

"老师，您出了什么事？"

"我什么事也没有，可是你那可怜的女朋友，他们把她捣成了碎片。"

"在考试的时候吗？"

"没错，孩子。"

"这怎么可能！她准备得那么好！"

"她准备好的是重要的问题，不是那些蠢问题！"

年轻人用恳求的眼光望着维尔加拉·葛雷，仿佛他有办法改变美术老师说出来的事，他却摊了摊手，一副无可奈何的样子。

"她现在在哪里？"

"在圣地亚哥的某个地方吧，像只湿淋淋的麻雀。除非雨已经停了。"

"雨一阵一阵的，您想不出来她会去什么地方吗？"

"只怕她去找了个可以跳下去的地方，马波乔大桥，或是电信大楼……"

"而您却坐视不理？"

"我会坐视不理？你太不了解我了吧，臭小子。我正在写我的辞呈，省得他们通过行政管道要我走！"

她站起身，把拍纸簿扔在地毯上。这张经年累月被人磨蹭的地毯中央织的是一头波斯虎，漂白水的痕迹抹去了一旁惊叹的一群少女。

"您辞职之后要靠什么过活？老师。"维尔加拉·葛雷问道。

"我会想办法，我会去就业辅导中心，或者去乡下。"

"说真的，您觉得我真的像路比吗？"

"是啊，蛮像的啊。您比他胖一点。"

"那是因为我平常太少动了。"

"是吗！您是做什么的？"

男人抬眼望着墙上悬挂的大幅肖像寻找灵感，然后低下头，满意地说：

"我是做投资的。"

"那您赚很多钱啰？"

"嗯，到目前为止，我什么都还没赚到。"

"您应该有一大笔资金吧！"

"您别以为是这样，我只有一点钱，不过我的耐心跟山一样高。"

安贺尔·圣地亚哥瞪着他，然后放肆地指着他说："桑薇莎老师，这耐心正在腐蚀他啊。那是在地底下啃尸体的虫子的耐心。"

"你要我怎么做，孩子？"

"我不知道您要怎么做，不管怎么样，我要找遍圣地亚哥，直到找到维多利亚为止。老师，您想她会不会出什么事？"

"唯一让我放心的，就是她还有跳舞这件事，这个，是活下去的一个好理由。"

"她是有过，老师。我们赶快走吧，尼可先生。"

年轻人吻了桑薇莎老师的脸颊，维尔加拉·葛雷则是优雅地以胡髭拂过她的手背。她整个人陷在气窗下方的沙发里，或许正盼望着云开雾散，天空可以透来一道阳光。走近门口的时候，年轻人忽然觉得教员休息室在此刻变得更大，也更冰冷了。他觉得自己和美术老师、和她的忧虑如此接近，他想要带她离开这里，去哪里都好。

"离开这里，她能做什么呢？"他心想，"在圣地亚哥的街上晃，无依无靠？"

离开之前，他轻轻叫了她的名字。她挪了挪眼镜，好把他看清楚。她把手指圈成个筒子，放在耳边，好听清楚他说的话。

"老师，您坐在那里的样子，好像艾德华·霍普的画。"

24

圣地亚哥市中心的小街小巷是个迷宫，是商贩们的巢穴加上店家阴暗的门面，在这里，城市的面目模糊，放眼所及，净是卑微与庸俗。一切都是平庸的，都和性有关。传统医疗的药房、鞋店、卖彩券和马票的窗口、卖女性内衣的橱窗、做秘鲁难民生意的东方香料行、香港来的玩具、长着象鼻子的塑料飞机、画着米老鼠微笑的尿壶、杀虫剂、电风扇、日本武士造型的小照相机、婚纱饰品专卖店。乞丐在路边拿面纸给伤风感冒的人。迷你裙在丰满的屁股上快要爆开。帅哥们抽着永不熄灭的香烟，等着有人买报纸的时候掉下一张纸钞。小摊贩卖着送给没钱的死人的便宜花圈。骗子们把三枚硬币丢在石砌路上，再踩住其中一枚，要路人下赌注，猜硬币被踩在哪只脚下。有帮人补脚踏车胎的。有二十四小时营业专卖草药的药房，治疗肝病、淋病、结石和前列腺肥大。而在这一切的中央，有几家二轮戏院，午餐前才播第一场电影，楼梯上铺的地毯在十年前应该是柔软而优雅的，这里的顾客都是些单身汉、失业的人、没牙齿的老人、法外之徒，还有一些影迷，他们喜欢看武打动作，也喜欢看那些瑞典女人在地中海观光胜地孜孜不倦地骑着非洲阴茎。

他们走进电影院对面的发型沙龙，问店家有没有看见维多利亚经过这里。没有，没有人看到她，而且，就算有人见到她，这里的人都很谨慎，只管自己的事。这位白发的先生，染个发两千比索，您呢，年轻人，剪个年轻的发型，打个漂亮的层次，再抹上发油，一千五百比索，怎么样？走道的尽头，有两种按摩服务，半套或全套，女孩从二十五岁到四十岁都有，价钱依年纪而定；也有男士为男士服务的按摩。

维尔加拉·葛雷任由那男人继续吹嘘，心里则是想着这个女孩到底会往哪里去。他知道单刀直入反而会吓跑一些有可能提供讯息的人，他清楚得很，这些人对于言谈机灵又问太多问题的人都很有戒心。安贺尔在一旁看了电影时刻表：丛林里的性爱，海报上看到的是掺杂着椰子和香蕉的性爱场面，还有一只强壮的大猩猩，金刚跟它相比，简直就是一只小绒猴，还有一帮荷兰人忙着把白女人卖到阿拉伯国家。安贺尔告诉维尔加拉·葛雷他要进去转一圈，看看维多利亚是不是在里面。"您至少给我五分钟，让我的眼睛可以适应黑暗。请您等一会儿，因为一定得靠您才能给维多利亚付舞蹈课的学费。""我说到做到。"丢下这句话之后，维尔加拉·葛雷走进一旁专卖旧杂志的书店，翻着一本过期的《运动场》。那一期卡洛斯·康伯斯用头顶进了一个U形回旋的角球。

售票员跟安贺尔说,带位的小姐因为流行性感冒没来。安贺尔没搭腔。"请您先在最后一排坐下,再慢慢去找您喜欢的位置。"售票员说。

今天戏院里的温度比街上还冷,天花板上的吊扇不是拿来降温,而是拿来吹散怪味用的。电影在老旧的银幕上播放着,影像上出现的线条和配音的噪声十分合拍。在一个用火把照明的茅屋里,一个乳房干瘪、头发又长又多的金发女郎手里拿着一条水蛇,使劲地想把它弄进自己的身体里。两个穿着短裤的鬈发年轻人不停地上上下下玩着裤裆的拉链,在女演员面前强烈地传递着兴奋的讯息。女演员忙着用一只手摆弄水蛇,另一只手则招呼着两个年轻人,让他们的棒子更靠近她。

银幕上反射出来的光线很微弱,这部片子阴阴暗暗的。安贺尔渐渐辨认出整个戏院里的情况,他终于明白为什么会暗成这副德行了。在他前面,一对对男女久久交缠,没有伴的女人则是不停地换着位置,坐到只身的男子或女子身旁。他们交换只字片语、糖果或是香烟,然后立刻开始爱抚,摆动身躯,发出呻吟。有个女人越过几排座位跑来坐在安贺尔的身边,她的眼睛没离开银幕,却把一包东西递到安贺尔的鼻子前。"要不要来一颗口香糖?"

"好啊。"安贺尔说。

他吃了一颗，薄荷的香味在舌上扩散开来。女人把手放在安贺尔的膝上。

"这是你第一次来这里吗？"

"是啊。"

"你知道这里的价码吗？"

"不知道。"

"我让你摸胸部，让你把手指伸进下面，三千比索。行吗？"

"在这里？"

"我大衣里头什么也没穿，我的胸罩和内裤都在袋子里。我每天都会带薄荷口香糖，因为有时候那些男人有口臭。你也知道，这种地方的客人喝酒喝得很凶。"

"说真的，你看也知道，我不是为这个来的。"

"你不会跟我说你是第七艺术的狂热爱好者吧。"

"其实我是来找人的。"

"找谁？"

"我妹妹。她跟我说她要去电影院，我在想会不会是这一家。"

一个肥壮的大个儿走来坐在他们的同排，座椅的弹簧被他的重量压出吱吱嘎嘎的声音。

"这里只有最淫最贱的妓女，小朋友，你还是去旁边的教堂找她吧。"

"问题是我有很重要的事情要跟她说啊，我得告诉她妈妈生病了。"

女人划了一根火柴，把小小的火焰靠近男孩的脸，她仔细地端详，直到火烧到手指。她把烧焦的火柴棒扔到地上。"你长得真帅啊，小伙子！"

"你可不可以不要这么说？拜托。"

"为什么？你是同性恋啊？"

"我？怎么可能？我爱女人爱得发狂。"

"那就好啦，你好好享受吧，小朋友，我让你亲吻，还让你吸我的乳房。"

"我口袋里连一个比索也没有。"

女人气呼呼地退开男孩身边，手腕上一大串镯子叮叮当当响着。

"其实，你觉得我太老了。"

"我根本连你长什么样都没看到！"

"你摸摸看我的乳房，可不像电影上的小妞那样，两颗荷包蛋似的。"

她突如其来地抓起男孩的一只手，牵着他抚摸那对丰满的乳房。

"你的乳房很好。"

"很挺吧，嗯？"

"是啊。"

"我让你吸乳房，两千比索就好。你要吸多久就吸多久。"

"我跟你说过我没钱了，你听不懂吗？我身上连一个比索也没有。"

她站起身，捏着鼻子对男孩吐了舌头，像在训斥他似的："同性恋的戏院在大教堂那边的廊道街，你别再来这家戏院了。"

她走去坐在肥壮的大个儿旁边，安贺尔隐约听到那仪式性对话的片段，从要不要吃薄荷口香糖开始。他离开这对男女，坐到最后一排座位的另一头，试着以有条理的方式探索戏院里二三十个人的轮廓——几个落单的观众不再看电影，反而像兴奋的中学生那样偷瞄着他，有个办公室雇员模样的男人在那儿提早睡午觉，还有一对对男男女女。在这昏暗潮湿的空气里，处处是交缠的身体。

而在他前面五排，有气无力地靠在椅背上的这个身影，不就是维多利亚吗？而那个戴着贝雷帽的男人，不是正要把头埋进她的裙子里吗？不可能吧。可是那女孩把长发撩到椅背上的手势，让安贺尔的怀疑全部消散了。戴着贝雷帽的男人把头埋进去，即便在这么远的距离，即便在这样的昏暗之中，都可以猜到，他正在亲吻她的乳房，或是已经把头埋进她的两腿之间。

"这他妈的关我什么事？"他在心里大喊。他抹去脸上的泪水和汗水。"这他妈的到底关我什么事？"他又在心里大喊了一次，整个人瘫在椅背上，仿佛有人对着他的胃狠狠地揍了一拳。

可是当他从座位上跳起来，沿着走道走下去的时候，他很清楚，如果他现在有枪，他一定会杀人；如果上天把刀子放到他的手上，他会去割断那个人的喉咙；如果他有一把钻子，他会去把那颗正在乱摸她的猪头钻破。

那个男人面对女孩，靠在椅背上，女孩的嘴正要往男人的裤头靠过去。那男人则是不住地低声呻吟，若非呻吟，他会爆出欢愉的叫声。

遗憾的是，此刻，他全身的力气都消失了，他的手在颤抖，他没有办法去掐死他。要掐住那男人的喉咙，至少手指得要有一点力气，可现在他的手指仿佛因为羞辱而麻痹了。

他走近那对男女正在办事的座位，原本假想的一切，此刻比起搭配了职业配音的低俗喘息声和银幕影像更强烈，它以立体的方式呈现在眼前，还加上戏院里观众和妓女们发出来的怪声音。

不过几秒钟的光景，他已经到了她的身边，痛苦如清澈无比的光芒刺着他。他们都看不见他，男人闭着双眼正陶醉其中，女孩则忙着加快动作，好完成她的工作。

他像要扯下自己皮肤似的用力扯住维多利亚的头发。这悲惨的一幕就在他眼前上演了：陌生男子的体液射在女孩的额头、大衣、椅背、唇上。

他把维多利亚的头发扯向走道，他憋了好几分钟的呐喊，此刻如野兽怒吼般释放出来。

这不只是愤怒和恶心的咆哮，也远远超过爱与温情受创的呐喊，更不只是对这个世界及其粗俗的深深怨恨，更远不只是嫉妒的怒气和被践踏的男性尊严，这呐喊比涨红的双眼更令人目盲。

他宁愿自己是盲人，看不见这一切；他宁愿自己是聋子，听不见这一切；他宁愿自己冷血无情，可以让他们继续进行这桩交易；他宁愿没有踏出监狱半步，此刻在他混乱的心里，重获自由对他来说不过是惩罚的延续。和维多利亚·彭榭的偶然邂逅则是他的死刑判决书，法官判决定谳，让他现在得面对这一切，宛如行刑队、宛如血管注射的致命针剂，宛如电椅撼人的数千伏特电压，这一切都让他喘不过气，让他宛如走进毒气室，只剩下死前最后的气息。

"死亡对垂死之人的折磨还不如生命对我的折磨。活到二十岁有什么用？眼前的生命又有什么用？"

观众们被这声怒吼给吓坏了，所有人都躺在座椅上，生怕是刑警或是缉毒大队或是抓人嫖童妓的或是卫生局的，或是他们的老婆带着私家侦探冲进了戏院。

他们害怕这怒吼是《圣经·启示录》的天使降临，就像他们在这个银幕上看到的，是个拿长矛、穿着中世纪铠甲的骑兵，可以穿透盾牌直接捣碎敌人的心脏，或像凶猛的东方战士，一脚踏碎他们的颈动脉。

安贺尔走上楼梯，他突然有了一股莫名的力量。走到戏院入口的时候，他又大吼了一声，把凑在那里看热闹的人统统赶开，他用最后的力气把维多利亚甩在维尔加拉·葛雷的脚边。

25

"老师，维多利亚·彭榭小姐亲自来到您面前了。您可以亲自把钱交给她了。"

女孩跪倒在地上，用头发遮着脸。她低着头躲避路人的眼光，看起来仿佛在祈祷。维尔加拉·葛雷倾下身去帮她，想抬起她的下颏。

"你怎么啦，小姑娘？上帝保佑啊。"

"我要洗脸，老师。"她的声音微弱得几乎听不见。

"你站起来，我们去对面的发型沙龙，那里有水。"

"我要离这里远远的，尼可先生。"

"你站起来，靠在我身上。"

"我不要让人看到我的脸。"

"好，你继续用头发遮着脸，我们一起往出口走。"

女孩听了男人的话，躲在他怀里。男人作势要那些看热闹的路人让开，他露出微笑，希望大家体谅一下受伤的女孩。于是他们像残废似的缓缓走到圣多明尼各街的街尾，安贺尔·圣地亚哥则是远远跟在后头，两手插在皮夹克的口袋里。

外头，阳光穿透云层洒了下来，此刻，维多利亚·彭榭眼里看到的远远强过温暖的金色阳光，而是刺眼的金黄色太阳，让她意识到自己身体的存在，她激动起来，抓伤了自己，仿佛什么怪病突然侵袭了她。

"我们继续走，等一下就会帮你找到地方了。"

"您不会明白的，老师，我真的很急。"

她用力抓着脸颊，手底下看到的是一丝血痕。

"你现在先冷静下来，不要这么急。"

"我想要把我自己洗干净，拜托您，帮帮我。"

"你跟着我继续走，我看看附近有没有水龙头。"

"如果没有水给我洗的话，我会死掉的，尼可先生。"

"你已经说过了。"

"他们在哪里？"

"谁？"

"廊道街的那些人？"

"他们已经在后头老远了。"

"他们没跟上来？"

"你放心，这里只有我们。"

"哪里才有水啊，老师？"

她把两根指头伸进嘴里，想让自己呕吐却吐不出来。

"你在干什么，小姑娘？"

"我想要吐。"

"你如果吐得出来，就吐吧。"

她一阵恶心，可是却只能把卡在胸口的液体吐出来。她只吐得出一点泛黄的东西。

维尔加拉·葛雷不想扰乱她的心情，于是让她一个人做这件事。米拉弗罗蕾斯街和圣多明尼各街街口的红绿灯一变成绿色，女孩就钻进汽车和巴士的车阵中，往山脉的方向狂奔而去。

"等一下，小姑娘，"男人大声喊着，"我给你带来上课要缴的钱啊！"

路上的车声和距离让维多利亚听不到这些话。现在，她只顾往前跑，神经紧绷，闪避着路人，像个瞎子似的，不管红灯绿灯，听不见巴士的喇叭声，也听不见警察警告她快要被车撞倒的口哨声。

跑到宫殿美术馆的时候，她爬上那片古迹楼梯，看看那两个男人有没有追上来。她看到上了年纪的老师在远处，手捂着心口，仿佛就要心肌梗塞了，而就在几公尺远的地方，安贺尔·圣地亚哥正在向她打着手势，要她停下来。维多利亚盲目地穿过圣露西亚步道，在森林公园里，她不停地走着，泪水也不停地流着。天气虽冷，她的身体却是热滚滚的，她的血液烧灼着脸颊，她的学生鞋在身后激起一阵阵沙尘。

她继续走，她知道这条路会把她带到德国喷泉，那里有泉水还有瀑布，她会看到那顶着一艘船的宏伟青铜雕塑，水如云雾般泄下，晶莹闪烁，激起无数浪花。

就在她踉踉跄跄跑着的时候，她已经瞥见圣地亚哥中心的那些海洋战士，那些磨得发亮的青铜海狮，那只带来吉兆的海鸟在划桨的天神们后头拍着翅膀，鼓励着那群移民和殖民者、海盗和圣人、叛乱分子和国王。雕像此刻就矗立在伸手可及的喷泉上方，如此靠近，壮丽的青铜雕塑喷泉，晶莹的水珠在冬日温暖的雾气中喷涌着，暗淡的午后，大学生在森林公园的长椅上交换着轻吻和诺言。这兼容并蓄的喷泉多么狂野而荒诞，净是无法理解的寓意画，这些自傲的航海人在智利上岸，落地生根，多么狂野的想象，竟然把这些人放在这滩水上，代表着没有浪潮的海，没有闪电、没有雷声的暴风雨，没有冰风暴，没有他们北欧原乡的雪花！这水如此靠近，是什么样的恩惠啊！这么多年来，这喷泉对她来说不过是毫不起眼的泉水，可是此刻在她伸手可及之处，可以清洗她的乳房、头发，涤清她被弄脏的喉咙、她的舌头——上面满是毒蛇的毒液、怨气、狂怒、散落的无名体液！多么神奇的幻象，这不停洒落在她身上的水，让她梦想的那些喷泉都浮现在眼前——罗马的特雷维喷泉、纳佛那广场的三座喷泉、马德里的希贝蕾斯女神广场的喷泉，还有在巴黎皇宫剧院和歌剧院，在米兰的斯卡拉歌剧院演出的玛歌·芳婷，她一踏上这些陌生的国度，就会去学这些神奇的语言，她始终相信引领世界前进的是热情，她要告诉佩索德老师，只要像诗人那样死去，几乎就可以不朽了！她已经接近了，剩下二十公尺，现在她到了，如果她跳下水，载她走的不会是这艘生命之船、这艘疯人船、这艘神话之舟，而是迎向天际的另一个海洋，她将会垂直僵硬地溺毙其中。一切问题最佳、最有说服力的答案不就是在当下死去吗？佩索德老师？诗人曼力克的死、我父亲可怕的死，我感到死亡在一旁虎视眈眈，带着一群狗，还有美洲豹的面孔。我亲爱的安贺尔和他巨大的生命欲望，这么有活力，这么像兄长；这么热情，这么像父亲，他和我等待、我应得的死亡距离如此遥远。这死亡是晶莹的，比静脉更宽阔也更深沉，和刮胡刀片割断的动脉一样汹涌。可是现在水就在这里，确确实实地就在眼前，伸手就摸得到，她把手指伸进这音乐里，把水浇在自己脸上，此刻宣告的正是另一段生命，洗礼；现在，是的，现在，她的双手搓着她的脸，洗去凝结在头发上的体液；现在，她用水淋在胸前的衣领上，她粗鲁地拉开大衣，把第一颗扣子都扯掉了，她的双手疯狂地往乳房泼水，清洗，搓洗，淋水，搓揉，仁慈的水包覆她，清洗她的污渍，神圣的水浸润着她，她用双手捧起水洒在自己身上。突然间，她听到安贺尔的声音出现在身边，她于是停了下来，她听见那个声音对她说："停一停，维多利亚，我求求你，停下来，维多利亚·彭榭，你不要再这样了。"可是她再也听不见了，因为她没入了水中。

26

"典狱长吗？"

"我是。"

"是我啦。"

桑多洛走到门边，仔仔细细地看了走廊一遍，确定没有任何狱警在那里，然后才走回办公桌，把电话上的录音机接头拔掉。

"搞定了吗？"

"还没有，典狱长。"

"已经十五天了啊，你搞屁啊！"

"没错，可是您给我的是一个月的时间。"

"我实在不该给你这么久的时间。我现在晚上都睡不着觉，睡着了又立刻被噩梦吓醒。"

"对不起，典狱长，可是一个人不存在的时候，是很难办事情的。不知道您明不明白我的意思？"

"你这话是什么意思？"

"圣地亚哥是个大城市，如果我不能去找我的眼线，我要怎么去找到那个人？"

"我已经把他家的地址给你了。"

"他没住在那里，典狱长，他的家人根本不想知道他的任何事。不过，他老婆看起来很可口，连骨头都可以一起吞下去。"

"你克制一下，畜生。你再犯一次强奸罪，我就自己动手把你宰了。"

"您放心，我自己有门路可以解闷。"

"你被那些女人认出来怎么办？"

"不可能的，我有需要的时候，也不会去找我以前的那些女人。"

"那很好，如果有人认出你，我的官司就吃不完了，我的薪水也没了，还会被丢进牢里，或许就在这个监狱。你想想看，有多少人想割断我的喉咙？"

"我知道至少有两个。"

"哪两个？"

"我要干掉的那个，还有另一个。"

"是谁？"

"他还关在笼子里的时候，您没什么好害怕的，典狱长。"

"你告诉我。"

"您交代给我的任务可不包括告密吧。"

"好。那你打电话给我干吗？"

"您上次打电话告诉我的情报没有错，我们那个小伙子正在和维尔加拉·葛雷不知在计划什么。"

"继续说。"

"有人在酒馆街看到他们。问题是我不能在那里露脸，理由您很清楚。"

"没错，那里连路灯都认得你，所以我才叫你去他家里探探消息。"

"儿子呢，是一只挤不出油的猪，跟他说话比跟修女跳舞还无聊。妈妈呢，一点也不信任我，什么也不说。"

"你敢强奸她，我就把你杀了，你这个畜生。"

"好啦，我了解啦，典狱长，您别激动。"

"好，那你一次跟我说清楚，你找我到底有什么事？"

"因为我脑袋里有颗电灯泡亮了起来，典狱长，如果那个小伙子和维尔加拉·葛雷在计划什么，这个案子肯定跟远洋轮船一样大。"

"尼可先生不会跟这些小娘儿们一起做事的。"

"既然我们碰巧得到这个独家的消息，那么，跳上胜利的马车不是比去把马儿宰掉聪明得多吗？"

"说来听听。"

"老头子是顶尖老手，他有通天本领，但是带着计划去煽动他的，一定是你那个小伙子。"

"没错，杀我的计划他也不缺。"

"但是他缺银子。而他知道，维尔加拉·葛雷可以给他很多钱。"

"你说得很有道理，但是你忘了一件事：老头子已经洗手不干了。"

"没有哪个世界拳击冠军不是在脑子被打烂的时候宣布退隐，然后又为了几百万奖金不顾一切地回到拳击场上。拳王阿里不就是这样吗？他被打得晕头转向，但是他赚饱了银子，回家治他的帕金森氏症去了。"

"你有什么建议？"

"去维尔加拉·葛雷的监狱那边打听一下，看看那里的典狱长知不知道超人带着什么计划出狱。"

"你要我去跟邬维尔塔说话？那个混蛋！"

"那您也得去问啊！您的位置比我适合多了，典狱长，您是站在法律那一边的。可是您和我一样，请原谅我直话直说，我们都不是手头很宽裕的人。如果老头的案子可以算我们一份，分到钱之后，您可以去把牙齿重新修一修，可以送您的女儿去上私立学校，去法国文化中心上课也可以啊。"

"我是很想让她们别再跟现在这群人鬼混。"

"那很好啊，桑多洛先生，您就去跟邬维尔塔谈一谈，从他那边套一点消息。"

典狱长决定尽快结束这段对话。非常有可能，没错，很有可能，利果贝托·马林为了多争取几天自由的日子，所以想把他扯进这个凭空想象的大案子，这样他就可以不必冒着危险去取"小天使基路伯"的性命了。这个装模作样的小混蛋不过是个蹩脚的偷马贼，他凭什么跟维尔加拉·葛雷这么聪明的大师合作？他要当他的跟班还可以，可是绝对不够格当他的同伙。

"典狱长？"

"我在想啦。反正你尽快把他干掉，回来就是了。"

"您这是要我把金母鸡宰掉。"

"现在这种时候，我宁可实实在在把我的命保住，也不要去赚那种不知道在哪里的钱。"

"可是维尔加拉·葛雷掺了一脚啊！"

"全世界都知道，警察也会跟他跟得紧紧的。我们别蹚这种浑水吧，孩子。"

"您听我的，打电话给邬维尔塔吧，桑多洛先生。"

"我或许会打给他，不过，你先把那个家伙搞定再说。"

"典狱长，'小天使基路伯'是天上掉下来的礼物啊。"

"你自己也知道这种事说不准。你从外头看很新鲜，里头可是烂透了。你把他杀掉就是了，其他的事就别再提了。"

"您给我多少时间？"

"你还剩下两星期，不是吗？那就是这样啦，两个星期。"

"您会后悔的，典狱长。"

"你别再做梦了，当所有的狗都想咬同一条腊肠的时候，最后这些狗会咬来咬去。”

“您跟我说这话还真奇怪，典狱长，我可是活在一群狗的包围之中。”

“希望它们身上的跳蚤别跳到你那身烂衣服上。”

“您说的这是什么话！我还买了一件新西装呢！”

“你哪里来的钱？”

“女人们会养我。”

“你这家伙，她们可给了你不少。”

“事情就是这样，有时候她们会给，有时候她们会要。好吧，您放弃让女儿去法国文化中心上课了吗？”

“如果十五天之后，那家伙还活着，你就准备放弃你的卵蛋吧。”

他一挂上电话就走到电炉旁，在上头搓着双手。他把指头烘暖了一点，方便去翻他的电话本。接电话的是邬维尔塔本人。

“我是公共监狱的桑多洛。”

“我当然不会忘记您，典狱长。”

“非常感谢。”

“我说这话没有正面的意思，政变之后，我在您的监狱里待了六个月。”

“这都是老掉牙的故事了！那时候我才二十五岁。”

“不过您这位士官，当时倒是和新政权合作无间。”

“国内大部分的人都这么做，那时候智利一片混乱，需要铁腕整顿。"

"一点也没错。铁腕，您对我确实做到了这个。回归民主之后，您是怎么混到典狱长的位置的？"

"我靠的是我公务员的资历。我们这些行政部门的公仆，政治世界的纷纷扰扰跟我们是没有关系的。"

"那些严刑拷打跟你们也没有关系吗？"

"别这么悲情嘛，邬维尔塔，执法过当，不过就是单纯的执法过当嘛。"

"我的左耳到现在都还听不清楚，还经常失去平衡。我会这样，是因为当年在耳朵上狠狠挨了一记。"

"那可不是我打的。"

"不是您亲自动手的。"

"所以啦，您说是不是？所有军事法院都这么说。那些责任都该由个人承担，不是制度造成的。"

"是啦，这种话我已经听了二十年了。您打电话给我有什么事？"

"有些事情我们可以合作，亲爱的同事。"

"您和我？"

"没错。智利的秩序与和平都是我们期望的。"

"我们一个相信的是法律，一个相信的是拳头。"

"您和我是不一样的。可是现在我可不会动手打囚犯了，就算用玫瑰花也不会。"

"您成了抒情诗人啦，桑多洛，您到底想干吗？"

"您几天前放了维尔加拉·葛雷，不是吗？"

"他符合大赦的条件。"

"没错。亲爱的同事，请告诉我，我们的冠军得主，他此刻在干什么好事？"

"他退休了。"

"可是他才六十岁。"

"话是没错，可是他不想再惹麻烦了。"

"他靠什么过日子？所有人都知道他的同党把他的那一份吞掉了。"

"他向朋友借钱度日。"

"这是暂时的。那以后的日子呢？"

"桑多洛，您有话就直说吧。"

"道上有消息说，老头儿正准备进行一桩大买卖。"

"然后呢？"

"如果我们能跟他谈一谈，让他打消这个念头不是很好吗？作为维护公共秩序的公仆，我们都应该为国家做这件事。在民主制度下，看到大赦的犯人靠着当局的好意而有机会再犯案，人民对政府不会有什么好观感吧？"

"维尔加拉·葛雷不会再犯案了。"

"喔，是吗？您敢不敢打赌？"

"您自己去找他问他好了，您要怎么勒索他就去吧。"

"勒索什么？"

"我想您是要去跟他索贿吧，不是吗？"

"您说这话太过分了吧！"

"您不高兴的话，随时都可以把电话挂上。"

"您先挂才是。"

"不，我是有礼貌的人，是您打电话给我的。"

"您没忘记吧，是我提议要跟您合作，而您拒绝了。如果维尔加拉·葛雷犯了什么案子，而媒体追着他的线会一直追到您这里，说不定还会追到我们这段谈话呢。"

"我不懂他们要怎么追到这段谈话。"

"说不定，有人很无耻地录了音。"

邬维尔塔把冰冷的手指放在沉重的眼皮上。

"您想怎么样就怎么样吧，桑多洛。"

"我不会做任何对您不利的事。可是我很希望下次我打电话给您的时候，您可以他妈的多配合一点。"

"您没有什么事要告诉我的吗？"

"哪一方面的事？"

"像是秘密之类的。"

"哪一种秘密？"

"没有，当我没说。"

27

女病人维多利亚·彭榭的病情实在令人相当担心：咽喉链球菌感染，病毒从鼻子到肠子循环性发作，发烧到四十点二度，此外，还加上严重的忧郁。年轻的值班医师加布利业·奥特加的结论是，她需要的是更多更好的照顾，他能做的都已经做了。

他用很俚俗的青少年用语，直截了当地向女孩的叔叔尼可先生和她的哥哥安贺尔·圣地亚哥说明，他已经帮德国喷泉的这个小美女打了一百公升的盘尼西林和一整个火药库的止痛药了。他还开玩笑说，她那两栖动物的身体，他没有一处没帮她裹上纱布。如果他们在她面前扮小丑，还可以让她露出微笑，再过三天，她就可以跳到国家体育馆的游泳池去游泳了。

他热心地建议女孩的家人好好照顾她的脑袋。"身体方面，随便哪个医生都可以用打针或吃药把细菌杀死，可是这女孩唱的blues，我老实跟你们说，是很凄凉的。还不只凄凉，是充满死亡气息的，因为彭榭小姐说梦话的时候，说的是存在主义很普遍的概念，还有阿根廷歌手唱的东西，说是人生不值得一活，而这些令人沮丧的东西带来的结论就是，为这样的人生付出代价是没有意义的。两位先生，我是不知道你们这个亲人的故事，不过很显然，她已经不想再挣扎了，她就是一心想死，听起来实在很让人难过。

"另一方面，当然，就是成本问题。她因为穿着大衣跳进德国喷泉，所以现在有了这些要命的毛病，救护车赶去救了她，可是在这里，在急诊处，这个可怜的小病人占了一间病房。在她后头有一整排快要断气的人在等着，还有一堆被酒醉驾车撞倒的小孩，也有在街上斗殴被刀子剐出眼睛的，被老板的儿子搞大肚子的女佣自己想办法堕胎却又弄出了问题的，还有急性盲肠炎的患者，这些人都需要立刻处理，还有一些胡言乱语的，我们得给他们穿上束缚衣，还要照大脑摄影图，其他的细节我就不多说了。

"维多利亚·彭榭的忧伤比起那些等着我去处理的病人简直就是芝麻绿豆小事，更糟的是，我本来正要去看皇家马德里对尤文图斯的现场直播，可是我现在要值班一直到天亮，我要怎么让眼睛一直睁着？我已经喝了七杯咖啡了，每半个小时得喝一杯。我们能帮这女孩做什么呢？难道她不能去城里让另一个医生照顾吗？

"您可不可以把她交给一家私人诊所，让她待到问题都消失为止？他们接受您侄女的话，先生，您只要签一张空白支票给他们，支付那些可能发生的费用。等他们把账单准备好，您就在支票上填上他们要您填的数字就行了。现在，您没有支票的话，能怎么办呢？您问我？好啊，那就把她送回她家啊。我教您怎么打针。我给您一点棉花和一支注射器，我什么都给您，但是您把她给我带离这里，拜托，先生，走廊上的那些患者都快死了，我得去开刀，缝一个额头，去帮一个吃了垃圾桶里的烂肉中毒的家伙灌肠。大家都在找加布利业·奥特加医生。

"把她带离这里，走得远远的，她是一个很好的女孩，她有艺术家的敏感和美丽，但是她需要更多的关心。她的身边一定要有很多正面的人，譬如像您这样的人。忧郁的问题正在啃噬她，要让她走出来才行。如果她继续这样悲伤下去，她会被烧坏。她需要大量的水，身体里需要水，不是外面啊！别再让她碰到喷泉、小河、大河、海洋了！

"带她回家吧。这个小女孩，她没有妈妈吗？她总有个妈吧？那就带她去找她的妈妈。让她照顾她、让她鼓励她。不然去您家也可以啊，年轻人！什么？您没有家？这可真令人惊讶，每个人都有一个家吧。像您这样的人可不多。啊，您是从塔尔卡来的！很好啊，叫一辆出租车，然后把她放上开往塔尔卡的火车。那个地方很健康，大自然、鸟儿、山峦、柳树、鸭子、乳牛、鸡，任何一个地方都比这个死气沉沉的地方好。您明白吗？先生？您也明白吗？先生？"

两人带着躺在担架上的维多利亚待在走廊上，和一些手术后的病患和等着就诊的穷人挤在一起。一个手腕血流不止的老酒鬼打开他的收音机，听着"人生路电台"播放的老探戈，"故乡小镇已不复当年……"墙上贴着两张告示：一张是禁止香烟，一张是请勿抽烟。维尔加拉·葛雷去找电话打给泰瑞莎·卡普利亚提。这一天过得莫名其妙，他不知道自己是如何，也不知道为什么，会掉进别人这个令人头晕目眩的故事里，而他自己的故事，去他妈的，还没搞定呢。

"我们该怎么办，老师？"

"我们得找个地方给小姑娘睡觉，要去她母亲家吗？"

"老太婆在接受心理治疗，她有严重的忧郁症。"

"治疗比那个病还糟糕。"

"您太太的公寓行吗？"

"如果我自己都不能进去，更别说一个快要死掉的陌生女孩了。"

他们一直走到"林荫道"和葡萄牙街的交叉口，走进"盾牌"酒吧。电视开着，摄影机虎视眈眈地对着部长的双眼：像豺狼一样凶猛的摄影机正盯着看，部长在谈到他儿子的死的时候，会不会流下一滴眼泪。就在这画面播出的那一刻，电视上出现节目结束的字样。安贺尔·圣地亚哥感到自己有一种前所未有的力量。这些人都在酒吧稍事休息，吃他们的三明治，喝他们的冷饮，和他们的朋友聊天；然后再走回街上，往天主教大学地铁站的阶梯走下去，搭车、转车，然后回到自己的家。他们应该都住在铁皮浪板屋顶的烂房子里，住在湿气与石蜡气味之中，四周都是垃圾场和无照的酒吧，尽管如此，他们还是可以宣称他们有一个"自己的家"。"我家，"他们应该会这么说，"我请你来我家。"就算墙壁被白蚁啃得乱七八糟，到处都是蟑螂，他们肯定是这么对朋友说的。

维尔加拉·葛雷吐了一口烟，用指尖把沾在胡髭上的一点烟草捏起来。

"我已经跟邬维尔塔典狱长和莫纳斯特里欧的情妇借过钱了。瓦斯公司已经威胁泰瑞莎说要切掉她的瓦斯了，而冬天才刚刚开始。我不知道还能去找谁。你呢？"

"有个老太婆在自动提款机领钱的时候，我搞了她一笔钱，后来在酒馆街，我又跟那个泊车的家伙借了两千比索。"

"提款机的钱你拿去干吗了？"

"那台提款机在跑马场附近，我看上了一匹马，就把它买下来了。"

"我们把马卖了吧。"

"那不如杀了我。"

"为什么？"

"我想要拥有一块地，我一直想要在我自己的田野上骑马。打从出狱开始，我就决定要努力实现我的梦想，所以我从最实际的一面开始。"

"马？"

"价钱便宜得不像话。它一千两百米只要一分十五秒。它是没办法去参加赛马，可是在我的小农庄里，它已经够让人惊奇了。"

"你的冠军现在养在哪里？"

"到处养。"

"到处？跟你一样，跟你的小白鸽一样？到处养？"

"好啦，说起来这也是您的错，老师，如果您早答应进行我们的世纪行动，我们现在可就乐了，那些整过我们的家伙，现在换我们笑他们了。"

"现在这么点倒霉事，小伙子，总是好过在牢里蹲。"

"才没有更好呢，老师，现在比坐牢还惨，因为现在生活里发生的一切是让人愤怒的真实，而坐牢还只是概率的问题。"

"非常真实的概率！"

"是真实的没错，不过是遥远而模糊的真实！您自己都说过拇指神童的计划是天才之作。"

"你小心一点！天才之作，不过只有在智利才行得通。"

"在全世界任何地方都一样啊，老师。您干吗老是要让拇指神童变得更小呢？您想想看，一个通往保险库的电梯，在电梯门和保险库之间有一个钢板做的闸门，用初中生的折叠刀就可以把它拆掉，再用撬门的铁杆撬个几下，把警报系统的电源切掉，然后我们就有一整个电梯的钞票了。"

男人拿起他的半杯啤酒，喝了一口，停了一下，享受嘴里饮料微微的苦味。

"所有的嫌疑都在我身上。"

"可是最天才的地方就在于，除了康特罗斯将军那帮人，没有人会知道有人把钱偷走了！"

"怎么说？"

"这种事清楚得跟泉水一样。"

"我不要再听到水了！今天一整天，只要听到有人说这个字我就想打嗝儿。"

"那个保险库其实是康特罗斯将军的黑钱金库，这些钱都是他的爪牙们搞来的，都是各路的黑帮教父拿来贿赂他的，这样他们才能在独裁时期保有自己的利益。这些钱不曾在任何税捐机关留过痕迹，付钱的人也从来没拿过收据。这些钱就像空气一样，随时都可以飞走，所以当它从保险箱消失的时候，没有人会为它的消失而哭泣。康特罗斯是一头老狐狸，每一只狗都想来他的手上吃一口。"

"事实上，拇指神童的天才发挥在每一个最小的细节上。"

"我很高兴您终于开始明白了。"

"我确实是刚才才明白的，不过因为你只想到你自己，所以你不明白，一旦行动成功，你可以快快乐乐地销声匿迹，因为这么大的案子，他们要找出首脑，不会去找一个小偷马贼。可是我呢？"

"先生，您怎么这么难说服啊！我不是才长篇大论地跟您解释过，为什么警察不会介入吗？"

"我说的不是警察，我说的是康特罗斯和他那帮子杀手！"

"这倒是真的。"

"他们发现保险库空了的时候，第一个会想到谁？"

一片阴影抹去安贺尔方才侃侃而谈的热切表情，他直接就着酒瓶喝下啤酒，然后气呼呼地把上唇的酒沫揩掉。

"当然是想到您啊，老师，不用想也知道。"

"假设我们的行动全面成功，你大可以去亚马逊河那边买一块地，然后说声再见，而我呢，康特罗斯的爪牙们还没把我喉咙割断之前，已经先把我的睪丸切片了。"

"那您跟我们走，怎么样？"

"跟谁？"

"跟维多利亚还有我。"

"你不会是在跟我说，你要一辈子带着那个精神有问题的女孩子吧！"

"可是我和她是在一起的啊，老师！"

维尔加拉·葛雷把双手伸进裤袋，把钱拿出来放在桌上，他这才发现自己不够钱付账。他捏着鼻根，深深地叹了一口气，这是安贺尔已然熟悉的动作。

"我的钱不够买单，"他说，"我身上只剩下我们答应要给维多利亚付学费的三万比索了。如果我们把这笔钱花掉，等于是把她最后的希望也毁了。"

年轻人想要刻意用若无其事的坚定语气说话，但是话到嘴边就哽咽了。

"您别担心了，老师。"他喘了一口气。"在救护车里，维多利亚把她在电影院里赚来付学费的钱交给我了。"

他把三张一万比索的纸钞放在桌上。

28

　　四十二、四十三、四十四度！把纱布里的药换一换，把冰袋拿给我。我听不见她在说什么，叫医生过来，他一定得过来再看看她。您摸摸看，她怎么会烧成这样？越来越烫，您感觉到了吗？您看，她的体温飙到这么高，四十七度，不，这怎么可能，叫医生过来，他正在开刀我也不管，带他过来就是了，他不行也得行。您要我怎么样？我只是护士，我没有权力做决定啊，我已经不知道要怎么办了，四面八方的人都在叫我，我来，我来，我半小时之前才帮她换的药，您看，她烫得像熨斗似的，用冰袋比较有效，小女孩，啊！没有冰块了，用冰水一样有效。把温度计放进她嘴里，尼可先生，可怜的小姑娘，您看到她的嘴唇了吗？有一点白沫啊，现在是四十二度，把这颗胶囊放进她嘴里，逼她喝一点水或是柳橙汁，可怜的小姑娘，没错，如果我们让她的体温降到四十，那就没问题了，我们就可以把她救活，不然，她会变成脑炎，你们知道这是什么吗？就是脑袋里的物质发炎啦。不过上帝不会允许这样的事发生的，尼可先生，您看她，她在说什么？她在说什么？我听不懂！她在说什么？好像是另一种语言，可怜的小姑娘，四十一度，好好扶着冰水袋，握着她的手，年轻人，让她感觉到有人在陪伴她。您是她的什么人？年轻人？您是她的未婚夫、男朋友，还是哥哥？您看这可怜的小姑娘，她的手在动，轻轻的，小姑娘，轻轻的。

开始：一、二、三、四，再来一次（腿在空中画大圆），很好，就这样，对，很好，再高一点，小朋友，二、三，很好，现在阿拉贝斯克敞开舞姿，头抬高，身体向观众，很好，就是这样，这样很好，现在来一个向外旋转，手臂抬到胸口，就这样，就这样，转，很好，现在猫的舞步，上半身打直，慢慢向前倾，肩膀放低，肚子缩进来，现在腿慢慢回到半弯曲，很好，凌空跳跃同时转身，空中转身，两臂伸平，左脚脚跟用力，对，就是这样，很好，两腿用力伸展，从臀部一直到脚趾，现在，凌空大跳跃，往上，很好，现在注意下来的动作，重心放在右脚，臀部缩紧，慢慢下来，就是这样，这样没错，左脚做半弯曲，就是这样，先是脚趾，再来才是脚跟，一、二、三、四，单脚轮替起落，同时转身，转向右边，很好，太好了，现在再来一个并腿脚尖向下跃起，小腹缩起来！上半身打直！半弯曲，好，练习够了，身体也够暖了，你可以开始自由舞蹈了，你觉得身体越轻，你就越能够融入你想要的任何角色，柯贝利亚（Coppelia），或者你想要的话，吉赛儿（Giselle）也可以，剥下玛格丽特的花瓣，化名为罗伊司（Loys）的贵族阿布雷西（Albrecht）就会来向你求爱并且抚慰你，或者你想要《玫瑰幽灵》也可以，热气可以激发你的灵感，编出密斯特拉尔的舞蹈，跳吧，维多利亚，跳到你像玫瑰般消逝，像玫瑰的幽灵，跳出玫瑰的香气，跳吧，来吧，单脚轮替起落，很好，很好，你离死亡很近了。

奥特加医师想办法帮她弄了一间病房，立刻帮她戴上氧气罩。另一个矮矮壮壮的白发医生和他一起进来，他帮维多利亚测了脉搏，用听诊器帮她听诊。两个医生在床头交换了一下意见之后，年轻医生走向躲在病房最阴暗角落里的维尔加拉·葛雷和安贺尔·圣地亚哥。

"原本住这间病房的可怜老太婆刚死，我要他们把她挪到太平间去，把位置让出来给彭榭小姐。"

当维尔加拉·葛雷终于说得出话的时候，他用乡下人谦卑的语气说：

"医生，她很严重吗？"

"她现在是生死关头啊，先生。"

"还有希望吗？"

"在这种情况下，二十岁以下的病人比八十岁的病人多一些希望。"

"她会好吗？"

"她的情况很复杂：链球菌是攻击性很强的细菌，但是如果抗生素可以发挥作用，我们就可以到另一边去。"

"到另一边去！"安贺尔脸色惨白地大叫。

"请往正面想，年轻人。到另一边去，意思是回到我们这边，回到生命的这一边。"

年轻人望着自己的双手，紧紧握住，又打开，然后又握住，仿佛想要释放他的压力。

"请原谅我把您从急诊处拉出来，可是维多利亚要我放开手的时候，是我紧紧握住她的，如果我不能再跟她说话，如果她在死亡那边有事要做，这会让我十分害怕。"

"您跑来找我是很对的，有些人胡言乱语之后就休克了。"

"这到底是什么意思？"

"休克通常出现在重病的最后阶段，是一种无法唤醒的睡眠状态。"

"她叫我不要打扰她，她还跟我说了一些关于幽灵之舞的事。"

"我完全听不懂您在说什么？现在几点了？"

维尔加拉·葛雷撩起粗呢外套的袖子，看了他那只大大的银色手表一眼。

"快要八点了。"

"请原谅我问这种问题，但急诊处是个没有尽头的地狱，现在是早上八点还是晚上八点？”

老男人笑了笑，从烟盒里拿出一根烟给他。

“晚上八点。”

“您知道皇家马德里和尤文图斯最后谁赢吗？”

尼可先生和年轻人都摇摇头，医生于是走出去，嘴上叼着烟，问了走廊上的其他人。安贺尔·圣地亚哥盯着维尔加拉·葛雷看，直到他发现有人在看他，他才以询问的眼神回望了一眼。“怎么啦？”

“这么棒的手表，老师，如果我们今天早上就把它卖掉，就不会有这么多问题了。”

29

　　阿尔贝托·帕拉·查孔，也就是利果贝托·马林，他要寡妇去帮他找一个旧行李箱，最好是淡褐色的，两端都有皮带，还要一个柳条编的篮子，他要寡妇把篮子装满拉里瓜市出产的智利甜点、几颗煮蛋、几个小面包，再加上一两颗梨子也不错。

　　就在黑夜将尽、黎明将至的时刻，他们在酒馆街从一辆出租车走下来，摁了莫纳斯特里欧的旅馆门铃。这个时辰是精心挑选的，这种一大早的时间，负责夜间治安的宪兵正在回军营的路上，大家都喝得差不多了，就算遇到斗殴事件要开枪也已经没了准头；该接班的警察则还在派出所流连，利用交接晨间勤务之前的时间，对着镜子仔仔细细地刮着胡子，再喝上一杯咖啡，才甘愿开始他们的无线电巡逻勤务。

　　艾莎围着一条粉红披肩，在柜台里玩着填字游戏。她从玻璃门看见这对男女，于是摁了开关帮他们把门打开。两人走了进来，冷得发抖，男人把柳条篮搁在柜台上，证明他们来自乡下。

"我们想要一个有暖气的房间。"寡妇说。

"休息还是过夜？"

"一整天，"利果贝托·马林笑着说，"我和她有事情要办。"

"我明白，"艾莎说，"你们是搭火车来的吗？"

"火车迟了五个小时。"

"你们是来圣地亚哥玩的吗？"

"我们是来您的旅馆玩的。我们那里，在乡下，每个人都对别人的私事了如指掌，我的女人是别人的老婆。"

"我不是这个意思。如果这里还要出示结婚证书的话，早就没人来了，我的老板就要到地铁出口去当乞丐了。"

"感谢您这么明事理。我们在拉里瓜市买了一些甜点，您要不要来一个？"

"好啊。我最喜欢那些撒糖粉的。"

"我最喜欢王子，"寡妇说，"这种蛋糕比较软，吃起来也比较有滋味。"

艾莎一边吃甜点，一边转身拿了板子上的一把钥匙，十一号房。马林对寡妇使了个眼色，告诉她隔壁的那一格用胶带粘着一张纸条，上头写着"尼可"。寡妇点了点头，马林又摸了一次裤袋，确定消音器在里头。

"您希望我几点送早餐上来？"

"我们不打算待到那时候。"

"我唯一要求你们的，就是别给我惹麻烦。前几天有个女人高潮的时候叫得像在唱歌剧似的，就算你们不信我，我还是要告诉你们，这里住了几个有头有脸的人。"

利果贝托·马林指着挂钥匙的板子上那张引起他注意的纸条。

"譬如尼可先生吗？"

艾莎转过身，先是因为这问题而感到惊讶，继而想起是她自己因为体贴，在那个格子上粘了纸条。于是她微笑着回过头，向这对男女说："没错，虽然您的邻居暂时不在。"

"他去哪儿了？"

"我怎么会知道！这个人的话很少。不好意思，可不可以请您先付款，我们这里的住宿费得先付。"

"多少钱？"

"一晚是四万比索。"

"可是我们只要在白天的时间占用这个房间，您看到那苍白的太阳已经从山脉上升起了吗？"

"简直就像夏天了，"寡妇加上一句，"昨天的雨把雾气都打散了。"

"不管怎么说，还是得收您四万比索。"

"谢谢，钱在这里。"

"谢谢你们的甜点。"

"没什么，您要不要也吃一颗蛋？"

"您实在太好心了，您不会告诉我说您的篮子里也有蛋吧！"

寡妇从柳条篮里拿出一颗蛋，还有用一小片纸包的盐巴。

"得剥壳才能吃。"

"那我就有事做了。从我负责旅馆的夜班开始，我就学会了填字游戏的所有窍门，玩来玩去都是那一套笨东西。提示是'三十天'，答案就是'月'。提示是'两个字母的埃及神明'，答案就是'Ra'（太阳神）。如果提示是'H_2O'，答案就是'水'。"

"嗯，很高兴认识您。"

"我叫做艾莎。"

"我叫做阿尔贝托·帕拉·查孔。"

"就像是歌手比奥莱塔·帕拉和海军少校阿图罗·普拉特·查孔的组合吗？"

"我连这些天才的脚跟都够不上吧。"

"您是做什么的？"

利果贝托·马林用食指遮住从左太阳穴划过脸颊直到上唇的疤痕，他的眼里闪过一丝促狭的微光，他悠悠望着寡妇，然后答道："爱。"

恋人们开了一瓶红酒，把酒倒进他们在厕所找到的塑料杯。男人剥了一颗蛋，在上头撒了一堆盐，寡妇咬了一口梨子，有一点汁流到她的黑衬衫上。她的第一颗扣子是开着的，丰满的乳房被太过合身的胸罩挤得绷出来。

男人脱掉外套，他把衣服吊起来之前，从外套里拿出一把布朗宁手枪和一把匕首放在床上。

"谢谢你陪我来，寡妇。我可不敢一个人躲在这里等猎物。"

"没什么，我的狼狗。你也知道，你回牢里之后，我就再也看不到你了，不是吗？"

"没错，这是我最后一次出来了。"

他解开旧行李箱的皮带，拿出藏在卷成一团的脏衬衫里的一把子弹。他坐在床头，把子弹装进枪膛。

"你就要在这里把他杀掉吗？"

"我跑的地方越少越好。"

"如果他不出现呢？"

"我就在这里等他，你想离开的话也可以。"

"我待在这里陪你，马林。不过你杀他的时候，我不想留在旅馆。"

"我完全明白你的感觉。"

男人做完他的工作，把手枪的保险关上，瞄着一只绕着灯泡飞来飞去的蛾。

"你要把老头也杀了吗？"女人问道。

"不会，我只杀那个男孩。可是我要在维尔加拉·葛雷落脚的旅馆干掉他，这样媒体就会大肆报道凶杀案。"

"然后呢？"

“这样对我有好处。这样桑多洛就会立刻知道我照他说的做了，我把他的噩梦解决掉了。”

“马林，你干掉一个完全没惹过你的人，你都不会觉得怎么样吗？”

“事情就是这样，寡妇，人家选上你来干这档差事。如果我开始多愁善感，我就死定了。”

30

急诊处之夜在生与死之间徘徊。

一阵心跳带着维多利亚走回生命，另一阵心跳又带着她远离。她的呼吸短促。谵语梦话摇晃着她的身体，维尔加拉·葛雷和年轻的安贺尔在她耳边的轻声抚慰也无法让她冷静下来。她的心跳过快，几度猛烈的发作让两个男人惊慌不已，连忙把奥特加医师请到病榻旁，直到天明。

医生最后的诊断（乐观的语气中不乏他特有的悲剧性）："大战开打，敌方目前全力进击，结果如何，仍未明了。"

这无人能知的结果让安贺尔陷入不安，他知道，只要在这病房里多待一分钟，精神崩溃的会是他。他把窗帘拉开，看了街上一眼。太阳已经在山脉上升起，云层挡不住的阳光已经在城市上方——今天没有任何烟雾——带来近乎是春天的承诺。

"您怎么想？老师？"

"你也听到医生是怎么说的，她留在这里和活下去的机会是一半一半。"

"您应该回去睡一下。"

"你别担心，这种紧急的事会让我的肾上腺素升高。"

"您看到了吗？晴朗美丽的一天就要开始了。"

"看到啦，怎么样？"

"没有人可以在这样的日子死去的，不是吗？尼可先生？"

"这样就很没意思了。"

"如果维多利亚死了……"

"别想这个，也别说这个。你得把这些东西从你的脑袋赶出去。"

男孩从背包里拿出一罐纸盒装的果汁，他用指甲把开口撕开，递给维尔加拉·葛雷，他喝了一大口，露出恶心的表情，又把果汁还给了男孩。

"这果汁刚从冰箱拿出来的时候还很好喝，但像现在这样温温的，简直就像泻药。"

男孩点点头，把果汁放下，又从背包里拿出桑多洛送给他的围巾。这条围巾似乎在这几天又变得更旧了。在白色的病房里，高效能的日光灯照出男孩始终不曾留意到的一些传记性的细节—— 一个小洞，应该是忘记捻熄的烟头烧破的，一个红酒的污渍，围巾两端有一些泛黄的流苏，还有一块丝质的小标签，上头写着："阿雷基帕，织作。"

"我想再请您帮一个忙，老师。"

"喔，不要再提世纪行动的事了！"

"或许这是我这辈子拜托您的最后一件事。"

"到底是怎么回事，怎么今天每个人讲话都像在唱探戈！"

安贺尔·圣地亚哥举起手，让维尔加拉·葛雷看他写在手心的字。

"这是这间病房的电话号码。我要出去一下，八点整的时候，我会打电话过来。"他说这些话的同时，眼睛看着挂在床头上方的耶稣受难十字架，手上抚着典狱长的围巾。

"这么一大早你要去做什么，我的孩子？城里还空荡荡的！"

安贺尔·圣地亚哥用下巴指了指十字架上瘦削、关节几乎都要脱离的基督，他垂头丧气的，头几乎垂到了胸口。

"首先，我要给这位先生一点行动的时间，让他帮帮维多利亚。再来，我要去做一件我不想讲的事。"

"你要去干一票？"

"我还是别说的好，老师。两个小时以后，电话就会响。好吗？我会问您维多利亚是死是活。"

"如果是坏消息，你打算怎么样？"

"是您自己要我别去想的。"

"我想在让你出去之前知道你的想法。"

"如果真是这样，就会有不幸的事情发生了。"

"你要怎么样？"

“有人得为这件事付出代价！”

“谁？”

“我心里已经有谱了。”

维尔加拉·葛雷扯住他外套的领子，使劲把他往自己身上揪过来，安贺尔像个木偶似的被扯得晃了起来。

“听清楚，你这个白痴，没有人该为任何人的生或死负责。一切都是命运。你做什么都是白费，你什么也不能改变。”

奇怪的是，一丝微笑绽开了男孩的双唇，这还是今天的第一次。

“现在又是谁在唱探戈了？”

他开心地望着维尔加拉·葛雷惊讶的表情，他走出病房，没察觉那条围巾的流苏被他拖在地上。维尔加拉·葛雷在走廊上弯下腰，深深叹了一口气才让自己平静下来。

“安贺尔·圣地亚哥？”

“老师？”

“如果早上八点钟的时候你还活着，可不可以拜托你去旅馆帮我带一件汗衫和我的牙刷过来？我觉得自己像一头在烂泥巴里打滚的猪。”

“乐意至极，老师。”

此刻，男孩若有所思，他拍着自己的口袋，一脸倒霉样。

“这种事情很讨厌，老师，可是您能不能借我一百比索打电话？”

维尔加拉·葛雷把铜板给了他，神情严厉地瞪着他的双眼，咬牙切齿地说：

"你知道你把全部的赌注都下在正面还是反面吗？"

"这是维多利亚在学校学到的哲学。要么就是生，要么就是死，两者之间没有别的。"

"别傻了！在生与死之间还有美妙而多变的一出戏，叫做'存在'。"

年轻人什么也没回答，只是用食指指着病床，维多利亚·彭榭正躺在上头发着高烧。

31

　　跑啊，我的好马儿，让你的马蹄迸出火花，前进，把你的铁蹄踏进沙土里，把地面踏碎，前进，我的骏马，我的战马，我的爱情驽马，我的天庭瘦马，我的种马，我的笨马，跑啊，奔驰吧，带我走吧，掀起沙尘，让土和泥在你忧伤的马蹄下溅起，让你羽饰般的马尾如彗星，你的鬃毛飞扬，你的铁蹄震动，跑啊，奔驰啊，拿着长柄镰刀的老太婆在后头追你，她会用她光秃秃的牙龈咬你的屁股，快跑啊，她会扯住你的腹带，拉住你的鞍，这个老婊子，她要硬生生地骑上你啊，所以我鞭打你，催你快跑，我心爱的马儿，当心那个婊子和她的厄运扫帚啊，你看她扫过的一切，那开心的死尸还斜着眼呢，跑啊，我的小马，逃离她死亡的唾沫，她想要的就是干掉一个酒醉的信徒，这个老太婆。再快一点我的马儿，等我们可以高喊她还活着，我就把套在你头上的辔头拿掉，你用你的后腿猛踢，为她画一个蔚蓝的花冠，用云一般的狂奔让她变凉，让她身体的灼热溶解在山脉的积雪中，前进，我的栗色马，不要背弃我，我的笨马，不要变成野马，向前冲啊，咬紧马衔，因为有千百只狗的獠牙等着要撕裂你的两胁，那些都是猎犬，是它们的骷髅在咆哮，你踩碎它们的时候会发出吱嘎的声音，看你喘成那样，嘴巴都张开了，我的王子，两胁轻轻颤抖的马儿，天使鞭打着你，你别把脊骨跌碎，别让我变成一团泥，当心长柄镰刀收割的刀法像秋风扫落叶，用你汗淋淋的背赶走那些胡蜂，带我远离这里，我的小马，带我到我出生的村落，死神和她的牛车在山丘上乌云埋伏的转角等你，越过这障碍，嘲笑她，捉弄她吧，你继续跑，维多利亚就会继续呼吸，如果你展开双翼，半人半马的神兽，死神就会在众星照耀下，把我唯一拥有的东西还给我，别停脚，别吐白沫，你要发出自由的嘶鸣，让你的银蹄在小石头上磨光，翻动那些碎石，仿佛在寻找金矿，跑啊，因为死神在追捕你，她戴着假面在等你，她满肚子烂血块，她松弛的乳房里流着黑色的乳汁，跑啊，飞上山丘，在沙地上，在出海口，在深渊上，前进，生猛有力的帝王坐驹，勇敢一点，再快一点，两胁使劲，竖起耳朵，像凯旋的运动员一样挺起胸膛，别喘不过气，每一步都要向从死亡迈向重生，为她跑吧，带她去一个无拘无束的世界，全速奔驰，不要停下，我可恶的小马，别跌入空无之中，我梦中的栗色马，别喘不过气，别累垮了，别气息奄奄，勇敢的野兽，不要反抗，我命令你，我求你，我是你的主人，没有名号也没有权位，当心哪，那群鬼魅乐手就在那里等着我们了，蝙蝠已经在吸你的血了，狂怒的死神就在附近了，死神的灰色勇士团就要把你带走了，幽灵和地狱之门的三头犬已经在啃噬你的脚，你背上的毯子已经成了裹尸布，猎人的号角响应着送葬的铜管乐声，而你，在我开始啜泣之前，维多利亚·彭榭，面无血色，体力耗尽，而戏院里却冒出这些裹着尸衣流着口水的傻瓜，这些死了还在拍马屁的家伙，这些在地狱里流口水的幽灵。别停下脚步，我的笨马，深深吸一口气，我的女王，愿上天的恩泽充满你的骨髓，圣母玛利亚，请您为她祈祷，我灵魂的驽马，请你赢得这场赛跑，不论任何代价，你一定要赢。

32

　　在智利跑马场的跑道上，一名骑师看到安贺尔·圣地亚哥的马像流星一样跑进来，他策马从左边跑去，扯住缰绳，试着让这匹马停下来。他吓了一跳，在这个职业赛马场的跑道上，竟然会看到一个这么邋遢的骑士，而他的坐骑也不遑多让，而且他还不遵守基本的安全守则——没有头盔、没有规定的装备，也没有拿马鞭，而且他对这匹马毫无同情心，肯定是让它飞快地跑了跑马大赛五倍的距离。骑士终于让这匹马停了下来，他见到这位骑士恍惚的眼神，像是嗑了一堆药似的，于是忍住不去骂他，不把他当做罪犯和杀人凶手。

　　"先生，我们是不会这样对待马的，您是想让它累死吗？"

　　两人让各自的马踩着碎步，圣地亚哥心里可是很希望有一顶骑师帽可以挡一挡直接晒在头顶的阳光。

　　"说来话长啊，朋友。"

"我很愿意听，不过这跑道是职业骑师专用的，我们正在做计时训练，您这么做有可能会造成意外。"

"我就要走了，我只是要来把这匹马还给它的骑师。"

"它的骑师是谁？"

"我也不知道。您知道这匹马的名字吗？"

骑师伸手摸着这匹栗色马鼻子上的一块白斑，轻轻弯下去检视它右后腿上的一块凸起。

"它叫做米尔顿，前阵子被人偷了，您是在哪儿发现它的？"

"在机场附近，我在那里散步的时候看到的。"

"查理·德拉·米兰多拉看到它一定很高兴。"

"他是谁？"

"它的骑师。"

"我在哪里可以找到他？"

"您沿着这个跑道下去，一直到终点那边。"

查理看到年轻人骑在米尔顿的背上走进他的马厩，他揉着眼睛，还以为自己在做梦。他任由水桶和破布掉在地上，丢下他正在梳洗鬃毛的那匹红棕色马，他不敢置信地跑到米尔顿的身边，一脸似笑非笑、半信半疑的表情。

"有人跟我说，这匹马是您的，查理先生。"

"确实是，它在两个星期前被人偷走了。"

"我在机场附近看到它在吃草，我看它自己在那里，就把它带着，想帮它找回它的主人。"

"我就是它的骑师，年轻人，这里就是它的马厩。"

安贺尔·圣地亚哥跳下马，马儿也很习惯地走进马厩，开始嚼着地上的草料。

"看得出来您说的是真的，这匹马就像鱼回到水里似的！"

"这匹马不是很厉害的赛马，不过它从来没生过病。它知道怎么样得到它的燕麦，它知道怎么样按部就班去做。有一次，差不多是三年前吧，它跑赢了，赢的是一百比一的赔率。'他们升起旗子了'，报纸上的标题这么写着：米尔顿在智利跑马场创造奇迹。它证明了在独眼龙的国度里，瞎子才是国王！"

"您的冠军回来了，查理先生。"

"它现在只是冠军的影子了。"

"我今天早上应该是逼它逼得很过分，我现在还不知道结果。"

"您的意思是？"

"请问现在几点了，德拉·米兰多拉先生？"

"八点差五分。"

"我可以借您的电话用一下吗？"

"我只有手机。"

"可以啊。"

骑师打开他手机的开关，年轻人看了手上的电话号码，摁了键盘上的数字，在摁下拨叫键之前，他差点因为晕眩而失去平衡。他靠在马厩的一根柱子上，拨出他的电话。

每一声铃响都像拳击场上的裁判在倒地的拳击手身旁读秒。五声、七声、九声了，恼人的铃声在电话被人接起前不断地重复。

"老师？"

"是、是，是我。"

"刚才都没有人接。"

"所以呢？"

"我还以为……"

"你说你八点钟要打来，现在还有五分钟才八点。"

安贺尔·圣地亚哥吞了一口让他说不出话的口水。

"她还活着吗？"他用哀求的语气问道。

电话的另一头沉默了一下，年轻人这次整个人都抱在马厩的柱子上。

"您别跟我玩了，老师，现在不要这样，拜托。"他还想继续说，可是在他的话说出口之前，电话里出现了一个女人的声音："安贺尔？是我，维多利亚。"

"你还好吗？"他轻声嗫嚅着。

"好啊。"

"'好啊'是什么意思？"

"我很好啊，我在吃早餐。"

"你说什么？"

"我说我在吃早餐。"

年轻人走到查理先生旁边，把手机放在他的手上，仿佛那是个无价之宝。

"她说她很好，查理先生，她说她在吃早餐。"

"她是谁？"

"您不认识她啦。我不知道现在该跟她说什么。"

"问她早餐吃什么吧。"

"您的意思是？……我该怎么问啊？"

"就问她有没有牛奶、咖啡，还是有没有茶啊，随便问啊。"

年轻人在马厩的干草上大步走着，他走路的速度和他表达的能力成反比。

"你早餐吃什么，维多利亚？"

"喝茶，吃了一个优格、几片烤面包涂果酱，还有水煮蛋。"

"水煮蛋？"

"嗯，水煮蛋。"

"等一下，拜托你，不要挂。"

他走回查理先生旁边，像个模范生似的把刚得到的信息重述了一遍：

"茶、优格、烤面包涂果酱，还有水煮蛋。"

骑师点了点头，然后忧心地看着男孩。

"这是坏消息吗？"

"哪件事？"

“早餐啊。”

“怎么会坏呢？查理先生，这是天大的好消息啊！”

“那您为什么要哭？”

“谁哭？”

“就是您啊，还会有谁。”

安贺尔用手摸了摸脸颊，发现自己真的哭了，他也发现自己还在电话在线，而他还是不知道该说什么。

“我还要跟她说什么？”

“问她果酱是什么口味。”

“对对。问她果酱是草莓、桃子还是木瓜……”

他抹掉从鼻子流下来的眼泪。

“果酱是什么口味的？”

“这有什么重要吗？”

“这一点也不重要。”

“好啦，你想知道的话，是柳橙果酱，苦苦的。尼可先生要跟你说话。”

男孩仪式性地把手机换了边，仿佛要用另一只耳朵和新的对话者通话。

“柳橙果酱是苦的，我的孩子，人生也是这样。”

“我们把她救回来了，尼可先生。”

“我们？不是我们，是墙上的那位出手救的。”

“不，是我把她救回来的。我做了一些努力。”

"怎么说？"

"我跑啊跑，一直跑，我跑赢了和死神的赛跑。"

"你回医院的时候最好去检查一下你的脑神经，去做个大脑摄影图吧。"

"那是什么？"

"就是用X光扫描你的脑袋，看看你的大脑有没有坏掉。对抗细菌的这场仗我们已经打赢了，现在我们应该来看看，该怎么对付她的忧郁。"

"交给我吧，老师。"

"你有什么打算？"

"我要做一件大事。这件事大到连您——我的老师、我的教父、我的知己——都不能说。"

"你没跟我说过的任何事，我都不准你去做。"

"我对您怀着最高的敬意和最大的尊崇，可是从今天起，我很清楚我的生命该怎么过了。"

"很好，那我要开始帮你想墓志铭了。"

"'我马上就回来'，这句不错。"

"说到回来，你经过旅馆的时候，记得把那两件帆布外套带来，它们吊在衣橱里。"

安贺尔·圣地亚哥沿着木头柱子跌坐在一垛干草上，他听到电话另一头挂断的声音，他失魂落魄地把手机还给忧心忡忡望着他的查理·德拉·米兰多拉。骑师矮胖的身影在那儿晃来晃去，仿佛闪躲着地上的马粪。

　　"您这会儿又怎么了，年轻人？"

　　"没事啊，查理先生。"

　　"那您为什么又他妈的哭了？"

33

　　黄昏突然降临在圣地亚哥。人们才走进街角的杂货铺买点东西，出来的时候天就黑了。星期五的晚上，在海边有别墅的有钱人早早准备出城了。妻子和小孩背着书包，带着装满超市采买来的食物的袋子，在商店或办公室等着。

　　两个小时的路程就可以从圣地亚哥到太平洋了。市中心挤满穷人，他们浸在雾里，忍受着排气管噼噼啪啪的噪音和街道上迫人的灰暗阴沉。这片雾气让穷人们走进暖气不足、空气中充满劣酒酸气的酒吧，去找穿着迷你裙的大胸脯女人，或是在那儿和同事或街坊邻居掷骰子、玩牌。圣地亚哥的居民和老朋友的关系很好，在他们的生命里，在独裁统治下，新朋友成了有可能出卖背叛你的人。

　　这天下午，桑多洛一如往常把高度戒护区那间牢房的钥匙带回家。照理说，利果贝托·马林应该关在里面。"在新的命令下达之前，他只能吃干面包和水，并且保持静默。"他咧着嘴露出讽刺的笑容，下了这样的命令。他漫不经心地点着他的最后一根烟，在七点整的时候打了卡下班。

冷飕飕的寒风迎面吹来，他把大衣的领子竖起来，白天的时候还是个大晴天呢。蓝天消逝，冬夜降临，圣地亚哥的暗夜是冷冰冰的，霓虹灯映在下班回家的工人脸上，他们在巴士上个个筋疲力尽，了无生气。

典狱长在街角的书报摊买了一份报纸，然后搭上巴士。密不通风的车子颠颠簸簸，他只能勉强看一下新闻的标题：政府正在调查有关非法的津贴；智利赢得国际网球锦标赛；绰号"斗牛士"的足球选手马塞洛·萨拉斯应该会从意大利的球队转战布宜诺斯艾利斯；前选美皇后可能成为右派政党的候选人，角逐某时髦海水浴场所在地的镇长宝座。

车上有好几个乘客卖力地在咳嗽或打喷嚏，可是没有人敢把车窗打开一条缝隙。大家都宁可被传染，也不愿面对窗外冷冰冰的污浊空气。

这位乘客坐在最后头的座位，那是在巴士的后门之后最长排的座位，乘客像沙丁鱼般坐在上头，只要车轮遇到街上的坑洞，这片座位就会弹起来，当平滑的轮胎在潮湿的石砌路上刹车，有时一不小心还会滑到人行道上。可是这片座位上的乘客却没有任何可以攀附的地方，所以，长椅上的六位乘客当中的这位，也就是戴着一顶皮帽奄拉到耳朵，并且用一条秘鲁阿雷基帕羊驼毛旧围巾包住半张脸的这位乘客，他不时杀气腾腾地望着典狱长，又及时在典狱长回头看的时候低下头去，这位乘客，就是安贺尔·圣地亚哥。

他两膝并拢，尽可能不要占到太多位置，巴士渐渐靠近城市的西区，他的嘴也越来越干，他伸出舌头舔了舔嘴唇，车子先是往独立纪念碑的方向驶去，接着来到爱因斯坦街，车子停了一下，让典狱长在达克肉铺的街角下车。

这几条破烂老街上的路灯勉强照亮了昏暗的夜，而这两个男人，一前一后隔着一大段距离，先是走了中间的大街，继而左转，走进一条小步道。他们的样子大不相同。典狱长是高大、疲惫，套上驼毛大衣显得更笨重，几乎是边走边睡。他心里想着，周末就要开始了，他马上就要回到家，脱掉鞋子，穿上软拖鞋，和妻子喝一杯红酒，瘫在国家电视台的连续剧前，等着晚餐上桌。或许这个周末他会准许那两个十几岁的女儿去参加一场家庭舞会，同时也坚持她们得在凌晨一点以前回到家。

另一个人移动的脚步就不怎么随兴、不怎么自然了。他的头刻意低垂，好让皮帽遮着鼻子。他贴着墙走，让墙影遮掩他神秘的身影。走着走着，他已经无法继续这样的步伐了，因为典狱长在下一条街就要转弯，就要走上这条种着几棵树的小街，再一眨眼，他那淡蓝色墙壁的家就到了，他就要把钥匙插进去了。尽管他担心加快脚步会引起对方注意，但还是决定让这双舒适的球鞋踏出去，确定附近一个人都没有之后，他在那个男人还来不及转过街角之前，一个箭步跳到他的面前。

他拉下遮住脸的围巾，甩在桑多洛身上。他像从暗影里抽过来的一鞭，像黑夜中的蝙蝠，他拦住这个无从抵挡的男人的去路，他用围巾勒住他的脖子。男人几乎窒息，只能向袭击者求饶，他抬起恐惧的双眼看着男孩，想说出"原谅我"，但是却只发得出微弱不可闻的模糊声音。

他跪在年轻人的脚下，哀求的眼神代替了说不出口的一切言语。男孩的皮帽掉下来，一头乱蓬蓬的黑发散落在他的肩上。男孩发现典狱长失去知觉了，于是决定松手，他把手伸进他的外套里，取下他胸口枪套里的手枪。

他把枪扔得远远的，枪敲到水沟栅盖，发出金属的碰撞声。现在，他可以用围巾拖着这个几乎失去知觉的男人，这动作就像他拉着口衔指挥他的马。他把这男人拖到一棵光秃秃的树下。

他又把围巾收紧，确定典狱长因为窒息和恐惧而僵在那里，没办法再反抗。他吐出来的第一句话是"求求你"，声音微弱而诡异，仿佛在噩梦里回荡了无数次。在他的梦里，他想象年轻的安贺尔闯进桥街上的一家酒吧，用一把匕首捅入他的喉咙，刀尖从颈后穿出来。这些噩梦里头总是有某个武器，但是围巾，他想都没想过。不会是这条围巾吧，当初他送给他的时候虽然是有点策略性，但是也不乏一丝温情啊。

"我很看重你啊，孩子，我从来没有想过要伤害你。你不要因为一时冲动就杀了我。"他上气不接下气地说。

"真的吗？"

"那是个奇怪的夜晚，那时我们都像在海上遇难的人。"

"像野兽，桑多洛。"

"生命就是这样，因为我们过的生活就像狗屎啊。"

"既然如此，"安贺尔·圣地亚哥反驳他，"你干吗还留恋生命？"

"因为生命创造出来的一些关系啊。我有妻子，还有两个女儿，她们都需要我，圣地亚哥。你在距离我家几公尺的地方杀死我，这是不公平的。"

年轻人扯住典狱长的头，往树干上撞过去。接着，他两手抓住他的脑袋，压着他的脸在树皮上磨蹭，直到流出血来。他再把他的头拉起来的时候，他看见典狱长已经被他毁容了。木头的碎片和树皮黏和着他的血水和汗水，他变形的嘴唇颤抖着。

"那一夜，我被送去医院输血。"

"是我陪你坐救护车去的，你还记得吗？"

"多重出血，值班的医生是这么记录的。"

"可是你还是复原了，孩子，你很强壮，你是自由的，你的生命还等着你去过呢。杀了我，你可以得到什么？"

"尊严。"

年轻人再一次把围巾收紧，直到那男人开始翻白眼。直到这时候，他才把围巾松开，靠在墙上喘气。

"您听得到我说话吗，典狱长？"

"听得到，我的孩子。"

桑多洛上气不接下气地揉着心口。

"那就请您仔细听我说的话。"

"我在听。"

"我不是来杀您的。"

"我不相信。"

"您不相信就算了,不过我现在不会杀您。"

"很感谢你,安贺尔·圣地亚哥,那你什么时候要杀我?"

"我永远不会杀您。"

"你说认真的吗?"

"绝对是认真的。我改变计划了,原因您永远也不会明白。我不会为了像您这样的混蛋,把我的未来赔上去。"

一个路人从他们身边走过,然后谨慎地继续前进,假装什么也没看见。对面的房子里,一个老女人拉起窗帘,她被安贺尔·圣地亚哥吓了一跳,又把窗帘放下。

"谢谢你的善心。"

"这不是善心,典狱长,这是冷静,这是因为我的头脑很清楚,从今天开始,我会区分好事和坏事。"

"那你失去的尊严呢?"

"已经解决了。如果我刚才多勒一分钟,您现在已经不能在这里跟我说废话了。我这样就够了。"

"我不是无缘无故问这问题的,我的孩子。我怎么知道你今天的原谅只是一时的宽宏大量,而明天我会不会又在哪一家酒吧遇到你，而你又打算割断我的喉咙？"

"您总不会要我签名盖章写一份保证书，说我不会这么做吧！"

"好吧，安贺尔·圣地亚哥，我相信你。"

男人攀着树干，吃力地站了起来。他抖了抖大衣，往水沟栅盖走了几步，打算把手枪捡起来。年轻人抢在他前面，把手枪放进自己夹克的口袋里。

"这把枪，我要向您借个几天。"

"你要拿它做什么？"

"和您完全无关。"

"如果你再回到监狱，我不知会多难过。"

"您会像从前那样对待我吗？"

"不会，我的孩子，我会把你当王子一样对待。可是如果你真要用这把枪，你得学会使用的方法。"

两人静默了片刻，几乎动也不动。一阵微风从树上吹落了几片枯叶，安贺尔在空中抓住一片，在手指间搓着。典狱长揉着挫伤的脖子，走近男孩，伸出他的手。

"如果你允许的话，我要告辞了，家里还有人在等我。"

"去吧，典狱长。"

他们握了手，不过桑多洛心里还是有事。他用两根手指把黏在眉毛上的泥土弄掉之后，终于鼓起勇气问道："如果你真的不想杀我，那你来这里做什么？"

"我来把围巾还给您，典狱长。"

34

晚上十点过后，酒馆街的交通信号可以说全都成了绿灯。驾驶员们完全不管红灯，只管细细端详那些坐在咖啡馆的落地窗边或是聚成小团体聊天的女孩，她们穿着皮外套、迷你裙配透明丝袜，眼皮上还抹着厚重的大红眼影。

回到这个街区，年轻人无法抑制心中满溢出来的喜悦。他仿佛被洗车的高压水柱冲刷过，喷洗得焕然一新。他觉得自己变得干净、轻盈，围筑他灵魂多年的墙板也消失不见了，他发现自己几乎要在大街上翻筋斗了，他终于明白那些好莱坞歌舞剧里的主角为什么会因为沉醉在幸福里而起舞高歌。

安贺尔卸下那么多压在背上的包袱，现在，他觉得自己就像一匹灵活而轻盈的马儿，他心神灵敏，脚步轻快，动作流畅利落，他知道全世界的人都猜得到他的幸福的两个来源——不论他对于维多利亚·彭榭的感觉是什么，但这很有可能就是大家所说的"爱"，而维尔加拉·葛雷要他去旅馆拿申德勒公司的帆布外套，这个事实所透露的讯息正是维尔加拉·葛雷终于接受了这个世纪行动。

从清晨开始，从他骑马奔驰赢得自己的这场赛跑开始，他觉得好运简直是从天上灌注下来，仿佛有一整团的天使围绕在身边，为他创造种种的奇迹和启示。这些机灵又虚幻的天使勤奋又善良，照看着他，确保不会有任何厄运降临在他身上。譬如，他松开了典狱长那只公牛脖子上的围巾，因此没有犯下杀人罪。

这些天使不仅拯救他免于犯罪，同时也把他从牢房那些失眠的漫漫长夜里解放出来，那时他的脑子里总是塞满这样的幻想：他看见自己拿刀插进桑多洛的喉咙。可是为什么那个老头也借用了相同的画面去传递他的恐惧？这正是他梦中的同一幅景象啊。说不定恐慌并不会扰乱人们的心智，而是会让人变得有预知能力？被害者和加害人，是不是身处同一个梦境？

"什么坏事都不会落在我身上。"他这么告诉自己，就在此时，一辆樱桃红的汽车擦身而过，喇叭声霎时惊醒了他的白日梦。驾驶座的车窗摇了下来，窗框里出现的是帮人看车的涅梅席欧·桑特利谢斯的脸。

"喂，小老弟，你他妈的什么时候才要还我两千比索？"

圣地亚哥习惯看到的涅梅席欧·桑特利谢斯，是拿着黄色绒布在这条停车位极其珍贵的街上帮人泊车的，他从没想过有一天会看到这家伙坐在驾驶座上，他忍俊不禁，露出微笑。

"还没啦，兄弟。"他回了话，继续开心地往旅馆的方向走去。

桑特利谢斯打开后座的车门，以某种恫吓性的手势要他上车，他照办了，在后座坐定之后，发现旅馆柜台的艾莎正坐在他旁边。

"还记得我吗，小朋友？"

"当然，夜班的柜台。"

"艾莲娜·桑薇莎最近好吗？"

"那是我女朋友的假名。她很好，她出了点意外，现在还在医院休养。你们叫我上车干吗？"

"我们待在这里，没有人看得到。"桑特利谢斯说。

"被人看到会怎么样？"

小个子男人把帽子压过眉间，好像接下来要说的是很重要的一句话。

"有一次，我看到你从二楼窗户飞出来，还安全落地。"

"那是维尔加拉·葛雷在开玩笑。"

"其实，我们是要保护你，不要让你又从二楼窗户飞出来，这一次可是会死人的。"

男孩用手摩擦着膝盖，想透过凝雾的车窗瞄一眼，看看旅馆前面出了什么事。艾莎拿出一支烟，然后把窗户开了一点缝隙，从那儿把烟吐出去。

"旅馆里有位先生，是个怪家伙，他等着要把你干掉。"女人说。

"我？"

"你或是维尔加拉·葛雷，我摸出来的底细还不够多，所以不确定。我根本就懒得理你，因为你把莫纳斯特里欧痛扁了一顿。可是你也是那个怪家伙找到尼可的最佳途径，我是真的不希望参加这个男人的葬礼。"

"那个家伙是谁？"

"他说他叫做阿尔贝托·帕拉·查孔，不过那不是他的真名。"

"您怎么知道？"

"啊呀！你第一次到旅馆来的时候，我就已经知道你的名字不是恩利克·古提耶瑞兹了。"

"那名字可是您给我的。"

"我给每个人的名字都一样，这样哪一天警察问我的时候我才不会忘记，也不会自打嘴巴。我把阿尔贝托·帕拉·查孔的名字也登记成恩利克·古提耶瑞兹。"

"要是有人打电话找他呢？"

"那是古提耶瑞兹和打电话来那个人的问题，不是我的问题。"

安贺尔·圣地亚哥从背包里拿出梳子，看了照后镜一眼，很快地梳理一下他的头发。

"您从哪里看出来，那个家伙想杀死我们？"

"非常简单的推理。为什么有人要尼可隔壁的房间？为什么他从住进来以后都不出房门？为什么他穿着汗衫躺在沙发上，还拿着一把点三八的布朗宁手枪？为什么我派清洁妇去打扫维尔加拉·葛雷的房间时，他会神情紧张地拿着手枪出现在走廊上？"

"艾莎女士，我不知道有谁会想要取我的性命。"

"你没有跟别人提过你跟维尔加拉·葛雷的计划吧？"

"每个人都怀疑我跟老师要搞些什么，不过他已经不想冒险了。他现在唯一想做的一件事，就是跟家人一起过退休生活。"

"我很清楚泰瑞莎·卡普利亚提，要是尼可没有带钱回去的话，他是绝对踏不进家门的。"

"您说这些话，到底是想告诉我什么？"

"听好了：阿尔贝托·帕拉·查孔这个人如果不是想杀死你们，就是想跟你们一起犯案。"

"真是要命，犯什么案啊？"

"如果他拿着枪东晃西晃，那是因为他知道在你们的计划里头，除了偷马贼和王牌撬锁高手之外，有需要的话，还得找个可以杀人的家伙。他肯定知道这不是娘娘腔做得来的事。"

"艾莎女士，您的情人讲了非常类似的话，差点没被我掐死。"

"我这只是象征性的说法。我知道你让桑薇莎小姐很快乐啦。总之，如果那家伙不是对你们的计划有兴趣，那他准备下手的对象一定就是你。"

"我？我的案底只有偷马，不会有人因为这种事要宰了我吧？"

"那么桑薇莎小姐呢？"

"我不懂。"

"和你共度春宵的洋娃娃啊，你有没有想过她可能劈腿？"

"艾莎夫人，您脑袋里全是电视上的那些肥皂剧吧！"

"会不会是爸爸为了女儿的清誉而战？"

安贺尔·圣地亚哥抓住门把，怒气冲冲地把门打开。

"我要去尼可先生的房间里拿点东西。"

桑特利谢斯拦下他的路不让他往前走，他按下钥匙圈上的遥控器，打开了后车厢。

"维尔加拉·葛雷的所有东西都在这个行李箱里。"

"为什么要这样？"

"我们不希望老师进到旅馆里头被人瓮中捉鳖，当然也不希望你被干掉。如果你知道他人在哪里，就把他的东西带过去。"

年轻人揉了揉眼皮，努力去回想过去这不眠不休的四十八个小时。他的天使们希望他这么做吗？还是他应该把这个有说谎癖的老女人送进地狱？他想都没想就说了："好，没问题，我不会进去旅馆里头，我会把手提箱拿给他。"

桑特利谢斯从后车厢把行李箱取出来交给他，然后招了一辆出租车。小个子男人露出微笑，让人发现他缺了右边的犬齿。他模仿起高级饭店的门房，用夸张的手势打开出租车门，把手提箱放到座位上，然后扶着安贺尔·圣地亚哥的手肘让他上车。接着，他的手摸进外套的口袋，从里头拿出两张千元的钞票，把钱交到安贺尔的手中。

"你现在欠我四千比索了，婊子养的。"

35

"苏尼卡班长，还记得我吗？"

穿着制服的男人原本满脸困惑，不过他只花了两秒钟就认出他来。他起身给年轻人一个热情的拥抱，开口说道："我怎么可能忘记那匹栗色马的主人？那个小宝贝现在怎么样啊？"

"我听了您的建议，把它带去赛马场，还帮它报名参加了智利跑马场的锦标赛。"

"还真不错，您干得真他妈的好！"

"查理·德拉·米兰多拉对它很有信心。"

"这不是没有道理。您上次跟我说它一千两百公尺跑多少？"

"一分十五秒、一分十六秒……"

"最好是下雨，有些马在泥地上的表现比较好。这个宝贝叫什么名字来着？"

"米尔顿。"

"就跟足球播报员米尔顿·米拉斯一样的名字吗？"

"没错。"

"我会去买马票押它一把。"

伙房的勤务兵把炒蛋和火腿端给苏尼卡。他撒了一大堆盐巴，胃口大开。他指着办公桌上的香蕉，要年轻人自己动手："自己来啊。"

"谢谢您，班长，我已经吃过早餐了。"

只消几汤匙的工夫，骑警已经吃完他的早餐，他用餐巾纸抹了嘴，满足地往后倒在椅背上，用友善的眼光看着男孩。

"是什么风把您吹来这里的，年轻人？"

这个无关紧要的普通问题让安贺尔一阵脸红，他的手心也开始冒汗。

"您还记得您跟我说过，只要有任何问题都可以想到您？"

"苏尼卡班长，古初拉巴骑警局，随时为您服务。"

年轻人咽了一口口水，把头发往后拨，然后抬起下巴，用严肃的语气开了口："嗯，我需要您的帮忙。"

班长明白接下来听到的一定是秘密，他把掉落在办公桌上的面包屑扫干净，起身后迅速把门关上。

"我洗耳恭听。"

"我想，根据您的执法经验，您应该已经对我略知一二。"

班长坐在桌边，双手环抱在胸前。

"至少，我知道您已经不是不法之徒。"

"我正在努力融入社会。"

"在这个街区，没有人是圣人，要看整个智利的话还更惨。好，我可以帮您什么忙？"

"妈的！我要怎么说给您听？"

"慢慢来，说出来又不算犯罪，只要不是想要贿赂就好。"他接着补充说，"如果真的是那样，智利骑警可是坚若磐石。"

"不，班长，事情恰好相反。"

"所以是怎样？"

"我想向您借点东西。"

苏尼卡班长几乎是从办公桌跳起来，他抓起香蕉，一边讲话，一边拿香蕉敲打手心，脸上的微笑几乎带着怜悯。

"啊哈，好，您这样可就玩不下去了，跟骑警借钱就好像是去抢乞丐的钱筒。我们的薪水是全智利最低的，要不是卫生局有给我们的小孩配给奶粉，我们干脆去当失业者还好过些。我们也会去参加示威活动，朝警察丢石头。"

那男人笑得开心，这番话让人听了很开心，也让安贺尔·圣地亚哥大受鼓舞，他倾身过去，附在他耳边低声秘密地说："其实不是要借现金啦，只是这个忙，只有您能帮我们。"

"我们？"

"嗯嗯。"

"很长的故事吗？"

"希望您能耐心慢慢听完……"

"故事长到够我把香蕉吃完吗？"

"一整串都可以。"

"我听您说，不过如果我觉得无聊的话，我就会把话打断。"

"好。"

"那个女人叫什么名字？"

"您怎么知道这件事跟一个女人有关系？"

"警察的嗅觉。她叫什么名字？"

"维多利亚·彭榭。"

"多大年纪？"

"十七岁。"

"有没有前科？"

安贺尔拿起一根烟，把它夹在手指之间转动，让烟草变松，然后走到窗边。他望着外头的山脉，借火点烟之后，他开口说起女孩的故事，巨细靡遗。十点钟的时候，他已经说了足足有一刻钟，他知道这位骑警已经对这个故事深深着迷了，电话响起时，他的回答很粗鲁，"等一下再打来！"然后就重重摔上电话。

安贺尔靠着他的天赋，把自由自在的天空、微风吹送的绵绵云朵，还有前往维加市场的石砌路上的车轮声响，样样都描绘得活灵活现，这也让警官了解到安贺尔出狱之后的人生故事浓缩版，不过他省略了和他的要求无关的两个重点；一个是拇指神童的世纪行动，另一个则是前晚他用围巾攻击中央监狱可敬的典狱长。

最后，他的声音越压越低，终于进入了爆点区，他仔细说明了自己的需求，并且解释他其实并不是在为那个女孩寻求合法的补偿——"总有一天，未来的世代和法律会给个交代。"——而苏尼卡是个好心的智利骑警，是个谦逊低调的公仆，也是一家之父，所以他只是单纯地希望苏尼卡可以帮一个很特别的忙。

当年轻人把话说完，苏尼卡班长的两根手指头紧紧压着双唇，一副正在沉思的模样。他的目光在前方的霉斑点点的墙面上涣散开来，好像要从里头找出什么金玉良言。他走来走去，看着办公桌上的所有东西，他的眼睛注意到了香蕉皮，接着把它整个扫进垃圾桶里。

"怎么样？"安贺尔终于鼓起勇气开口问他，听起来好像踮着脚在讲话。

苏尼卡班长花了一点时间把他结实的制式腰带再调紧一格，然后露出共谋的微笑："让我们搞它个天翻地覆。"

36

　　柜台的艾莎为了找个好借口接近泰瑞莎·卡普利亚提，并且拉近她和维尔加拉·葛雷之间的距离，于是拿了莫纳斯特里欧的支票本，顺手签了一张十万比索的支票，也不知道这张支票会不会变成空头支票。她搭出租车去泰瑞莎的家里，为了能够顺利进到屋里，她希望这女人会尽地主之谊，请她坐下来喝杯茶，所以她也带了一点智利甜点，包括她自己最爱吃的王子，这种蛋糕配茶最棒了。

　　除了支票，她还带了一张邀请卡。桑薇莎老师亲手画了每一张邀请卡，泰瑞莎·卡普利亚提的名字上还特别撒上一些金粉。由于包括她自己在内的其他邀请卡上都没有这种小装饰，艾莎理所当然地认为尼可让这个艺术家介入了他私人的秘密。

　　泰瑞莎·卡普利亚提只把门打开了一点缝隙，心不甘情不愿地吐出这几个字：

"哦，是您啊。"

艾莎并不气馁，马上把那件艺术品从她假豹皮的包包里拿了出来，笑容灿烂地说："维尔加拉·葛雷要我把这邀请函送给您。"

她紧抿双唇，不悦地看了一眼之后，抬起眼睛看着访客说："讲清楚。"

"是好消息。您的尼可找到了一个推广文化活动的工作，现在他可以算是艺术家的经纪人。"

"从我名字上的那些金光闪闪的星星看来，他应该是跟歌舞秀的那些小舞女一起工作，那种在乳头上装着金色星星、屁股上插一根天鹅羽毛的小舞女。"

"泰瑞莎，您知道维尔加拉·葛雷是很严肃的人，我们现在说的是古典芭蕾。"

"他懂什么？有一次他带我去看《天鹅湖》，我印象很深刻，就算舞者是鸭子他也不会发现。"

"那这次他应该会给您惊喜，这一出芭蕾舞剧的灵感来自密斯特拉尔。小脚，孩子的小脚，冻得发紫，要如何看望你而不覆盖你，亲爱的上帝！"

"我比较喜欢尼卡诺尔·帕拉的版本。"

"小脚，孩子的小脚，冻得发紫，要如何看望你而不覆盖你，亲爱的马克思！"

"您千里迢迢跑来我家烦我，就是为了拿这个低品味的烂东西给我吗？"

艾莎假装很客气，用手指摸了摸假豹皮包包的扣环，然后好像很不好意思地说：

"不是，我也带了一张支票要给您。"

"进来吧。"泰瑞莎·卡普利亚提开了口，也开了门。

一走进客厅，艾莎立刻把那包糕饼交给女主人，女主人也立刻去厨房烧水煮茶。艾莎利用这个空当，仔细打量了客厅的四壁，放眼望去，所有维尔加拉·葛雷曾经存在的痕迹都被细心处理得一干二净。在美好的旧时光里，泰瑞莎与尼可结婚当天的大照片曾是其中一面淡黄色墙上的装饰品，两人身旁站的是当时的主教，这位神圣的红衣人和新娘家族有交情，尽管是遥远的交情，却也够让新娘邀他来给婚礼赐福，但是他的祝福似乎并没有产生任何效果。

泰瑞莎端来两杯茶，两个女人把王子蛋糕从纸包里拿出来享用，完全不管糖屑掉到地毯上。

"我的小泰瑞莎。"

"我不喜欢人家这样叫我。"

"抱歉，您还记得几年前我们彼此以'你'相称的那些日子吗？"

"那段时间我什么也不会留恋，也没有任何东西是我今天还想提起的。您刚才不是说有什么文件要给我吗？"

"是啊，当然。"艾莎回答，仿佛她忘记了似的。

尽管说是，她还是没有打开皮包，似乎心里有什么不寻常的念头压抑不住，让她分了心。

"您知道维尔加拉·葛雷爱您爱得发狂，是吧？"

"这是青少年才会讲的话。一个男人真的要证明爱情，就要有能力用有尊严的方式去维持一个家庭。我现在开始要去做裁缝了，真是丢脸。您能想象吗？'泰瑞莎·卡普利亚提，女裁缝工？'"

"可是您也没有给他其他的出路。"

艾莎后悔她脱口而出的这句话，可是有某些迹象告诉她，既然她已深入虎穴，如果她现在不说这样的话，她所做的一切努力就要白费了。她喝了一口茶。

她的最后一句话激起了女主人的好奇心。

"您说这话是什么意思？"

"有个可怕的矛盾让维尔加拉·葛雷痛苦难耐，当他坐牢的时候，他梦想着跟您一起生活，现在他自由了，您却不让他回来。"

"我看不出来矛盾在哪里。不论在任何时候，他都没有担心过我。现在没有，以前也没有。"

"不过您要求他要养你们！"

"这是最基本的要求，不是吗？如果您带了支票过来，给我就是了！"

"您知道尼可大可以玩一票大的。道上所有的人都相信他会这么做，可是他却迟疑不前，因为要是失败的话，他就得回去坐牢，而且您就再也不想见到他了。相反地，要是他成功了，你们的财务问题就可以解决了。"

"您不能说得更清楚一点吗？"

"好，我就直话直说了。事到如今，维尔加拉·葛雷唯一的机会就是去做一笔大生意。没有人会让六十岁的人去做学徒工作，再加上他的前科，就算去康特罗斯那里当警卫都不可能了。"

"我同意您说的，不过您说他现在在当艺术家的经纪人。"

艾莎把支票拿出来，摆出挑衅的姿态把数字摊在她的面前。

"十万！"泰瑞莎惊呼，"这一点钱，连房租都不够付。"

艾莎站起身来，手一挥，把裙子上所有的碎屑都扫了下去。

"您做个决定吧，我的好姊妹。"

"所以您是要我怎么样？"泰瑞莎反问。

"对他温柔一点，这个男人为了您，天涯海角都愿意去的。不管他发生什么事，您也没有任何损失。要是他在行动中挂了，您就再也不会看到他，不过反正这个家里也没有人想见到他，所以根本就没区别。如果他回去坐牢，您也没有义务要去看他，就像过去这些年一样，容我再说一次，事情还是没区别。如果他成功了，您就会得到一大笔钱，而且因为大家都知道这种案子除了维尔加拉·葛雷之外，没有人干得出来，所以他一定得去躲起来，您也不会再见到他，结果还是跟以前一样，没区别。不同的是，您可以拿到您需要的钱。"

女主人听到这种不请自来的建议很不舒服，但是她又很想解决目前不稳定的状况，所以看起来内心很挣扎。

"您知道这些年来我都没有其他男人，甚至连偶一为之的对象都没有。"

"真是了不起！不过尼可也是这样。"

"什么意思？"

"这种时代要找到他这种男人早就不可能了。任何人跟他相比，都像个丑角。"

"他曾经是个很棒的情人，不过短暂的美好时光早就过去了。"

"您是因为高傲才这么说的。如果要您说真心话，谁知道还是不是这样？"

"我不知道我的心里怎么想，不过我很清楚我的嘴巴要说什么，艾莎，您可以走了。"

艾莎早已经准备往门边走去，但她还是很关心剩在桌上的两个王子蛋糕，这糕点一直刺激着她贪馋的神经，不过她还是忍住了，毕竟再把糕点带回去实在太失礼了。

"您会不会来看芭蕾？"

"我不会去。"

"很好。不过您别把邀请函撕掉，那些金粉是尼可想出来的，他想讨您的欢心。"

"我该怎么办呢，艾莎？"

艾莎敲着门的把手，第一次显出不耐烦的样子。

"您自己看着办吧，我的小泰瑞莎。"

利果贝托·马林把自己幽禁在旅馆房间三天之后，终于确信，有些事情没办法照他原订的计划进行下去。当清洁妇去打扫维尔加拉·葛雷房间的时候，他趁着清洁妇去楼下柜台接电话的时机溜了进去，两三下就把衣橱打开，还把床垫翻起来，钻到床底下，四处翻找是否有一块活动的地板底下可以躲人。

整个房间空得像是没有比赛的运动场，他的手滑过自己粗粝的下巴，这时候他发现浴室里竟然连刮胡刀和刮胡膏都没有。

显然有人给维尔加拉·葛雷和"小天使基路伯"通风报信，让他们闪人了。虽然他像看门狗一样日日夜夜保持警醒，不过维尔加拉·葛雷的房间在二楼，他的东西应该是让人从窗口运走了。

如果他想得没错，柜台小姐就得为她的热心和猎犬般的嗅觉付出代价了，他会在她的脸颊上划几刀作为惩罚。

艾莎从泰瑞莎·卡普利亚提家回来的时候，瞥见利果贝托·马林的背影，他正忙着用匕首的刀尖刻着柜台办公桌的桌面。她还从镜子里看见，马林也发现她走进来了，脑袋有毛病的人才会打算逃走——只要往后退两步，这男人就会把刀插进她的心脏，让她的血在门口的地毯上流到干涸。

"午安，帕拉·查孔先生。"她以友善的声调向他打招呼，同时，她也看到她的客人在木头上刻出的图样，那是一整排的智利小国旗，很好认：两个长方形、左上角的方形里有一颗星星。

“午安，艾莎女士。”

“您看起来很喜欢在木头上刻东西。”

“不是特别喜欢，不过我得帮自己找一点消遣。”

“您一定很爱国，您刻了六面小国旗。”

“我画什么东西不重要。我只是想借着这些乱刻乱画的幼稚图案，让您留意到我刻这些东西所用的工具。”

他把这支令人侧目的大刀插在桌上，锐利的刀锋正好向着她。

“这一带的人都知道得要尊重像这样的武器。有什么我可以为您效劳的吗，阿尔贝托先生？”

她想要脱下自己的大衣，但是转念一想，万一刀子往她的心口捅过来，厚重的羊毛多少可以减缓杀伤力，于是她又穿了回去。

“几件事，跟我说实话。”

“我有问必答。”

罪犯把插在桌板上的刀子拔起来，开始把它当成铅笔一样晃来晃去。

“维尔加拉·葛雷住这里，没错吧？”

“大家都知道他因为大赦出狱了，现在他是合法的自由之身，所以我也没理由否认。不过我要做一点点小小的修正：他以前住在这里。”

“他是什么时候搬走的？”

"他没钱了，所以默默离开了，只把账单留给我。"

"他带着所有家当默默离开，竟然没有人看到？"

"您一定知道是什么本领让他这么有名吧？"

"但他又不是魔术师曼德拉克。"他欺到她的身边，用匕首抵着她的鼻尖，逼得她靠在衣帽架上。

"您想要怎么样？"

"我想要知道维尔加拉·葛雷人在哪里，如果您想保护他，您其实不必担心，我只是想当他的帮手，在他计划的行动里掺上一脚。"

艾莎该对他说什么，根本不用再多想，事态刻不容缓，她得供出些什么，才能让锋利的刀尖和她的脸颊之间留出几厘米的空间。在这个街区，她经常周旋于妓女、酒鬼、强盗、骗子和毒贩之间，但是从来没有跟职业杀手打过交道。

"您打算对我怎么样，帕拉·查孔先生？"

"看您给我什么线报而定，可能是一刀刺进您的心脏，也可能只是轻轻刮一刮您的脸颊。"

"我可不想被刀疤毁容。我皮肤很细，又有甜美的笑容，我们这个年纪的女人一定要好好照顾自己犹存的风韵。所以要是您真的那么仁慈，您还是把我杀了吧。"

"老师在哪里？"

"他在计划他的行动。"

"在哪里？"

"我现在不知道，不过要是他找到了地方会告诉我。"

"为什么？"

"因为他答应过我，他是个信守承诺的人。"

"他这次会搞多大？"

"超过一百万美元。"

"谁会是那个倒霉鬼？"

"他只字未提。"

阿尔贝托·帕拉·查孔把刀子移开艾莎的脸颊，回到桌板上他还未完成的第七面智利国旗。他又用匕首刻了起来。

"他打算什么时候动手？"他问道，手上还是忙着在刻他的作品。

"明天，后天，最晚星期二。"

帕拉·查孔用袖子把刀尖刻出来的木屑扫掉。

"艾莎女士，您和维尔加拉·葛雷之间是什么关系？"

她轻抚自己的颈项，露出自己稍早之前所说的"甜美笑容"。

"上帝问得不多，但是却长存宽恕。"

"我懂了。您知道我真实的身份吗？"

"不知道，不过您一定不是阿尔贝托·帕拉·查孔。您看这本住宿登记簿，我帮您登记的名字是恩利克·古提耶瑞兹。"

"为什么要这样？"

"这个名字我记得比较清楚，万一要是有人来问我，我想您不会介意……"

“对我来说都一样。不如这样吧，我不把您毁容，可是当您拿到您那一份的时候，要分我一点。”

“分多少？”

“我这个人很客气，客气到不会害到您，也不会让我自己难过。”

“一言为定。还有什么需要我为您效劳的吗，帕拉·查孔先生？”

“帮我煮一点汤来喝吧，我已经两天没吃东西了。”

重要任务的那天早晨，在苏尼卡班长的太太玛贝儿送两个小孩去托儿所的好几个小时之前，他就把太太叫醒。他在卫生局免费发送的乡巴佬床单和毯子的温暖里紧紧拥着她，说他需要听她的意见。

虽然闹钟还要一个小时才会响，她还是很快就清醒过来，一副好心情的样子，甚至怕她老公有什么难以启齿的事要告白，她深情款款地把手轻轻环在老公的脖子上。

“要是我做什么违法的事，你会怎么样？”

“譬如什么事？”

“一点也不严重的事。”

“不是去抢东西或是犯什么罪吧？”

“才不是呢。只是法律不允许的事，可是我要去做。”

“究竟是什么事？”

"这件事我很难跟你说清楚，玛贝儿，不是什么好的事，不过我心里深深觉得我应该去做。"

"噢，你还真是在搞神秘。"

"我说要听你的意见，所以我不想影响你。"

"可是如果你不跟我说是什么事，我就没办法给你建议。"

"我想想看，是不是可以用别的方式说给你听。"

她把手肘支在床垫上，下巴搁在手上。她的老公舔了舔嘴唇。他穿着法兰绒睡衣，胸口有三颗扣子。

"说来听听吧。"

"我以前从来没有问过你，这问题听起来可能有点蠢，不过我想知道，你有没有因为嫁给警察而有过不舒服的感觉？"

"你在说什么啊？我从来没有把你当成警察。你一直就是我的老公啊，阿诺多。"

"那之前呢？"

"嗯，之前你是我的未婚夫，阿诺多·苏尼卡，更早之前是我的追求者，后来你变成我们小孩德利亚和鲁本的爸爸。不管你是当警察还是当航天员，对我来说都没有什么不一样。"

"我不相信。"

"你说的是？"

"大家都在说的事。像是游行示威的时候警察都会在那里，有时候还会扁人……"

"这种事只是偶尔发生而已，这是游戏规则，而且全世界都有警察吧。"

"不过智利条子干的好事跟其他地方的警察可不一样。"

"你指的是？"

"刑囚、强暴、失踪人口。"

"你在说什么呀？这都是三十年前的事了，你那时候根本都还没出生。"

"可是你昨天晚上也听到参议员在电视上说了什么吧，那叫做'制度'的错。"

"话是没错，不过应该求人家宽恕的是那些下令屠杀的家伙，而不是你，你那时候还在你妈妈的肚子里！"

"从来……没有过吗？你老实跟我说……"

"什么？"

"你从来没有因为我是骑警而有过什么麻烦吗？"

"是有过一两次，有人对我们的窗户丢石头，还有你叔叔来参加你弟弟婚礼的时候，他一看到你进来就不肯再待下去了。"

"那大家怎么看你？"

"有时候是怪怪的。"

"有没有发生过什么事是你不想跟我说的？"

"有啦，就一次……不过也是十年前的事了……"

"什么事？"

"现在你还管这个干什么？"

"到底是什么事？玛贝儿？"

"有人朝我们家门口泼了一桶大便。"

"你为什么没跟我说？"

"我不想让你生气，因为再一个月，鲁本就要出生了。"

"电视上说我们国家已经和解了，你相信吗？"

"没有，阿诺多，我可没这么想。"

"那么，要做什么才能和解？"

"一些动作，军方得做出一些表示悔意的动作。"

"那么骑警呢？"

"骑警也应该如此。"

苏尼卡一跃起身，走到窗边把窗帘拉开。此时邻居的公鸡也开始晨啼。

"好，如果我为某个很惨的受害者做出某些行动，你不会生我的气吧？"

这会儿换成他的妻子从床上跳起来了，她走到他身边，担心地说：

"你什么都不准做，你听到了吗？"

"你呀，真是言行不一。"

"你要做什么？"

"我只是要尽一点心意而已。"

"他们会把你开除！"

"他们不会知道的。"

"如果他们知道了，他们会把你一脚踢出去。"

"我再去找个工作就是了。"

"可是有一半的智利人都在失业啊。你干吗笑成这样？"

"生活，生活让我哈哈大笑。它就像一场足球赛，你可能在场上九十分钟，不过根本都摸不到球，突然间来了一个角球，它不偏不倚就落在你的额头上，你只要用头轻轻把球点进去就可以了，就这么简单：得分！"

她抓住他的睡衣，一颗纽扣掉在地板上。他想要捡起来，她却坚定地制止了他。

"别管扣子了，你跟我说你到底要做什么？"

阿诺多轻柔地推开她，然后温柔地说："我们去吃早餐吧，我边吃边说给你听。"

玛贝儿慢慢走进厨房。"阿诺多，我好怕。"

"别怕，你等一下就知道，不是什么大不了的事。"

他弯下身去捡纽扣，从衣橱里拿出针线，他等一下就要把扣子缝回去，就像他妈妈当年教他的那样。

37

"五分钟，五分钟就是永恒。"这是维多·哈拉在《阿曼
达，我想你》里吟唱的段落，这也是安贺尔·圣地亚哥一整个下
午都在嘴里哼唱的旋律。当然，他们需要稍微多一点的时间：整
整十分钟。这是作曲家阿迪斯的配乐所需的时间。在这段银河系
里如白驹过隙的短暂时间里，整个演出都得完成。

钱从四面八方而来：打破存钱罐、藏在床垫底下的纸钞、银
行账户，甚至连吧台收款机里的钱也被贡献出来。在酒馆街帮人
停车的那些混混也发动募捐；美术老师要求预支她未来的离职
金；维尔加拉·葛雷把当年泰瑞莎·卡普利亚提深情款款套在他
手指上的结婚戒指送进当铺；玛贝儿·苏尼卡和她的小孩牺牲周
日下午的电影；查理·德拉·米兰多拉原本下星期六要下在米尔
顿身上的赌注也捐了出来；还有其他无数大大小小的心意，包括
在上帝区开店的俏寡妇爱利亚·切尤捐的一整组丝质领带，要给

参与这项密谋的工作大队装点门面。

所有成员都聚集在国家图书馆的诗歌咖啡馆，每个人都假扮成聚精会神的读者。晚上十点，维尔加拉·葛雷确定同伴——到齐，这位令人敬重的老黑帮非常推崇细致优雅与严谨守时的价值，到目前为止也没有人让他失望。

他们在最里面的那根廊柱集合。维多利亚·彭榭正靠在上头，她的腰杆笔直，头抬得老高，她的脸庞干干净净，带着最近生病之后残留的苍白，没有一丝妆容。

"小姑娘，还好吗？"

"很好啊，维尔加拉·葛雷。"

"你不觉得在我们一起经历过这些事情之后，你可以叫我尼可，并且用'你'相称了吗？"

"不行，老师，我喜欢称呼您的全名，并且说'您'。维尔加拉·葛雷听起来像是政治家或哲学家的名字。"

"我的家族和电话发明人葛雷女士有关系，不过有人从她的桌上把专利偷走了。"

"之后我们要做什么？老师。"

"今天晚上，是你的生命。之后呢，我们要开始管我们的生命了。"

"什么生命？"

"我和安贺尔·圣地亚哥的生命。"

"你们要去干那桩世纪行动吗？"

男人谨慎地看了四周，然后用低沉的声音回答少女："事情一件一件来。如果今天晚上的开心事办得成功，我们就把它当成是好兆头。"

"还有几分钟开始？"

"还有五分钟。"

安贺尔·圣地亚哥下达命令，众人鱼贯走出钱币街。他们一直走到马克·伊维街，然后又继续前往圣安东尼奥街，再转进奥古斯丁纳斯街，他们在路上看到一辆古初拉巴骑警局的警车，警笛鸣响，警示灯闪烁，在潮湿的沥青路面上投射出红色光圈。

大队人马和苏尼卡班长会合之后，他取出佩枪，率先闯入"演出艺术家"的入口，后头跟着紧紧围绕在维尔加拉·葛雷周围的其他人。当骑警拿枪对着警卫的时候，安贺尔摸了一下口袋里桑多洛的枪，他下定决心，只要有需要，他一定毫不迟疑地用枪。

"发生了什么事？"警卫一边开口问道，一边准备要拿电话。

"您问的问题越少，我们就可以越快离开这里。我们要来清理剧院。"

"清理？这是怎么回事？"

"我们本来一个小时之前就要进行这项工作，但是我们决定等到最后一个观众离开之后再进行。"

"到底是什么事？"

"我们接获情报，今天晚上有两个恐怖分子潜伏在观众席。"

"开什么玩笑！"

"他们似乎安放了一颗炸弹，我们得把它拆掉。"

"太可怕了，班长，他们为什么会想要炸掉这间艺术殿堂呢？"

安贺尔·圣地亚哥往前走到警卫身边，用枪指着他。

"理由很简单，因为有人认为这里上演的作品是一种亵渎。这出戏演的是穆里泰的故事，这个智利强盗让我们被美国人很看不起，而且这出音乐剧的剧本还是聂鲁达这个共产党员写的，音乐是另一个共产党员赛吉欧·奥特加做的，事情就是这样，您现在懂了没？"

"那么，您又是谁，年轻人？"

"探员恩利克·古提耶瑞兹，重案组。"

他打开外套的时间只有几分之一秒，警卫根本来不及看清楚挂在里头的是那张从申德勒公司弄来的假证件。

"我现在应该怎么做？"

"您和其他工作人员都得去找个安全的地方躲起来。剧院里还有什么人？"

"灯光师、领位员，还有看厕所的工友。"

"请他们立刻到售票口集合，不必告诉他们任何内情。"

"是的，班长。我需要向市长报告吗？"

"绝对不行。我们不想让单纯的治安事件变成政治事件。"

"您是说要低调就是了。"

"一点都没错。"

安贺尔·圣地亚哥自己把豪华厚重的丝绒帷幕拉上，维多利亚的舞蹈老师兼编舞者鲁思·邬攸瓦把她的录音机放在《穆里泰的光辉与死亡》布景的浴盆上头，还把录音机调到理想的音量，等着让首席芭蕾舞者登场。涅梅席欧·桑特利谢斯找到了吊灯的操纵杆，一扳就可以点亮剧院天花板上那座华丽吊灯的每一颗灯泡。至于维尔加拉·葛雷，则是发挥他打开保险箱的老把戏，在控制面板上找出可以把聚光灯打在舞台中心的几个按钮。

其他观众则是庄严地坐在管弦乐团坐席的第五排，苏尼卡班长开玩笑说，距离恐怖分子放炸弹的地方很远。大家互道恭喜，这个天才计划的美妙手法让大家得以在这座艺术殿堂聚首。当维多利亚·彭榭优雅地出现在秋日的光影中心，众人都沉默了下来。她宛如一位女高音，正与她的伴奏进行沟通，她向她的老师示意，可以摁下录音机的播放键，播出阿迪斯先生特别为她谱写的音乐了。

安贺尔站在舞台边缘，他希望可以在女孩开始跳舞的时候，与她共享同样的视角。他坐在地上，靠在帷幕上头，亮出他的武器，透露出清楚的讯息：任何人想要打断演出的话，他会对他不客气。

维尔加拉·葛雷也没坐在特别座上，他作为这场梦幻演出的共同创作者，他的责任感迫使他在门口站岗，以防真正的警察或是哪个歇斯底里的剧院警卫跑来破坏这场晚会。

涅梅席欧·桑特利谢斯扳下灯杆，吊灯逐渐熄灭，当钢琴的第一个和弦响起，全场只剩下一束幽微的灯光照在跪地的女孩身上，她在为她失踪的情人祈祷。

十点四十五分，智利的圣地亚哥的市立剧院，维多利亚·彭树的单人舞演出开始。

38

第二天的《市场报》上出现了这篇由西格弗里多·冯·哈尚豪森所写的表演艺术专家评论。

《诗歌与舞蹈》

一切都始于我孙女的高中美术老师一通无心的电话，她之前帮过我许多忙，现在她给我一个回报她的机会。她无法多说细节，只告诉我是某种"神秘仪式"，就像北美洲的人所说的"不公开的首演"。

不过，她的指示却非常精确：市立剧院的歌剧《穆里泰的光辉与死亡》一演完，不要马上离开，而是应该要编个严重胃痛的借口，躲进男厕的漂亮隔间里，把自己反锁起来。一个小时之后，再偷偷跑出去，躲在表演厅里其中一个廊柱后面，我会在那里看到一位年轻的女舞者，她将开始表演密斯特拉尔的《死亡的十四行诗》当中的一首，这正是横跨所有时间与空间、我最钟爱的一位女诗人的作品。要是有一天我到了天国，上帝分派我一个任务，又或者是给我处罚，要我对诺贝尔文学奖得主来个去芜存菁，我会毫不犹豫只留下这位充满深刻感情与古典优雅的诗人。

十多名观众散坐在管弦乐团坐席的第五排，我看到我说的那位美术老师也在其中，还有一位骑警温柔地拥着他的妻子（或是他的情人）。

这种演出是怎么产生的？原因为何？又是何时筹划的？对我来说始终是一团谜。当大厅华丽的吊灯——水晶瀑布般的灯体，比最精良的金工雕琢的宝石还美——逐渐暗淡下来，我却觉得先前假装的胃痛竟成了无比疼痛的事实，我正打算离开的时候，这场简短表演的光耀却将我牢牢定在剧院。

录音机响起了三个和弦，音乐将舞者浸润在屈膝礼的姿态之中。这种神圣的尊崇感，还有阿迪斯的音乐所注入的明确乡愁氛围，都让我深深被打动。打从这位音乐家写下《种子之歌》献给比奥莱塔·帕拉的时候，我就开始很喜欢他，而且这首曲子也远比纪念遭压迫矿工暴乱（20世纪初在智利军队的铁腕镇压下，造成许多矿工死亡）的《伊魁克的圣母大合唱》来得好多了。

死亡是一种全然完整的事物，是一种优雅而神秘、独特又坚定无情、细致又深沉的事物，这也在舞者维多利亚·彭

榭昨日的表演中得到体现，她想要在自己悲伤与空虚的世界
中召唤深远的孤独。

这种原创加上前所未见的素朴——这场密斯特拉尔庄严
仪式出现在聂鲁达轻歌剧的人为加工之后——以更胜于铜
鼓、法国号以及喇叭所制造的效果，强烈地展现出我们一辈
子静心等待所韬养的秘密死亡。

我只是一个单纯的评论家，始终不曾拥有折服人心的诗
意笔触。今天我之所以胆敢释放内心诗意的冲动，纯粹是
因为在智利市立剧院这场奥妙神秘的表演里，音乐与诗意
已经融合到几无可能的境界，舞者的肢体表现令人无法不
想起诗人曼力克如此朴素的作品，以及密斯特拉尔狂暴的宁
静——请原谅我突兀的对反修辞。

如此单纯素朴的动作，能够营造出如此丰富的意象和意
涵，这是维多利亚·彭榭最伟大的成就，这位舞者之前没有
人见过，之后也可能不会再见到了，她现在可能正在圣地亚
哥某个监狱潮湿残破的小牢房里，为这场市立剧院的演出付
出代价。

她的技巧还不够纯熟吗？她的双臂与双腿是不是就和大
部分的现代舞者一样，仿佛属于其他人？她的舞姿的想象力
是否一再重复？

这一切，亲爱的读者们，我一点也不在乎。在这个关于
死亡的日常亲密性的极简主义作品中，这位年轻艺术家已然

超越她的经验不足与资源欠缺，展现出属于所有伟大舞蹈的根本要素：真实。

我不知道这位优雅的女孩在如此稚嫩的年纪，是否真的亲身体验过面对死亡的焦虑——这是我们只要清醒时就会面临的日常体验。或许她只是透过密斯特拉尔的作品去认识死亡，也或许她是因为从几首浪漫的波丽露舞曲里得到了"因爱而死"的联想。

不论是哪一种状况，不管他们怎么说，天使或野兽，维多利亚·彭榭小姐都让我感动落泪，我还要毫无保留并且毫不害羞地承认，我也跟着所有人——那八位或十位在表演结束后从座位上跳出来的幽魂——一起站着围成椭圆形向她致敬。

那位在整场表演中都持着枪的年轻男子，他放下手枪，献给舞者一束我毕生见过的最大的花束，我的心情完全和他站在一起。

39

　　维多利亚的手指在安贺尔的脸上缓缓游移，黎明正要在这个城市现身，所有的声音渐渐退去，四下陷入寂静，近乎一片死寂。偶尔会出现救护车的警笛声、载着卖柠檬的小贩前往维加市场做生意的马车的辘辘声，或是瓦斯炉的火焰发出的细微气爆声。

　　她持续这个动作已经有一段时间了，仿佛她的抚触可以深入这个年轻人的梦境。在这样的寂静之中，她觉得很幸福，但是她也想要了解，她必须让静默的说服力转化为话语的呈现，不论是什么样的形式，就算不是那么精确也没关系，就算她笨拙的双唇有可能破坏此刻的完满，有可能损害她和安贺尔之间宛如婚戒般庄严的默契。

　　年轻人任由她轻抚。他的坐姿宛如莲花，目光始终不曾离开女孩的脸庞，他努力让自己不想任何事情。他想阻止自己的思绪游离，但是却做不到。他和维尔加拉·葛雷老师的世纪行动一如平日那样占据他所有的思绪。他的思绪未明，但他试着要厘清：到目前为止都是维多利亚带着他在跳舞，那么，现在该由他来处理这段幕间的插曲了。在这场仪式之后，世界已经变得不一样了，一切都要重新想过。

相反的，维多利亚想要好好掌握自己的思绪。未来仿佛已经全面吞噬了当下。此时此刻，存在于此地的感觉是圆满的，一切事物对她来说都有意义，这也就是为什么她心里并不急着想要知道这一切的意涵。她让男孩靠在垫子上，她的嘴唇开始从他的脸颊移动到肚脐，她的舌头在其间游走，徘徊不去，她的手指在他的肋骨间来回探索。年轻男子的呼吸变得更加急促，他的胸膛鼓起，汗毛染上了炉火的光，映成了赭红的色调。

舞蹈工作室的空间很大，夜晚舒适宜人，宾客留下的酒杯散落在四处，酒瓶滚落到地板上，火鸡的骨头搁在塑料盘的中央，四周还有几叶浸在红酒醋里的莴苣。这对恋人就在练习用的栏杆旁边。安贺尔发现，打从自己出狱之后，除了这个被鲁思·邬攸瓦称为"芭蕾舞学校"的仓库工作室之外，其实他并没有家。

为什么维多利亚以此为乐，继续折磨他，让他几乎痛苦难耐？她往下移动，温柔地咬着他的膝盖，舌头恣意在大腿上游移，还用鼻子轻触他的足踝，她用门牙咬了他的踝骨。她因为兴奋而鼓胀的乳房，在她一波波的爱抚中也不断露出衣外。

年轻人终于翻过身来，抓住她的腰，把她压在自己的身体下。他的一只手滑到她的下腹，彼处的湿润让他悸动，他挑弄了她一会儿，如此的袒露产生了无比温柔的晕眩，他确定这种感受是此生最真实的事物。他再也无法抵抗这个魔咒，他弯下身去闻她、吻她、用舌头爱抚她、用牙齿轻柔地咬她。女孩的舞姿出现在他的脑中，撩拨起他内心冲动与控制的欲望，唾液与体液的柔滑混合，更让他的欲望变得专横而急切。

此刻，做出决定的人却是维多利亚，她的右手握住安贺尔，将他引向自己。是她扭摆着下身把他引入了自己的身体，而且，她感受到这结实的器官在她的下腹里。她用自己的大腿把它包覆得好紧好紧，于是两人脉动的节奏宛如一曲奇异的探戈，而她的双唇则吐露出直至此刻还来不及说出口的话："谢谢。"

40

　　官方调查报告中的第二百零三页是这么写着的：

　　卢比欧上尉和马布兰、里卡迪两位士官于早上八点十五分至头饰街（未载明门牌号码）古初拉巴骑警局，对阿诺多·苏尼卡班长值勤时的严重失职以及盗用政府资产展开行政调查，该政府资产所指的是这个以马匹为主要运输工具的骑警局所拥有的唯一动力交通工具巡逻车"古初拉巴一号"。我们在此强调，倘若事发当晚该警局有一辆以上可用的动力交通工具，苏尼卡班长也很可能会全数予以运用，遂行其犯罪目的。

　　第二百零四页：

　　卢比欧上尉指出，调查委员会应于现场召开，而不是在法庭，以免让已经登上小报重要版面的偶发事件显得过于重要，也避免媒体的感性审判，同时也希望判决谨慎而迅速，并且有足以作为判例的处罚。

同一页：

卢比欧上尉罗列出审判应考虑的所有状况：苏尼卡班长从未有任何违规记录，并且曾经得过三次智利骑警勋章；他曾经协助一名产妇于保护区分娩、曾经在爱因斯坦街营救两个差点被大火吞噬的孩童；他还曾经冒着生命危险，拆除白山丘上高压电塔的爆裂物。

开场白里载明了被告的罪行与过去英勇的履历之后，第二百零五页开始就是卢比欧上尉侦讯阿诺多·苏尼卡班长的笔录了。

被告在整个过程当中一直站着，他婉拒了上尉给他的座位。

上尉：苏尼卡班长，我要开始发问，希望您的回答尽量简单扼要。

班长：是的，上尉。

上尉：上星期五的晚上，您在圣地亚哥调用了本骑警局的人员与交通工具，却在本骑警局的辖区之外执行任务，此事是否为真？

班长：是的，上尉。

上尉：您获悉有一群恐怖分子为抗议这场宣扬共产党精神的表演，在圣地亚哥市立剧院演出，而将爆裂物放置于该地，您因此决定执行这次异常的勤务，此事是否为真？

班长：是的，上尉。

上尉：当您离开这里，前往市中心时，您是否明白自己已经跨出您的管辖权所及的区域?

班长:是的,上尉。

上尉:您的所作所为违反了规定,事实上,您应该将线报呈给距离事件现场最近的圣多明哥–麦克伊佛警察局,您如何解释您明知故犯的行为?

班长:恕我冒犯,上尉,毕竟这个事件和炸弹爆炸有关。

上尉:我不懂。

班长:当您接到这样线报的时候,哪里还有时间去打电话给别人!打电话,您打电话的时候,剧院已经被炸成碎片了!

上尉:苏尼卡,难道您不知道,遇到这种事的时候,我们要和GOP部队联系?这个单位的专长就是侦测和拆除爆裂物。

班长:我不知道,长官。

上尉:请您解释清楚一点,兄弟。

班长:我不知道该怎么解释,长官。我接到了炸弹的线报,我想我有能力可以独自去处理。

上尉:您是不是看太多蓝波电影了?苏尼卡?

班长:长官,如果您开心,就判我有罪吧,但是请不要嘲笑我。

上尉:好。那么,当您到达现场的时候,您曾经拿枪威胁剧院警卫,后来又在没有任何人下令的情况下,将剧院的一组工作人员关在骑警局专属的"古初拉巴一号"巡逻车里,此事是否为真?

班长：是的，上尉。

上尉：您要如何解释这样的滥权行为？

班长：恐怖分子发动攻击的时候，跟方济会修士施舍热汤的场面可不一样。

上尉：您说什么恐怖分子？调查结果连一根鞭炮都没有找到。

班长：我为智利与她的艺术殿堂感到高兴，不然的话……

上尉：不然的话会怎样？苏尼卡？

班长：不然的话，您现在可就不能用这种羞辱人的方式折磨我了，而是在公墓向我致意，一旁还有骑警队的鼓号乐队演奏国歌，咸弗维哥将军会带着一份抚恤金去安慰我的未亡人。

第二百零五页，还记载了卢比欧上尉和两位士官要求苏尼卡班长离开办公室几分钟，让他们做出决定，接着他们要勤务兵帮他们送咖啡进来。里卡迪提到了这位班长的勇气，还有他把握机会、毫不迟疑地面对突如其来的危险，马布兰的反应则是，也许苏尼卡班长是因为先前成功的炸弹拆除经验，因而想要再次展现长才，看看能不能抢个功劳升个官，也就是说，一步步晋升为上尉。另一方面，卢比欧上尉则是依然深陷在心绪紊乱的沉默当中。

这场小型讯问重新开始的时候，上尉给了被告椅子与咖啡。被告在喝咖啡之前，先加了一堆糖。然后他再次为了在长官面前就座而道歉，给人的印象是一种谦虚有礼的标准形象。马布兰在里卡迪的耳边轻声说："这种样子，还真符合他干的鲁莽事。"其实，早在被告回到办公室之前，他们就已经在开玩笑了，这些无足轻重的状况与案件的无关紧要，把他降级或免职还不如让他升个官呢。然而，"法规毕竟是法规，而且媒体终究还是很嗜血的。"卢比欧上尉做出结论，"我们不能帮他锦上添花，我们只能往他脸上丢泥巴。"

第二百零六页，依然是讯问的笔录：

上尉：苏尼卡，考虑到本案的严重性，依您自己的看法，您认为自己应该受到什么样的处罚？

班长：您把我赶出骑警局也没有关系，就是不要扣我的薪水，上尉，我有老婆和两个小孩要养。

上尉：所以您觉得应该有什么样的处罚？

班长：我想到一个够丢脸的方法，一定会让社会大众与媒体很开心。

上尉：说来听听。

班长：派我去管警用马匹。让我一大清早就起床，给它们喂食，帮它们刷洗，清扫它们的粪便。蚊子、蜜蜂、臭气冲天，简直就是地狱啊。

卢比欧上尉和其他两人交换了一下询问的眼神，大家毫不在乎地耸了耸肩，一口气把咖啡喝完，然后请书记员正式记录最后的决定：苏尼卡班长降级，赛普贝达班长接掌苏尼卡的职责，成为古初拉巴警局的主管。

当其他两人和书记员离开之后，上尉依然留在办公室里，他仔细观察办公桌上的木纹，仿佛想从中参透什么讯息。他打开左上方的抽屉，拿出一根香蕉、一把指甲刀、一罐发胶、一盒香烟、一只浅紫色的打火机，还有一份《马鞭报》，上面有第二天智利跑马场的完整赛程表。

"所以这就是您个人的小小世界了，苏尼卡。"

"不完全是，长官，我跟您提过，我还有家人和朋友。"

"还有维多利亚·彭榭。"

"那位舞者吗？"

"您认识她吗？"

"我在《市场报》上有看到那篇评论。"

"班长，您对芭蕾有兴趣吗？"

"我对芭蕾和赛马有兴趣。"

"您看过什么舞剧？"

"《柯贝利亚》、《仙女们》、《灰姑娘》、《罗密欧与朱丽叶》，我想差不多就是这样了。"

"还有《天鹅湖》？"

"当然。"

上尉走近苏尼卡的身边，连正眼都没有看他，却一把抓住他制服上剩下一根细线悬系的一颗扣子。

"骑警队中央指挥部和武装部队绑架并且杀害维多利亚·彭榭父亲的时候，您那年几岁？"

"我吗？长官？"

"讲话别拖拖拉拉的，苏尼卡。"

"我那时候在念书，十五岁。"

"也就是说您和那桩罪行无关，您在那个年纪大概也没想到，有一天自己也会加入骑警队吧？"

"您说得一点也没错，上尉。"

"如果是这样，你他妈的为什么要自己去赎罪给这个可怜的孤儿看？"

现在，苏尼卡的长官抬起眼看着他，嘴角露出一抹凶恶的微笑。苏尼卡班长用制服的袖子抹去脸颊滴落的汗珠。

"我只是想尽一份心意，卢比欧上尉。"

上尉用力扯下班长制服上摇摇欲坠的纽扣，怒气冲冲地在他鼻子前晃来晃去。

"下次您要是再给我做这种事，我扯烂的不会是您的纽扣，而是您的鸟蛋！"

他把扣子扔到桌上，纽扣旋转了一会儿，最后死气沉沉地倒下。

"我把它留在这里，让您不要忘记，苏尼卡。"

41

利果贝托·马林吃了艾莎平淡无味的汤好几天之后，决定他闪人的时间到了。在酒馆街上，他用脚踢走跑来嗅他的三只狗，然后坐上一辆出租车，叫司机载他去一家大餐厅。他想要好好惩罚自己，他要点一大桶各式各样的内脏：一份小牛胸腺、两碟猪肠、一大块带血的烧烤牛排、半份牛脑加上一点牛乳房。他喝酒会相当节制，以免醉到不省人事。他一开始会先浅尝一瓶红魔鬼葡萄酒，还配上一大瓶没有气泡的矿泉水。为了缓和一下这顿丰盛的内脏大餐，他会让服务生为他准备一份蚕豆色拉，一份智利色拉，里头有西红柿和洋葱切片，再来两颗酪梨切成细长条也不错。

大吃大喝之后，他会像神父一样节制，他会招一辆出租车，速速赶到寡妇的床边。这样的豪华肉食大餐让他精气大增。从前一条路径到后一条路径，他们会疯狂得宛如杂耍艺人。

可是，当他大啖智利薯泥和绿蒜头酱的时候，他忘了他的矿泉水，于是在第二瓶红酒下肚之后，一股怨恨之气涌上脑门儿，他对服务生开始粗暴起来。当餐厅老板和他儿子拿出一把手枪要他滚蛋的时候，他毫不犹豫地亮出一把折叠刀。

他已经喝了约莫十杯酒，残余的几许理智碎片告诉他，应该要闪人了。他离开时，一边走，一边还嘶哑地唱着"我的心只为你跳动"。由于一丝谨慎的微光乍现，他把那把折叠刀插在共和大街的一棵路树上，把刀子留在那里。一群大学生看着他在学校前面的马路上，在路边停放的车辆之间步履蹒跚几乎要失去平衡，大家都笑了起来。

"小兄弟，不要叫警察。"他一边打嗝儿，一边拜托这些人，而由于无人响应，他自己又补了一句，"我的名字叫做阿尔贝托·帕拉·查孔。帕拉就跟唱歌的那个比奥莱塔·帕拉一样，查孔就跟海军少校阿图罗·普拉特他妈妈的姓一样。"

他跌跌撞撞，走进了某处隐蔽在水泥包和好几层楼高的鹰架后头的工地，他拖着沉重的脚步走在两边都是毛坯墙的走道，一直走到一个像是内院的地方，那里有两只母狗睡在粗麻布袋上。他躺在它们中间，他抱着其中一只，把头枕在它的乳房上，酣然入眠。

桑多洛典狱长这个周末过得极为轻松惬意。尽管天气寒冷，他还是把自家的客厅窗户打开，他穿着当地生产的毛衣，一点也不冷，读着星期六的报纸，随意浏览着上头的社会新闻、体育新闻和娱乐新闻。他已经在脖子上抹了一点软膏，好让那些淤痕带来的灼痛得以舒解，而软膏之上，他围上那条旧围巾，带着温情想起了那个攻击他的年轻人。

在这个属于家人的日子里，他那两个青春期的女儿穿着可爱的小娃娃睡裤在卧室和厨房之间走来走去——这些小女孩天鹅般的小屁股和白鸽胸脯般的乳房会让她们的爱慕者疯狂不已——这让他的记忆回到了纯真的旧日时光，他那时过着有尊严的生活，傍晚会去看电影，偶尔还会去市中心的餐厅好好吃一顿晚餐，之后再去舞厅跳个舞。

十年以来，这个国家渐渐走向正常化，他也发现自己曾经拥有的权力正慢慢流失。那些曾经帮助与教唆高级军官的人，如今却被那些曾经被残暴恶行戕害的人们公开指责，而且像是带薪休假、配车、女儿的学费补助等等都取消了。他必须回头去搭烂公交车，他的女儿也必须降格以求，以前念的是高级的私立学校，如今念的却是教室没有暖气、只有几个电灯泡的公立学校，那里的学生在冬天时会在毛衣外头加上斗篷与毯子，或是在夏天时会因为午后三点的暑气而昏厥。

他们没有调降他的薪水，不过前面说的那些好处，现在都没有了，过去那些刽子手的头头拍着他的肩膀赏给他的神秘支票，现在都得靠他自己去赚了。所以，他不再有这些补贴，也没有余钱给家里牵电话线，而当智利开始有人用移动电话的时候，他也因为手机的高价而不敢痴心妄想。

几年之后，用这玩意儿的人越来越多，他那两个与社会失去联系的女儿发现家里没电话，她们的爱慕者没办法打电话来，于是要求父亲就算借钱，也要去弄一部手机。就他记忆所及，他用的次数还不到二十次，因为他的女儿们不分日夜都在线，就连睡觉的时候也一样，她们还在枕头上留了个宝座给手机，希望她们的爱慕者胆敢不顾生活礼节，打电话跟她们说出爱的宣言——也或许是性爱——在深夜的任何时刻。

于是，在看完他最爱的足球队发生严重财务危机的新闻之后，他吃了一顿丰盛的早餐——涂满奶油的串联面包卷，加上猪肉卷切片沾上辣酱，还有什么比得上这个？他用餐巾纸擦了擦嘴角，决定要让生命中最不划算的插曲告一段落了，他要打电话到利果贝托·马林以假名阿尔贝托·帕拉·查孔下榻的饭店，他要给他的留言简单又谨慎："任务取消，回来。"

在女儿们去洗澡的时候，他终于等到奇迹出现，握到了手机，按下了莫纳斯特里欧旅馆的电话号码。

此刻，电话另一头的艾莎像个乖乖的学生，正在剪《市场报》的那篇评论文章。她打算把剪报贴在高雅的黑皮画框里，然后再用一个灰色档案盒把它好好包装起来，她会把这份剪报在今天下午五点的茶会上送给维多利亚·彭榭，茶会是女孩的母亲办的，受邀的还有其他上流社会的女士，像是艾莲娜·桑薇莎和玛贝儿·苏尼卡。

她打算等大家在热气蒸腾的茶杯前坐定的时候，在维多利亚的耳边轻声说出这句发自内心的肺腑之言："这篇评论文章将是你打开所有国家疆界的护照。"

喝了一小杯茶之后，玛贝儿·苏尼卡必须执行一项艰难的任务，那就是鼓励彭榭夫人这位忧郁的寡母，让她和其他受邀的女客人打成一片，这些女客人则会让她觉得她此生最大的幸福就是将她才华横溢的女儿许配给安贺尔·圣地亚哥，因为这位正派、有前途的年轻人就像最近当红的流行歌曲的歌词所说的，他有"一颗可以为你牺牲的心"。

"这些歌词啊，"她继续说出她的结论，"不只是你在巴士或电视上听到的一般波丽露歌词而已。那些歌表达的只是随便一个喝得烂醉的情圣在追求女孩的时候，脱口而出的海誓山盟的浪漫承诺。不同的是，我们很确定这位年纪轻轻的圣地亚哥，当这位公主在生死边缘挣扎的时候，真的和她站在一起，而且当我们的睡美人从死亡之中苏醒的时候，他在市立剧院安排了一场演出，这可是冒着自己的生命危险换来的，也因为如此，维多利亚如今只要再跨出一步，就可以扬名国际。"

这番动人的演说之后，她还会献上装裱在黑色画框、放在灰色档案盒里的剪报。

事实上，那天早上当她小心翼翼地大动剪刀之际，她梦幻的心思已经飘到半天高了，她多么希望自己当年十七岁的时候，也可以有机会许下一个像这样的梦：爱情、工作、才华洋溢的未来。

不过就算庄家发给她一手烂牌，她还是拒绝落入悲情的肥皂剧情节，不，她不要，她要把自己的幻想投射在这位被情人热恋的女孩身上。想到这对情侣，她在这悲惨世界的生存之恶就得到了缓解，这个卑微的世界只有廉价旅馆、酒店、监狱和轻蔑：莫纳斯特里欧背叛了朋友，他身边的莺莺燕燕吸光了他所剩无多的不义之财；伟大的维尔加拉·葛雷在一个高傲的女人身上耗尽了他的爱，而这个缺乏宽容大度的女人却连让他呼吸维生的氧气都不肯给；而她自己呢？她永远是大家的备胎，莫纳斯特里欧永远冷落着她，除非他因为深深的忧伤来袭时，才会把她带到他的床边，而他找寻的不是性爱的狂热，而是母性的温柔。

当然更不用说其他那些聚集在酒馆街的夜间客人，孤独而沮丧，等着让一个不知名的陌生人请他们喝最后一杯酒，然后就倒在冷冽的床单里，祈求死神在睡梦中出现，让他们不必再面对新的一天的痛苦不安。这就像是美术老师艾莲娜·桑薇莎告诉她的一样，这就是"夜鹰"的世界。

她让电话响了七声以上，因为她希望自己可以剪出完美的一刀，剪出一个干干净净毫无瑕疵的长方形。直到这篇评论文章被她剪得完美无缺，她才拿起话筒："喂？"

"请问是莫纳斯特里欧旅馆吗？"

"是的，先生。"

"我可以和阿尔贝托·帕拉·查孔讲话吗？"

"这个人不住在这里。"

"可以请您仔细查一下住客名单吗？我有很紧急的事。"

"我现在正在看，我们这里最近住得最久的是一个叫做恩利克·古提耶瑞兹的客人。"

"嗯，不是他。我要找的是阿尔贝托·帕拉·查孔。他不是很高，瘦瘦的，看起来紧张兮兮。"

"几乎每个住在这里的人看起来都紧张兮兮的，可能是因为怕人家看到他们，也可能是因为他们没办法掩饰。"

"我了解，不过您一定有住客名单吧。"

"当然有，先生。"

"您有跟他们核对身份证件吗？"

"真是个好问题！这是一定要的啊！"

"那么，您没有看到帕拉这个名字吗？"

"帕拉？跟唱歌的那个比奥莱塔·帕拉同姓的吗？没有，先生，真抱歉，没有这个人。"

"那么，万一这个人出现的话，您可以帮我传个话吗？"

"乐意至极，先生。"

"拜托您跟他说：'任务取消，回来。'"

"我把它记下来。"

"拜托您不要搞错，拜托，这件事很重要。"

"这是生死攸关的事情吗？"

"没错。"

"您别担心，我记下来了：'任务取消，回来。'"

"您真好心，女士，非常感激。"

"留言的人要写谁？"

"什么？"

"我的意思是，您是哪一位啊？"

电话线的另一头没了声音，艾莎把话筒夹在肩膀和耳朵之间，然后用空出来的双手在剪报后面涂上胶水，把它黏好，放进了黑色的画框。

"您就跟帕拉·查孔说是一个朋友。"

"这样他就懂了吗？"

"他会懂的。"

"很好，我了解了，先生。"

"谢谢您，女士。"

"一个朋友。"女人露出微笑，喃喃自语地重复了一次，然后把电话挂上。

她拿起刚刚写下口信的那张纸，在拳头里把它捏得皱皱的，然后丢进了垃圾桶。"我在干什么啊？跟这些神经兮兮的家伙穷搅和？"

她自言自语，轻轻抚摸着喉咙那块被阿尔贝托·帕拉·查孔用刀子轻轻抵住的地方。

42

维多利亚告诉母亲，她即将消失一阵子，她母亲织打毛衣的十字针速度也跟着加快了起来，她知道这番话的意思是，她的小女儿就要去跟那个一头乱发的小伙子同居，住进一栋乱七八糟的公寓里。

或许她想要这么对她说："我知道，这些空洞贫乏的痛苦纠缠着我，而我除了这些痛苦之外，还能给你什么？我怎么会不了解你呢？有时，我会看着自己的双手，想要让它们紧紧掐住我的喉咙，直到窒息。"

她也有可能会这么说："太好了，你坚持要选择你的男人和你的舞蹈。跳出你自己，就跟舞评家说的一样。我知道你是什么样的人，这样很好，我不会认为你这样就是要弃我而去。"

不过这一切，母亲却没有对女儿说。

维多利亚让这片静默在空气中飘浮，她知道自己的行李已经打好包，已经放在楼上，再过几个小时，她就会将它背到肩上。她将穿上那件孤儿大衣（其实就是父亲的大衣，经由专业裁缝的巧手，依她的尺寸重新修改而成的），她会光明正大地告诉母亲，她会消失很久很久，这次分别之后如果能再相会，很可能也是几年以后的事情了。

母亲停下打毛线的工作，陷入一片阴郁的静默之中，她开始盯着自己的膝盖，仿佛那是一片遥远的风景。对她来说，维多利亚的离开只意味着一件事：秘密行动，地下反抗运动，然后就是，死亡；接下来就是，如果运气好，某一天殡仪馆的车子会把女儿布满弹痕的尸体载回家。她把自己的想法如实告诉女儿。她说："我的宝贝，他们会把你杀了。"

"妈妈，你还停留在过去的时光里。我们现在是民主时代，已经没有抗争了，没有人会杀害我，因为再也没有人会拿枪射杀另一边的人了。不再有地下反抗运动、不再有恐怖主义，也不再有武装冲突了。现在已经不再是爸爸的那个时代了。"

"你得去找那些搞地下反抗运动的人，去躲起来，不然他们会杀了你。你的照片会出现在所有报纸上，很多人会跑到我们家来为我哭泣，向我致哀。从此以后，我就要一个人终老了。"

她拾起正在织打的毛衣，又拿起土黄色的毛线球，擦了擦鼻翼。

"妈妈，你不应该难过啊，我在别的地方会跟在这里一样活得好好的，而且开开心心。我不会死的！我会跳舞！"

“在哪里？”

“就说在巴西吧。那里有一个很棒的舞团叫做古朋，他们编了一出关于圣奥古斯丁的舞蹈。”

“一出关于圣徒的舞蹈？”

“对呀，不过这个舞蹈是关于这位圣徒作为罪人的生活，说的是他改宗成为基督教徒之前，以及后来他对抗那些诱惑他的肉体欢愉的故事。”

“你相信上帝？”

“妈妈，你别问这种问题行不行！这种问题是我们走到生命尽头的时候才回答的，不是十七岁就要回答的。”

“对我来说，信仰并没有给过我什么帮助。”

“可是你现在已经好多了。”

“我的那些朋友会过来喝茶。”

“你看，这不就是了！”

“这是真的，我有一些朋友。”

维多利亚把头倚在母亲正在织打的东西上，做这毛线活儿就像在玩填字游戏。

“你等我织完毛衣再走。”

“你还有好多地方没打好啊，妈妈，我明天就得走了。”

“你会回来吧？我打好的时候你再回来拿。”

“当然啰。”

“我喜欢跟你一起喝蔬菜汤，我会很想你。”

"因为汤吗？"

"我也喜欢跟你一起喝清炖的鸡汤。"

"我以前都不知道，妈妈，你从来没有告诉过我。"

"明天我会做苹果派，我会拿它来配茶喝。"

"一定很好吃，妈妈。"

"我想毛衣弄好的时候应该在……现在是几月？"

"七月。"

"冬天还有两个月。"

"老实说，我不觉得我会那么快回来，也许要明年。"

"我到那时候早就死了。"

"妈妈，为什么你总是要把死挂在嘴边？你这样就像是把冰块放在我的背脊上。我知道的，我几个月后就会回来，我会在一个冰冷的下雨天回来，然后我会穿上毛衣，告诉你：'谢谢你，妈妈，我穿起来好漂亮。'"

43

　　酒馆街的街角，泊车老头涅梅席欧·桑特利谢斯把车牌从一辆陌生人的车子上卸下来，再把它锁在莫纳斯特里欧的车上。他一点也不担心，因为把车停在这条街上的车主们，回来开车的时候只要发现车子还在就欢天喜地了，没有人会关心车牌是不是被人偷换了。

　　另一方面，青春少年安贺尔·圣地亚哥则在打电话给查理·德拉·米兰多拉，他给了米尔顿的主人一笔难以抗拒的好生意。安贺尔的要求是：米尔顿的赛事一结束，查理先生就得安排一辆厢型卡车，载着米尔顿，车子的引擎不要熄火，在跑马场对面的地铁站出口等他。他要买下这匹栗色马，价钱非常诱人，最多可能会有三十万比索。

　　这个心地善良的男人以他的专业知识提醒他，马匹的价值在于比赛的输赢；当然，安贺尔潇洒地回答，明天就可以去酒馆街那边收钱，同一时间，安贺尔将会在那里向所有曾经义助维多利亚的天使展现他的感激之情，是他们让维多利亚从死神的手里重获新生。

他用同一枚硬币打电话给维多利亚·彭树。她把母亲所说的一切不祥预兆都告诉他。不过他安抚她说，没有任何事也没有任何人可以阻挡这个行动的胜利成功。她该做的事情很简单，就是穿得暖暖的，腿上至少要穿两双毛袜，然后到瑞士牧场去。他们要在那里会合，他们的蜜月就从那里开始。那里会有人等着她，把她当成皇后一样接待，那是他童年的好友，当年他们一同骑马、一同走路，一步步探索附近的整个区域。

她答应不再去想母亲的预言，她想象自己从明天开始就会像一头狂野的动物，奔驰在没有尽头的原野上。她已经从那场病奇迹般地复原了，只有鼻子还淌着一点鼻水，不过她会用诺亚牌的面纸来解决。

维尔加拉·葛雷正在舞蹈中心的办公室里作最后的确认。虽然一切看起来都准备好了——"一切都在掌握之中"，他的泰瑞莎·卡普利亚提总是喜欢这么说——他再看这部机器的所有齿轮最后一眼，毕竟一粒沙子就足以毁掉整个计划。

要是行动成功了，他可以期待些什么？他为卡普利亚提女士所流的眼泪将如同涌泉，他在签支票的时候得小心一点，别让泪水晕开了墨水。

他会打电话告诉她，她每个月收到的钱是"我在智利境外操盘进出口活动"的收益。他很确定，她会对这样的工作感到尊荣又满怀希望，他，维尔加拉·葛雷，已经跻身伟大的智利出口贸易商的行列，还真要感谢这个小小的政府和美国、欧盟共同签署的自由市场条约，让智利这个小国家可以打开通往全球经济扩张的道路。

除了这日日夜夜折磨他的心绪之外，他仅剩的慰藉只有这个女孩了，如果他能够陪伴她几个月的时间，亲眼见证她成功地走向国际舞台，这样也可以大大减轻他此生的悲悔。

安贺尔·圣地亚哥则是以自己的方式为他描绘了一幅天堂的图景，这图景和维尔加拉·葛雷这种城市动物的想法显然大异其趣。在安贺尔的天堂里，他将买下十多英亩的土地种蔬果、养牲畜，维尔加拉·葛雷的角色有点像是管理人。安贺尔会骑在自己的栗色马上巡视他的土地，一旁还有只露出獠牙的猛犬当他的帮手，没有任何一头牲畜会变成迷途羔羊。

所以，尼可先生要打发时间的话，或许可以写一写回忆录，调一调鸡尾酒，每天做一做降低胆固醇的运动。年轻人的计划想得十全十美，尼可先生也开始顺着这幅图像去构思其他的部分。

他把雷蒙德·卡佛的《我打电话的地方》的书皮开开合合了许多次之后，终于在某次睡午觉之前开始读了契诃夫之死的故事，而睡醒之后，他很惊讶，自己竟然会拿着铅笔继续读，还在某些段落划下重点。也许他这位同伙的计划不算太差，只要他的小农庄靠近某个有图书馆的小镇，可以让他去借书就行了。对他来说，最重要的是图书馆的书不可以都是刚出版的新书，因为他是个新手读者，他可以从《堂吉诃德》开始读起，然后依照年代读下去，一直读到《包法利夫人》。读到那个时候，他也差不多要寿终正寝了，而他不必和农场里的牛羊苍蝇讨论畅销排行榜上的那些著作。

还有十分钟就午夜了，安贺尔·圣地亚哥走了过来，从维尔加拉·葛雷的背后看着他们最后这几天的笔记和草图。

"没问题吧，老师？"

"没问题，徒弟。"

"明天还有什么遗漏的吗？"

"要好好睡一觉，让我们的头脑保持清醒。"

"您已经把所有细节都再看过一遍了吗？"

"不然你自己看啰：车子、车牌、接维多利亚、冬天的衣服、到南边的出租车、山脉那边的公路、瑞士农庄、你那个骡夫朋友、申德勒公司的帆布外套、通行证、工具箱、绝缘手套、防水的运动袋、折叠工作梯、三楼的窗户、三个装钱的大防水袋、分钱给大家的塑料袋、矿泉水、打火机、香烟、烟灰缸、便携式收音机，还有满满一桶的汽油。"

安贺尔对于这份长长的清单上的每一个项目都开心地点头，不过当维尔加拉·葛雷说完的时候，他却露出了惊讶的表情。

"怎么啦，小朋友？"

"老师，您忘了一样东西。"

男人疑惑地看着他，仿佛这个年轻人在开玩笑，可是安贺尔却打开他的皮衣，拿出他从桑多洛那里抢来的笨重左轮手枪，把它放在桌上的草图上。

　　"这个。"他说。

44

这场雨算不上豪雨，不过也已经大到足够让清早出门的行人缩着头弯着背脊，接受这顿湿淋淋的鞭笞。行人们的目光都紧盯着地面，有些人在街角买了报纸，还来不及看就直接拿来遮头挡雨。

警卫想要知道他们拿着工作梯要做什么，维尔加拉·葛雷用完整得无懈可击的细节向他解释了状况：他们现在要去的地方根本就进不去，因为根据维修手册，卡榫滑轮在屋顶之间，根本就没有空隙。

他们挂起令人眼熟的故障标志，切断了自动警报系统，然后上到了顶楼之下的那个楼层，这和他们这几天所作的计划有一点不同。

维尔加拉·葛雷说："有这么长的梯子却不多拉个几英尺，还真是可惜了。"

不过，他并没有说出他心里想的真正理由。因为遇到严重的问题状况时，康特罗斯的爪牙会把办公室那一层的电梯门打烂，安贺尔·圣地亚哥在摁下那个下楼键之前，全身肯定已经被子弹打成了蜂窝。低个一层楼，虽然距离只差一点点，却可以给那男孩留下逃命的机会。维尔加拉·葛雷在拆除电梯天花板的螺栓时什么也没解释，他只是这么告诉男孩："小朋友，我们之前没讨论过这个，不过你要是听到枪声或是什么其他奇怪的声响，千万不要想上去看发生了什么事。"

　　"您忘了我有带枪，老师。"

　　"绝对不行，就算被逼到了最后一步，也不可以。"

　　"我不可能任由那些杀手摆布您的，我会想要弄清楚发生了什么事，然后飞过去帮您一把。"

　　"你要的话，我现在就可以满足你的好奇心。你走进金库的时候，会看到我全身躺平，倒在血泊中等死。你看到这个场景的时候，一定会被吓得脸色惨白，那么，黑帮的狐群狗党就会毫不眨眼，同样地赏你一排子弹。你或许还有那么一点机会可以爬到我身边，握住我的手，而我也会以兄弟之情好好地握住你的手，但是我已经说不出'永别了，朋友'这种话，因为他们会连我的嘴巴都打烂了。拿好螺栓，小朋友。"

　　大男孩依照指令行事，把螺栓放进自己的外套口袋。"遵命，老师。不过您好像看了太多悲观的小说了。"

　　"不算多吧，我只是看了你跟我提过的契诃夫的故事。"

"真的吗，老师？"

"嗯，我觉得很有意思。"

"不过那故事不是契诃夫写的，他是故事里的主角。作者的名字叫做卡佛，雷蒙德·卡佛。"

"你怎么记得住这么多复杂的事情？"

"您还记得我的记忆力有多好吗，维尔加拉·葛雷？连维多利亚考试的问题解答，我都还记得一清二楚。"

"你还记得早餐的内容吗？"

"当然。"

年轻人把梯子靠在电梯左侧的金属墙上，爬了上去，协助老师移开天花板，好让他们把梯子靠在墙上时发出的声音比先前小一点，话虽如此，要是碰上警觉性高一点的人，这样的噪音还是足以引起注意。

"等个一分钟。"尼可先生把一根手指压在嘴唇上，低声说道。

安贺尔·圣地亚哥点点头，几根手指用力搓了搓前额，好像努力要集中精神似的。经过一小段时间的思索之后，他悄声问道："要不要我重复一次您的早餐内容啊，我的伙伴？"

"好啊，不过要尽量小声。"

"两个串联面包卷、两个扣利撒面包、三个阿鲁拉面包、三个油炸面包卷、四片烤面包、三个洋葱面包卷、三份加了糖渍水果的葡萄干面包。"

维尔加拉·葛雷的脸颊变红，好像在百货公司扮圣诞老公公的酒鬼。他压住胸口，两颊鼓胀起来，他试着要压抑这股袭上脑门的笑意，最后还是忍不住发出气喘般的呼呼声。

"你是要让我心肌梗塞吗？"

"老师，没有人是笑死的。"

"那你现在是笑什么？"

"我在笑您的食量，全部加起来是二十个面包。"

安贺尔抓起电梯的缆线，他光靠手臂的力量，很快就攀到上面去，然后帮尼可先生继续把梯子拉长到上面。此刻，他们两人同时明白了一件事，电梯车厢太窄了，折叠工作梯的第三段放不下来，而就在一转眼间，这位专家无视任何谨慎的原则，他把电梯门打开，把工作梯的第三段放出去，拉到地板，然后把它调整到所需的高度。他随即关上电梯门，向年轻人示意要他下来抽根烟。

"意外状况已经排除，现在，是行动的时刻了。"

他们点燃香烟，面对面，坐在地板上，两个人的背都紧贴着一面墙，膝盖几乎碰在一起，他们静静地抽着烟，不发一语。维尔加拉·葛雷深深吸了一大口，然后吐出一缕细细的烟痕。

"契诃夫啊。"他说。

"老师？"

"我只是想说说看这个故事：契诃夫和他的太太住在法国海边的一家旅馆，那天晚上他觉得身体很不舒服，他的太太叫人去请医生过来。医生来了之后，发现他已经无药可医，契诃夫来日无多。他打电话给柜台，请他们送一瓶最好的香槟和三个杯子上来。故事就是这样，还是我有弄错的地方？"

"正如您所说的一样，老师。"

"接着是服务生走进来，医生打开香槟，软木塞蹦出来之后不知道弹到哪里去了，他们三个人一起喝酒，过了一会儿，契诃夫就断气了。"

"伟大的契诃夫啊，尼可先生！"

"好，第二天服务生回到房间，还带了一个花瓶，里面有三朵黄色的花，他根本不知道契诃夫已经死了。"

"到目前为止，没问题。"

"他想要把插了花的花瓶送给契诃夫的太太，不过她因为悲痛而陷入失神的状态，这是当然的，因为契诃夫死了。"

"没错，接下来就是软木塞的故事了。"

"正是如此。服务生站在那里，两手捧着花瓶，非常做作的模样。我想他看起来态度优雅，也许还有那么点浪荡公子的神气。可是，突然之间，他发现了香槟瓶的软木塞掉在地上，他实在非常非常想把那个破坏了房间秩序的软木塞捡起来。是这样吧？"

"这确实是卡佛写的东西。"

"接下来，这个寡妇请他去城里最好的葬仪社，请葬仪社的老板安排一切，因为契诃夫死了。她要服务生抬头挺胸地走路，好像他还是要把这三朵黄色的花送给契诃夫似的。不过当寡妇下达命令的时候，那个双手捧着花瓶的年轻人却一直在想，要怎么捡起他脚边的软木塞。故事就是这样吧？"

安贺尔吐出粘在舌尖上的一点烟草丝，他把手放到维尔加拉·葛雷的膝上，回答他说："是啊，故事差不多就是这样。"

现在，这位知名的神偷把耳朵贴在钢板上，目光向上移，投向电梯井直达屋顶的深深幽暗里。他从皮箱里拿出手电筒，照着一面假墙，那是拇指神童在申德勒公司当电梯技工的时候预先安排的伏笔。

"换句话说，"他一边抽着烟，一边继续说，"契诃夫已经没气了，可是那个服务生唯一的问题却只是，如何把软木塞从地板上捡起来？"

"我想这只是故事的主题之一而已。尼可先生，您怎么想得这么出神哪？"

他用手指揉了揉颧骨，好像想要减轻些压力，然后又在烟灰缸里摁熄了香烟。

"这就是原因了，就像我要带这个烟灰缸过来，而那个服务生却想要捡起软木塞。"

"这个说法很合理，老师。"

"也就是说，要是这个年轻人跟我都在一艘快要沉下去的远洋大船上，就说是铁达尼号好了，要是船舱的玻璃很脏，我跟这个年轻人都会去把玻璃擦干净。"

"根据您告诉我的，加上我自己了解的，我会说您讲得没错。"

"其实啊，生命里的大事和小事是会同时发生的，不过既然我们整天都生活在小事里，我们也就不会意识到，这些小事其实是大事的一部分。"

"这是个伟大的哲学问题，您可以和维多利亚·彭榭在我的农场里一直讨论下去。"

"你没弄懂我的意思。"

"我有抓到一点点啦，老师，不过我不会忘记我们来这里的原因。"

"当然。"

"您以前自己也说过，艾尔文总统说过的那句话：'每一天都有每一天该做的事。'"

"记忆力真好！比大象还好！"

"您说错了，这是流浪狗的记忆力，维尔加拉·葛雷。"

"你是怎么办到的？我每天都得看我的身份证才记得住自己的名字。"

"很简单啊，就跟狗一样，我遇到每棵树都会把脚抬起来。"

"你会说什么语言？"

"西班牙文。"

"就一种？没别的吗？"

"到目前为止是的，我还懂几个英文字。"

"说来听听。"

"One dollar, mister, please. 换您说了。"

"Put a tongue in every wound of Caesar that should move the stones of Rome to rise and mutiny."

"听起来很美,老师,这是什么意思?"

"这是莎士比亚写的。让恺撒大帝的每一个伤口长出一条舌头,罗马的所有石头都会受到感召,愤而起义。"

"老师,我真的很感动,我从来没想到您可以引用莎士比亚的作品。"

"我蹲苦牢蹲了好几次,一起坐牢的有高尚人士,也有讲英语的人。"

45

　　他们两人都站起身,维尔加拉·葛雷握着工具箱的提把,安贺尔抓起一个黄色的塑料防水袋,他得把它塞进拇指神童先前所安排的空间里,以便降低撞击假墙所发出的噪音。

　　他们不时会停下手边的工作,凝神倾听是否有人会来打断他们的工作。他们很快就明白了,他们破坏假墙的噪音早已消融在圣地亚哥迈向未来的声音环境里,随时随地都有无可避免的工地噪音。

　　尽管如此,他们工作的时候还是尽可能谨慎,直到他们确定只消轻轻一推,那面假墙就会倒下,唯一让人担心的是,这片隔板会不会掉到办公室里面?或者会不会从电梯井直接掉到地下室去?如果是第一种情况,还算是可以控制的;第二种的话,结果就比较危险了,谁知道警卫听到如雨落下的碎片声会有什么反应?

老师该展现他精巧手艺的时刻终于到了，他没费多大的劲就挤过缺口，到了另一边之后，他立刻向安贺尔示意要他把装着他吃饭家伙的皮箱递过来。他压低声音，轻声说道："我们在这里分道扬镳，伙伴。现在你往下走，你要用圣人般的耐性在下面等我的消息。"

"抱歉，老师，可是我真的很想看看伟大的维尔加拉·葛雷行动的时刻，将来我才有一点故事可以讲给我的儿子听。"

"我们要确保的第一件事是：不要让你未来的小孩一生下来就是遗腹子。你给我下去，而且你听好，不论发生什么事、不论任何理由，都不要把梯子移开。那条缆线让我很害怕，我只要一想到自己凌空摔下去跌断脖子，我就怕得要死。"

老师往前走了一步，他的姿态仿佛是雕刻家正在端详一块大理石。年轻人吹了声口哨想要叫住他，手上抓着另外两只黄色大袋子递给他，咧嘴微笑："准备大丰收了，老师。"

他的伙伴此时已经进入了出神状态，没有搭腔。他拿起袋子，没有回头多看，只是走到巨大的灰色保险箱旁边，极其虔敬地轻抚着它。

安贺尔下了几格梯子，顽皮地挂在电梯缆线上，靠着肌肉的力量晃到平台去。老师的皮箱里有一盒香烟，还有用厘米方格纸包起来的《我打电话的地方》。他喝了一口矿泉水，点了一根烟，他打开第十一页开始读，这可能是他第十五次看这本书了，从《钱箱》这则短篇小说开始："我妈妈已经把行李打好包，她准备要搬家了。"

神偷面对庞大金属箱上的转盘，他的感觉正如同陶艺工匠面对黏土，信徒面对圣像，舞者面对舞蹈，演员研读剧本，鸟儿正要展翅飞翔。在牢里的时候，他的噩梦经常联结到现代的高科技，加上电视和媒体的推波助澜，让他对出狱之后的日子产生了恐惧。在外头等着他的将是一个电子地狱，他那些老掉牙的工具将毫无用武之地，而岁月也将摧毁他，让他降格成一个退出江湖的卑微偷儿——被两个无法战胜的强劲对手击败：一是他背信忘义的同伙莫纳斯特里欧，这个人背弃了所有支配黑帮关系的荣誉行规；另一个则是电子科技的出神入化，那些无法破解的密码以及远程控制的通关密语。

他大大地松了一口气，因为他才和这个巨大的金库有了初步的接触，就突然意识到，自己跟康特罗斯这个垃圾毕竟有个相同之处，那就是他们的年龄。

他们两个都没跟上时代的进步——计算机、手机、网络银行、光盘、半导体——而这个头号的人民公敌挑选的这种数字密码，却是维尔加拉·葛雷熟到骨子里的东西，根本不必求助于任何电子或网络专家。他做出要开工的预备动作，十指下垂，这是偷儿们的仪式性动作，也是他始终如一的习惯，他已经以最古典的姿态闯进了金库。

他不疾不徐地把皮箱里的工具拿出来，一件一件摆在地毯上，他一点也不担心，因为他可以从容地闯入这个房间的中心，没有触动警铃，这就证明了康特罗斯那些忠心的手下喜欢把警铃安装在办公室的门口。

除了神奇的拇指神童，还有谁能有这么灵光的巧思，竟然想到要从电梯井直接闯进来偷东西？这么一来，就可以避开散布在整条正式通道上的无数个陷阱。这么了不起的事情，只有像拇指神童这么灵巧的小个头才办得到，而且恰恰是因为他结合了泥水匠的手艺和自己袖珍的尺寸。当机运把这份礼物放在他脚边的时候，他一定觉得自己何其幸运，而当他失手被捕，面对这份潜在的巨大财富却再也无缘享用的时候，他又是如何悔恨难抑呢？

拇指神童如此巧妙地完成了这个大师之作，透过这个圣中之圣的秘密，拇指神童向他——尼可拉斯·维尔加拉·葛雷——致敬，这是何等的崇敬啊！他想到拇指神童，不禁露出微笑。

智利欢迎客人时，有句谚语是这么说的："房子很小，心意很大。"维尔加拉·葛雷眼前是一个传统的防盗系统，他开心地操弄着他的螺丝起子、扳手、撬门的铁杆、钳子、粗细不同的铁丝、听诊器、凿子、铁丝剪、锉刀、曲柄手摇钻、钻孔器，心里想象着改天他要寄一张明信片给康特罗斯，上头可以这么写："保险箱很大，心眼很小。"

他工作了四十分钟之后，最后一颗螺栓也向他低头了，虽然努力所得的丰厚奖赏已经近在咫尺，他却没有立刻打开那道金属门。在迎接这场攸关生死的幻灭或胜利之前，他告诉自己，应该先点根烟吧。可是就在他掐起火柴棒，打算往那盒安第斯牌的火柴盒擦下去的那一刻，火柴盒的商标让他想起了奇迹般的安第斯山脉即将在几个小时之后迎接他的到来，于是他把未点燃的火柴棒咬在牙缝之间，把香烟放进衬衫的口袋里。

为了要证实那让他没有点火抽烟，并且剥夺他吞云吐雾乐趣的直觉是不是真的有道理，他小心翼翼地环顾整个房间，终于看到一块印着火焰标志的金属板了。

他的直觉确实没错，那是个烟雾警报器！

要是这么神奇的直觉在他的专长之外也能帮他一把，该有多好！要是这样的第六感可以在他耳边提词，让他说出、做出能够赢回泰瑞莎·卡普利亚提芳心的言语和行动，该有多好！他会让出世界上所有的金银珠宝，只要能跟她生活在一起！

接下来的动作极其自然，他并不打算给他们这项工作的最高潮赋予戏剧化的特质，他直接打开了保险箱，很快扫视过几个格子之后，他撕开其中一个纸包，接下来又是另一个纸包，再来是最里面的一个纸包的一角，他终于确定这些绿色的纸包里塞满了美金钞票，蓝色的纸包里则是好几公斤的智利国币。还有个镶嵌珠母贝的小盒里藏着珠宝，这些手镯、戒指、耳环、项链，应该是当年那些支持皮诺契将军的女士们，在推翻萨尔瓦多·阿连德总统的军事政变之后，捐赠给这帮子军人作为重建祖国的基金。

此刻，他的动作没有丝毫迟疑，他把五颜六色的战利品都装进黄色的防水袋，直到他发现袋子里再也塞不进任何一捆钞票才停下手。他把绳子穿进防水袋上的金属环，在三四分钟的时间里又装满了第二袋，接着把它们拿到边墙的洞口。站在电梯井下方的是年轻的安贺尔·圣地亚哥，他仿佛就在那里站岗了整整一个小时，正等着维尔加拉·葛雷告诉他，接下来该做什么。

维尔加拉·葛雷把一个防水袋从洞里递给他，他开始爬下楼梯，动作柔软，速度快捷，宛如一只老虎。

老师把战利品交给他的同时，也给了他一个简短而毫不含糊的指令：每次拿一袋下去，再回来拿第二个。

动作成功地重复三次，任务大功告成。安贺尔担心尼可先生很难从梯子上爬回来，于是他又爬上去第四次，帮他完成这项艰难的动作。他一看到老先生攀回梯子最上方的那格，就马上爬下去，回到电梯厢上，以免梯子承重过多而垮掉。

两人都站上了电梯厢时，老人这才伸展双臂，仿佛一只满载而归的鹈鹕，嘴里装满了美味沙丁鱼，趾高气扬地展开双翼，邀他的同伙来一个热情的大拥抱。

他们发烫的脸颊贴在一起，就这么站了好一会儿。

46

在莫纳斯特里欧的车子里，他们开始把智利国币纸钞装进十几个袋子里。他们的动作急促，因为他们要赶在日落前两小时与山脉的向导会合——就连走私毒品的赶骡人也不敢冒险在夜里穿越山脉。

此刻他们分派的工作是：维尔加拉·葛雷和维多利亚先驾车南下，走高速公路，车上还载着三个黄色防水袋。下午四点钟抵达瑞士农庄，为了穿越安第斯山脉的旅程，他们会把这些东西放进各自的背包里。

至于安贺尔·圣地亚哥这边，他早就向艾莎在酒馆街的酒吧订了午餐，让大家一起聚在那里等着发钱，他要带着这些绿色的美钞去当"甜点"，而且他也不想拖延他计划里的最后一部分，那就是和查理·德拉·米兰多拉一起搭出租车赶到智利跑马场，搭上那辆厢型卡车，他的栗色马会在车上迫不及待地等着他，这匹马将成为他的坐骑，载着他驰骋在山区非法的蜿蜒小径。

他们彼此叮嘱对方小心之后，维尔加拉·葛雷把年轻人放在距离莫纳斯特里欧酒吧最近的地铁车站。

他们在降下的车窗两侧紧握对方的手，安贺尔要老师答应他，如果他没有在预定时间现身，请老师不要继续在瑞士农庄等他。有可能是载马的老卡车开得太慢，如果他们趁着还有阳光的时候和向导一起走，他可以在两个小时之后跟他们会合，因为打从他还是个小男孩，他就已经走遍了安第斯山脉里的每一条险径。

所有的小塑料袋都装在一只大袋子里，而这个大袋子此刻正在酒馆街上晃来晃去。每一个小塑料袋上都用蓝色派克笔写上了受益者的名字，从袋子里的分量也可以看出维尔加拉·葛雷和安贺尔在车子里对每一个同伙贡献的价值多寡所作的评估。艾莎与涅梅席欧·桑特利谢斯得到的包裹等级最高，不过给查理·德拉·米兰多拉和提供工具的那位先生，还有此刻正在失业的桑薇莎老师的那几包却也不吝啬。

不过最漂亮的还是一个很引人注目的蓝色包裹，显然它不能纡尊降贵放进任何一个塑料袋里，它上头的题字也让每个人都感到很困惑："拇指神童。"而字体的粗大恰巧和受益者的个头成反比。

安贺尔·圣地亚哥满心期待着发送礼物的美妙时刻，他的内心涌现一股激动之情，他立刻明白那正是喜悦。这个世界是个疯狂的行星，充满梦幻与魔魅，在成千上万的银河里运行，而每一个从他身旁经过的人，似乎都是了不起又无可取代的：擦鞋童、推车卖花生的小贩、一早起来就穿着晚装迷你裙在街上晃的年轻女孩、要死不活地靠在墙边学大人抽烟的青少年、喊着头条新闻叫卖《市场报》的报贩（里头说不定又有一篇新的文章是在歌颂他深爱的女孩）、拿着抹布擦自己车窗的出租车司机、提着快要满出来的菜篓子的家庭主妇、在水沟里放纸船的小孩子、戴着红色工程帽讨论科洛队晚上出赛会不会赢球的建筑工人、在加油站前面跳着在电视真人秀上看到的舞蹈动作的一群高中女生、隐身于屋檐或树梢的鸽子、在涌泉饮水的蜂鸟与鹈鸟，还有那些突然出现在附近的野狗，它们残缺不全的耳朵上净是战斗的痕迹，它们在垃圾桶里翻找残余的食物，或是在汽车驶过、尘土飞扬的路上当街交配。

有一股思绪横越脑海，带给他一种有如一百克拉钻石般闪耀的快乐。他下了一个赌注，现在赢了，过去那些监狱岁月的卑微不堪已经从他的心里彻底抹去，如今他精神焕发，神采奕奕地走向未来，他的血管里已经没有任何一滴怨恨的血液。他想起费尔南多，一个沉迷于赛马的西班牙人，有一天他在监狱的餐厅里，为安贺尔解释赌博的美感之所在，他在眼镜后面眯着一对小眼睛，他说："有一天，当我们的马儿打破所有的预测，无视于环境的恶劣，违背了一切逻辑，终于赢得了比赛，这时候，我们会觉得我们暂时战胜了必然性，而我们心中的喜悦力量也会与万物达到一个神秘的和谐状态。"

年轻人走进酒吧，用肩膀顶开双扉的弹簧门，在大家跳起来欢呼之前，他以戏剧性的声音大喊："大家都吃过了吗？"

如雷的一声"是啊！"响起，大家互相拥抱，亲吻脸颊，还有几滴泪水也濡湿了他们的衬衫和外套的领子。

"一切都好吧，小安贺尔？"艾莎问道。

"'都好？'这么说实在太小看我们了，夫人。一切都太'完美'了。"

"那老师呢？"

"就跟他老是挂在嘴边的那句话一样：世界上有四个方向，其中一个方向一定可以找到他。"

他看了所有在场的人一眼：美术老师去做过头发了，特别挑染的青蓝发色让她看起来至少年轻了好几个星期；泊车老头儿桑特利谢斯也拿下了他那顶破破烂烂、闻得到雨水味道的粗毡帽，换上了一顶新式的帽子，让他看起来像是某艘游艇的主人。至于柜台的艾莎，安贺尔一眼就看得出来，所有想得到的形容词都不足以形容她此刻的样貌：兴高采烈、容光焕发、轻飘飘、无法理解、神秘、同谋、清澈、让人晕眩、充满希望、狂野、开心、完美。

每个人都拿到了自己的小袋子，然后回去吃自己真正的甜点，传统的木瓜淋上雀巢牌炼乳。安贺尔与艾莎为了拇指神童的蓝色包裹匆匆地密谈了片刻，很快交换了一些把钱送进牢里的最好方法。这女人认为他们应该以他的名字开一个银行账户，不过当年轻人提到拇指神童的刑期还有十五年又一天，艾莎于是决定把战利品塞在两个床垫中间，并且帮他雇一个应召女当他的小女朋友，时不时就带一点吃的东西，带一些烟和酒去看他，将来要是刑法进步了，去那儿让他乐一乐也可以。

安贺尔·圣地亚哥把礼物分配妥当之后，突然发现大袋子底部还留着要给查理·德拉·米兰多拉的那一袋。他得离开这里了，这时他想到今天的第一场比赛，栗色马米尔顿得跑一千两百公尺，它的骑师现在应该还在忙呢。他别无选择，只能把包裹留给艾莎，接着他向所有朋友告别，或是紧握双手，或是潇洒地轻抚对方的头。

一到酒吧外头，他就直奔大街。为了最高的谨慎原则，他不想遇到任何人，也不想让任何人看见他要搭的那辆出租车的车牌号码。马路上有那么点空荡，街上大部分的人都已经吃完午餐，回去睡午觉了，只有稀稀落落的几个路人迎面而来，但也无视他的存在。

就在安贺尔距离出租车招呼站只剩下几公尺的时候，有个身形细瘦、戴着宽边毡帽的男人停驻在他面前，他的卡其色雨衣半敞半闭，他从裤袋里掏出手枪，喝令安贺尔停下脚步。

年轻人立刻注意到这个陌生人有一股致命的决心，他张开双臂仿佛想要等他解释一下，他说："什么事啊，老兄？"

利果贝托·马林，也就是化名为阿尔贝托·帕拉·查孔，并且被迫授以恩利克·古提耶瑞兹这个教名的男子，他心里很清楚，如果他跟"小天使基路伯"说上一句话，就可能会软化他的意志力，会让他无法达成任务。他没有其他选择，只能直接对着安贺尔的心脏开上两枪。

马林确定枪击的成果正确无误，于是把枪放回裤袋，一脚把在他脚边东闻西闻的那条灰狗给踢开，看着受害人颓然倒地，他毫不迟疑，转身往地铁入口走去，下了楼梯。

马林不知道自己在地铁楼梯第七阶迎面撞上的疲惫男子，正是骑师，查理·德拉·米兰多拉，他正准备赶去莫纳斯特里欧的酒吧，希望能赶上分配甜点的时间。

骑师发现有一群好奇的路人围着地上的一个年轻人的身体，他跟了过去，低头一看，发现这个满身是血的年轻人正是安贺尔·圣地亚哥。他挤过群众，把垂死的年轻人的头抬起来，放在自己的膝上。

"你怎么了，孩子？"骑师忧心地问道。

"他们杀了我，查理先生。"

"别担心，救护车在路上了。"

年轻人看得到自己的胸膛在冒血，还感觉到此刻嘴里的血也在汩汩地流。不过他还是努力挤出了这句话："米尔顿，它跑第几名？"

"差一点就第四名了。"

"它跑得很好吧？"

"最后两百公尺还领先，后来那些好马都在泥地里把它甩开了。"

"不过它没有被淘汰吧？"

"当然没有，我的孩子。"

年轻人的头无力地垂落到骑师的大腿上，安贺尔已经来不及说出这个困扰他的问题了：如果这次行动是这么完美无瑕，为什么现在他正在死去？

47

下午四点，他们把车藏在瑞士农庄某间谷仓的草堆里。维尔加拉·葛雷把车子开进谷仓的时候，有好几秒钟的时间什么都看不到，那里的干草与燕麦扬起了一阵会让鼻子发痒的厚尘。

他们把行李箱与三个黄袋子放在厨房餐桌的旁边。炉子里烧着木头，驱走空气中的寒意，汤锅里还炖着鸡肉和一大堆蔬菜。安贺尔的向导朋友是一个精力充沛的人，他隔着几步之遥和他们打过招呼后，带他们去了拴马的柱子，那里系了三匹已经套上鞍辔的马，准备好要载他们翻山越岭。

"他们就算蒙上眼睛也认得路。如果我们现在离开的话，明天就可以到阿根廷。"

在开车过来的路上，他们两个人的心里一直有某种担忧，维尔加拉·葛雷把它说了出来："这位先生怎么称呼，我们听说……"

向导把目光投向旁边的一条小溪，略带不屑地说："我没有问两位的名字，你们当然也没有必要知道我叫什么名字。"

"好，没问题，我的朋友。不过我们听说这个时节是不可能从这里穿越安第斯山脉的，大家都说应该要从更南边的地方走。"

"您这么觉得的话，往南方的路就在左边。"

"我们只是问问而已，没别的意思。"

"那就好，先生，别侮辱我。如果我答应要带你们到山的另外一边，那就表示我知道自己在做什么。"

"当然。"

"我只准备了三匹马，因为安贺尔跟我说他会带自己的马来。"

"是一匹赛马。"维多利亚说。

这男人的目光再次转向小溪，他的脚用力踩碎了地上的小石头，直到整颗石头嵌进了土里。

"我会把一套我自己的鞍具留给他用，他那匹可怜的马儿会跌到第一个小山谷里。他说他什么时候会过来？"

"很快就到了。"

"到时候他得自己热汤来喝，因为我现在已经很饿了。"

"尼可先生，我们就先去吃东西吧，"维多利亚说道，"小安贺尔说他之后就会赶上我们。"

"他说得没错，他对这些山隘和峡谷的熟悉程度就跟我一样。"向导说，"他妈妈离开他之后，他就来这里跟我一起生活。他每天都爬到这棵榕树上，还帮我整地播种。他唯一的问题就是太喜欢马了，所以他偷了老板最爱的马。这个故事你们应该听过了吧？"

"我们知道他坐过牢，先生。"

"我讨厌人家叫我先生，如果您一定要叫我，就叫我帝托好了。"

"帝托？跟那个艺人恩内斯特·帝托同姓吗？"

"喂，不要把事情复杂化，帝托就是帝托，事情就是这样。"

接下来的这顿饭在漫长的静默之中度过，他们或是缓缓吹着沉重的金属大汤匙里的热汤，或是抓住玉蜀黍尾端的穗子，在上头涂满奶油和盐巴，细细地嚼着。尽管晚餐的主人看起来有点急，一直不自觉地望着瑞士咕咕钟上的钟摆，维多利亚和尼可先生还是在那儿细嚼慢咽着他们的小面包，心里想的还是希望安贺尔·圣地亚哥可以在他们起程之前出现。

"你们的背包里放的是什么东西？"

"衣服。"

"够暖和吗？"

"厚毛衣、羊毛袜、附耳罩的猎人帽。"

"很好，那这些黄色的袋子里装的是什么？"

维多利亚和维尔加拉·葛雷看了看彼此的汤匙，然后把目光移回自己的碗里，开始搅着里头的小块南瓜，此时老师简短地回了话："钱。"

“很多吗？”

“算是不少。”

这位向导的下巴开始上下动着，仿佛在点头。维多利亚向维尔加拉·葛雷眨眨眼，意思是要他等一下说话不要这么精简，因为这样的动作是乡下人要切入严肃话题的开场方法。

“我不知道安贺尔和您说定的是什么价钱，不过您可以随便打开一个袋子，看您认为多少是合理的，就拿多少出来。”

晚餐的主人已经切下几片乡村面包，开始玩起面包屑揉成的小球，他用指甲轻轻弹着小面包球，又把它们黏在桌巾的边上，不让它们滚下去。突然，他不玩了，解开袋子上头的绳子，把一只手臂伸进去，拿出其中一个蓝色的包裹。他把装满西红柿与洋葱色拉的陶碗推开，把包裹放在桌上，从上面撕开。

他用食指掐住这叠钞票，像银行员那样用手指灵巧地把整叠钞票的边缘翻过一遍，估算出这叠钞票到底有多少价值。

“如果您同意的话，我想这一小叠钞票就够了。”他作出结论。

“您没问题的话，我们也没问题。”

“那就这么说定了，那么，我们就出发吧。”

维多利亚·彭榭感觉到时间确实正在流逝，不是因为时钟，而是因为阳光越来越微弱了。

“拜托，我们再等一下吧。”

“这是不可能的，小姐，一旦入夜，我们就不可能动身了，我们可不能跟安第斯山脉闹着玩。"

到山坡之前的第一段路都是平原，虽然到处都是黑莓灌木、岩石和荆棘，刮伤了他们和马儿的脚，不过跟接下来的陡坡相比，简直算得上是舒适了。

厚厚的云层突然散开，刚好遇到落日时分，维多利亚·彭榭看到前头皑皑白雪覆盖的山岭，上头那条让马儿走的带状小路不过就一公尺宽，她吓了一大跳。

帝托发现女孩很犹豫，他用戴着手套的手抓起那匹黑马的缰绳，教了她一点窍门："您害怕的时候，不要把缰绳往后猛扯，因为您是想让马匹停住，可是反而可能会让它滑跤。就让马儿自己带着您走，不要想去影响它，因为您不是专业的，而马儿早就知道了。它知道这回事，而且它就是在等着您流露出恐惧，而且它心里就是瞧不起您。对马儿来说，您不过就是个沉重的包袱。所以您不要乱动，就当做您是坐在飞机里，一切命运早已注定，您总不能要求机长随便停在某个安第斯山脉的顶峰吧。"

"可是路越来越窄。"

"没错，所以让我先走。再过几分钟，我们这两匹马就不能靠在一起走了。"

"您还有其他的建议吗？"

"就这样了。"

他们越爬越高，维多利亚在每一个弯口都回头望着底下的平原，看看安贺尔是不是已经从后头跟了上来。大家并没有刻意不说话，但是沉默却自动降临。大家听到的只有落在小石头与岩块上的嗒嗒马蹄声，还有斜坡上滑落的石块声。

当他们走到最高点的时候，天色也开始变黑了。向导让马儿停下来，清了清喉咙说："朋友们，从这里开始，大概有半个小时的路程会非常陡峭。如果你们觉得头昏，就趴在马脖子上头，闭上眼睛，所有的马儿只应该听到我的声音。我唯一不想听到的，就是两位当中有人求我要回头。你们勇敢地干了一票，现在就向山的高度展现勇气，好赢得你们的自由。您同意吧，敬爱的……"

"也叫我帝托。"维尔加拉·葛雷丢出这句话，同时努力地想要控制自己的牙齿，不要发出咯咯的颤抖声。

"也叫我帝托。"维多利亚·彭榭也这么说。

在最后的落日余晖中，他们完成了登山的路程。他们越爬越高，空气也变得越加稀薄和轻透，而这两位新手的双耳也充满了模糊的声响：狼、美洲狮、猛禽鼓动双翼的声音。这段艰苦的行程比较像是悔罪苦修的仪式，而不是什么匪徒穿金戴银的胜利游行。

连马儿都显得担心，仿佛快要冻僵似的，它们维持规律的步伐，仿佛被套上了惯性的锁链。此刻女孩想到了那匹栗色马，还有温柔的伙伴安贺尔，他们在湖边喝水，还为了哲学课的一些基本概念在那里拌嘴。这些载重的牲畜，在深渊的边缘道路上日渐消瘦，让她心底出现一股巨大的痛苦，她多么后悔自己没有在这些美金和数百万比索之外，还多带一些红萝卜，好让它们可以在山路上嚼一嚼，就像印第安人在高原上嚼古柯叶那样。这些可怜的马能在这片天寒地冻的地方得到什么能量？壮烈牺牲的马腿又能在这片雪地里得到什么温暖？

而她的挚爱又身在何方？有没有可能胜利的快感让他昏了头，所以他没去开那辆厢型卡车，所以他的迟到是因为他想要从圣地亚哥骑着他的栗色马，一路疾驰过来？

夜幕才刚刚包围了这片山景，马队也到达了一处杂草、灌木丛生的平原。向导从自己的花斑白马上跳下来，半露微笑地帮他们下马。他告诉他们今晚无法穿越边界，不过他们已经完成了整趟旅程最困难的部分，而就在此处灌木丛的后方，有个够大的洞穴可以让他们和马匹在里头扎营一夜。

他们会在那里小睡一会儿，等到第一道曙光出现就上路，骑马两个小时之后，他们很快就会到达某个安第斯的村庄，在那里可以找到一家旅馆，只要付一点合理的费用，柜台就不会要求他们拿出身份证明。在他们迷失在布宜诺斯艾利斯喧哗汹涌的海洋之前，他们可以在这里买行李箱，甚至附上夹层的现代款式都有，也有当地农民穿的衣服。要是安贺尔没有及时赶上来，向导会负责告诉他所有讯息，好让他可以顺利找到他们。

接着他请他们帮他清理洞口的荆棘、灌木丛和石头，这是洞穴入口的秘密掩盖物。这是所有使用者之间的荣誉公约，包括偷牲畜的贼和偷运违禁品的走私客，每个使用者都会在离开之前清除一切有人到访的痕迹。

他们的手和脸上出现了越来越多伤痕，如铁蒺藜网般的带刺灌木丛让女舞者的左耳垂流了血，地上的烂泥也渗入了维尔加拉·葛雷的靴子里。当他们清出够大的空间之后，马儿率先进驻，而且既谦逊又心存感激地走到最后头，向导把先前装在布包里运过来的干草倒在马儿面前，马儿就这么吃起了它们的食物。

这时帝托把三张游牧民族用的毛毯铺在地上，还架了一个小瓦斯炉，煮起热水泡速溶咖啡。维多利亚把双脚凑近火边，不消几秒钟的时间，她就觉得血液在自己冰封的脚跟里瘙痒起来，她弯着脚踝，仿佛依着舞蹈教室的练习杆在做伸展动作。

这位向导显然也带过不少人偷偷穿越安第斯山脉，他建议不必浪费太多时间去思考未来，根据他先前的所见所闻，逃亡这件事就是逃亡本身的计划。

"一旦开始逃亡，就没有停止的一天。"

维多利亚·彭榭脱下厚重的皮毛靴子，开始按摩每一根脚趾头，确定它们安然无恙。维尔加拉·葛雷拿了一件厚如智利毛毯的斗篷给她，小心翼翼地把它盖在她的脚上。

"钱当然是钱，不过事实上，这双了不起的脚才是我们唯一的资产啊，我的小姑娘。"

"您的脑袋也是啊，爸爸。"她微笑回答。

她把头靠向鞍具，山岚飘进了洞里的时候，她已经在尼可先生温柔而充满父爱的双手轻抚下安然入睡。

48

　　她是第一个醒来的人。微光从灌木丛里慢慢透进来，女孩猜想太阳已经升起了。她连靴子都没有穿就跑出洞穴，焦急地想要知道今天的安第斯山脉会拿出什么来欢迎她。当她走到了外头的时候，不论是冰冷的天气还是耳边呼啸而过的山风，都没有让她因为眼前的这片景色而丧失勇气。

　　洞口前有一片小小的平原，再往前去，就是一大片的山谷，直到融入地平线和皑皑白雪的山头。太阳高踞在山头上，照亮了大地上的每一处肌理，四处散布的白坚树和尤加利树，奔放的泉水，覆满白雪的陡坡，高耸的山岭仿佛超凡入圣的工匠精心雕琢的雕像，还有几头嚼着青草的山羊，加上一群群在天空中往消逝之境滑行而去的云朵，而在这一切的上方，是一片如此湛蓝的天空，维多利亚不禁怀疑，这辈子是否曾经见过这样的颜色。

　　突然之间，一只红冠鸟宛如羽毛、流星般从最高的山顶落下，停在距离她几公尺之外的岩石上，鸟儿以极为和谐的舞蹈动作着陆，白色的颈项上是黑色的头，顶上则是一只红色的羽冠。

鸟儿在岩石上站稳之后，以好奇的目光盯着维多利亚，维多利亚也以同样的目光望着它，她们好像进行着某种沉默的对决，看看谁的目光会先移开。

维尔加拉·葛雷走到她身旁，一只手搭到她肩上，为了不要打扰鸟儿与女孩之间的密切对话，他低声说道："这是兀鹰。"

她的眼睛继续盯着这个对话者，而在吸进纯净如创世纪第一日的空气之后，她微笑着回答："学名是安第斯神鹰，属于美洲鹫科，安贺尔陪我一起准备考试的时候，我学过这个。"

"你觉得它真的懂这些东西吗？"

"谁？"

"兀鹰啊，它知道它自己被人叫做安第斯神鹰吗？"

"我觉得它知道，老师，它看起来是一只有智慧的鸟，它有外科医生般锐利的眼神，而且它的姿态像博士一样高傲。"

"山顶的博士。"

"太棒了，尼可先生，非常美的隐喻！"

她正准备在他的额头印上一记响吻作为奖赏，就在转头的时候，她在遥远的下方平原处，发现了一个微小的身影，她温柔的印记于是凝结在半空中。她眯起眼睛想要看得更清楚，那身影看起来像是一匹马和它的骑士。她顿时感到一阵狂喜。

"尼可先生，是安贺尔！"

"在哪儿？小姑娘？"

"在那里，就在下面，在河岸那边。"

"我什么都没看到。"

"有一个骑士和它的马，朝我们这里过来了。"

"我什么都没看到啊，小姑娘。"

"您看，尼可先生，是安贺尔，他朝山脉的方向过来了。"

"太远了，看起来好像是骑士和他的马。"

"我看得越来越清楚了，那是安贺尔·圣地亚哥骑在一匹蓝色的马上。"

"不是，小姑娘，那只是某个骑士骑在一匹披着蓝色毯子的马上。"

"不是蓝色的毯子，老师，是一匹蓝色的马。"

向导也到了他们旁边，打着哈欠，伸了一个大大的懒腰，他开口说道："我很抱歉，两位朋友，不过我们该出发了。"

维多利亚·彭榭的脸发烫，她回头看着向导，问他说，就在下面，也就是连绵到河边的大片草地上，他没有看见他的儿时玩伴安贺尔·圣地亚哥正骑着一匹蓝色的马，朝他们疾驰而来？

那男人踮着脚尖，稍稍抬高羊毛帽，然后摇摇头。没有，老实说，他什么也没有看到，不过他们得出发了，因为他还有另一项工作在等着他。

女孩跪了下来，抱住向导的膝盖说道："求求您，帝托先生，先不要走，我们等一下安贺尔。"

那男人吃了一惊，想把女孩的脸从自己的身上推开，可却没有办法。

"这么做毫无意义，小姑娘，这一带安贺尔熟得跟那只兀鹰一样，他到的时候就会沿着我们走过的路找到我们。"

"给我两个小时，就算一小时也好！"

两个男人交换了眼神，维尔加拉·葛雷耸了耸肩，默默表示同意女孩的请求。这时维多利亚·彭榭爬到岩石上，像旅人那样把手遮在眼睛上，绝望地凝望着下方的平原。

帝托给了维尔加拉·葛雷一根烟，他收下了，两个男人在一棵无花果树下，站在若有似无的树影里抽起他们的烟。

EL BAILE DE LA VICTORIA

Copyright © ANTONIO SKÁRMETA, 2003

Chinese (Simplified Characters) copyright © 2012

by Alpha Books Co., Inc.

ALL RIGHTS RESERVED.

本书中译文由台湾皇冠文化出版有限公司授权使用

版贸核渝字（2011）第138号

图书在版编目（CIP）数据

为爱而偷 /（智）斯卡尔梅达（Skármeta, A.）著；
尉迟秀 译. —重庆：重庆出版社，2011.12
ISBN 978-7-229-03269-2

Ⅰ.①为… Ⅱ.①斯…②尉… Ⅲ.①长篇小说—智利—现代 Ⅳ.①I784.45

中国版本图书馆CIP数据核字（2011）第251025号

为爱而偷

WEI AI ER TOU

[智] 安东尼奥·斯卡尔梅达 著

尉迟秀 译

出 版 人：罗小卫

策　　划：华章同人

出版统筹：陈建军

责任编辑：刘学琴

特约编辑：黄卫平

责任印制：杨 宁

营销编辑：魏依云 王 新

重庆出版集团
重庆出版社　出版

（重庆长江二路205号）

三河市九洲财鑫印刷有限公司　印刷

重庆出版集团图书发行有限公司　发行

邮购电话：010-85869375/76/77转810

E-mail：bjhztr@vip.163.com

全国新华书店经销

开本：880mm×1230mm　1/32　印张：11.375　字数：188千
2012年8月第1版　2012年8月第1次印刷
定价：29.80元

如有印装质量问题，请致电023-68706683